LEKTIONEN IN DUNKELHEIT

EIN PARANORMALER DÄMON REVERSE-HAREM-ROMAN

DIE BLACKWOOD FIVE

BUCH EINS

JESI DONOVAN

Urheberrecht © 2024 Jesi Donovan

Alle Rechte vorbehalten.

Kein Teil dieses Buches darf in irgendeiner Form ohne Erlaubnis des Herausgebers vervielfältigt werden, es sei denn, dies ist nach dem US-Urheberrechtsgesetz zulässig.

Ausnahmen: Rezensenten dürfen kurze Passagen für Rezensionen zitieren.

Dies ist ein Werk der Fiktion. Namen, Personen, Orte und Begebenheiten sind entweder der Phantasie des Autors entsprungen oder werden fiktiv verwendet. Jede Ähnlichkeit mit tatsächlichen lebenden oder toten Personen, Ereignissen oder Orten ist rein zufällig.

Zitat aus dem Prolog mit freundlicher Genehmigung von Tucker Max.

*Für alle Girlies, die ein Abenteuer erleben wollen, ohne
das Haus zu verlassen.*

INHALT

PROLOG

Der Teufel kommt nicht mit einem roten Umhang und spitzen Hörnern, sondern als alles, was Sie sich jemals gewünscht haben.

Der heutige Tag

Wenn du dir die Hölle vorstellst, stellst du dir vor, dass es dort wahrscheinlich heiß sein wird. Anders als im Urlaub werden Sie sich wahrscheinlich nicht amüsieren. Wie soll man sich amüsieren, wenn kleine Männer mit Heugabeln herumlaufen und versuchen, dich aufzuspießen wie einen Hexenspieß?

Obwohl ich diesen Ort in den letzten sechs Monaten für die Hölle gehalten habe, sieht die Blackwood Academy überhaupt nicht so aus, wie ich sie mir vorgestellt habe. Würdest du glauben, dass die Sonne über Blackwood genauso scheint wie über Hawthorne oder Ridgeview? Stellen Sie sich meine Überraschung vor, als wir vor die Tore fuhren und nicht plötzlich eine wirbelnde Wolke des Unheils über der Akademie erschien.

"Das ist es?" frage ich meine Eltern, während ich mein Gepäck aus dem Kofferraum lade. In vier überdimensionalen Koffern befinden sich alle meine weltlichen Besitztümer, zumindest die, die ich mitnehmen durfte. "Wo sind die Gebäude, die seit tausend Jahren vor Schmutz und Verfall strotzen?" Die Akademie sieht aus wie eine gottverdammte Ivy-League-Universität mit ihrem großen, weitläufigen Campus voller Elfenbeinbauten. Das Schändlichste, was man sehen kann, sind die Ranken, die an den Seiten des Gebäudes hochklettern. Wirklich gruselig, wenn du mich fragst. "Wo ist das Portal zur Hölle?"

Mercer schenkt mir ein großzügiges Lächeln, das sagt, dass er es kaum erwarten kann, bis ich weg bin und alles wieder so ist, wie es sein sollte. Er hat die Hawthorne Academy zusammen mit meiner Mutter Jacqueline besucht, und beide fühlen sich unwohl bei dem Gedanken, dass ihre Tochter eine Schule für Bösewichte besucht. "Du bist heute sehr dramatisch, Marilyn. Diese Akademie ist nicht anders als die anderen." Sagt der Mann, der so wütend darüber war, dass der Rat mich hierher gebracht hat, dass er aus dem Haus stürmte und drei Tage später mit dem Geruch einer Schnapsbrennerei zurückkam.

"Komm schon", werfe ich ihm einen neckischen Blick zu. "Du kannst mir doch nicht ernsthaft erzählen, dass Blackwood das ist, was du für mich wolltest." Ich stupse einen Bären an. Einen unförmigen, alkoholkranken Bären, aber dennoch einen Bären.

Jacqueline klettert mit einem Gesichtsausdruck aus dem Auto, der besagt, dass die Akademie kein schöner Anblick ist. Ihre Nase rümpft sich angewidert, und sie muss ihren Blick von den Gebäuden abwenden, um nicht vor Trauer zu weinen. Auch wenn der Rasen perfekt gepflegt ist und die Atmosphäre der Blackwood Academy nicht weit von dem entfernt ist, was sie mir über Hawthorne erzählt hat, ist es klar, dass Jacqueline Snow diesen Ort für unter ihrem Niveau hält. "Marilyn", ihr Ton ist herablassend, "dieser Ort ist nett. Es ist sehr niedlich. Ich hoffe, Sie werden sich amüsieren. Mercer, wir sollten uns auf den Weg machen. Ich habe nächstes Wochenende eine Benefizveranstaltung und muss zurück auf die Erde." Gott segne meine Mutter. Oder schlag sie tot. Beides ist eine gute Option.

Keiner meiner Eltern wollte je Kinder haben. Als sie mich bekamen, war das ein Unfall; ein subtiler Beweis dafür, dass ihre Magie nicht völlig unfehlbar war. Antibabypillen und Zaubersprüche haben nur ein Baby hervorgezaubert, also das genaue Gegenteil von dem, was sie eigentlich wollten.

Mein Vater geht um das Auto herum und mustert mein Gepäck. Einen Moment lang denke ich, dass er mir anbietet, mir zu helfen, es hineinzutragen. Doch dann verschwindet der Ausdruck in seinen Augen und sein Blick richtet sich auf Jacqueline. "Erinnerst du dich an deinen ersten Tag in Hawthorne?" fragt er sie in einem untypisch intimen Ton.

Jacqueline ignoriert ihn einen Moment lang, aber als er ihre Hand ergreift und sie an seine Lippen führt, erscheint ein halbes Lächeln auf ihren Lippen. "Sie waren ein Schurke, Mercer Bayard, und ich werde jedem, der zuhört, sagen, dass ich ein Narr war, als ich diese erste Verabredung annahm."

Es ist, als sähe man ein verdrehtes Gomez und Morticia, als Mercer Jacqueline an sich zieht. Sie ist groß und geschmeidig, gertenschlank wie die Models, die sie für ihre Kleider engagiert. Er ist ein paar Zentimeter kleiner als sie und hat in den letzten Jahren, in denen er sich jede Nacht in den

Schlaf gesoffen hat, einige Pfunde zugelegt. "Ich bin vielleicht mit vielen Frauen ausgegangen, aber ich hatte nur Augen für dich, Liebling."

Ich könnte zu den beiden als idealistisches Paar aufschauen, wenn ich nicht gesehen hätte, dass sie sich seit einem Jahrzehnt nicht mehr berührt haben.

Mein Vater verbringt seine ganze Zeit damit, Fälle durchzugehen. Er ist ein Anwalt in Meira'mor, der sich auf unzulässigen Gebrauch von Magie spezialisiert hat. Er verteidigt zwar oft Minderjährige, die ihre Magie nicht zurückhalten können, aber sein tägliches Brot sind Kriminelle, die das Gesetz brechen und jemanden brauchen, der sie aus der Patsche hilft. Wenn er nicht gerade knietief in Papierkram und magischen Gesetzen steckt, trinkt er eine Flasche Bourbon.

Meine Mutter ist nie zu Hause. Sie hat sich nach meiner Geburt nicht ganz in Meira'mor eingefunden. Sie verbringt die meiste Zeit auf der Erde, wo sie ein Modeimperium leitet und Kunst macht. Wenn sie sich herablässt, auf diese Seite des Portals zurückzukehren, dann zu einer seltsamen Tageszeit, wenn niemand wach ist, am allerwenigsten mein trunksüchtiger Vater. Während er auf der Couch oder in seinem Arbeitszimmer eingeschlafen ist, kocht sie in aller Herrgottsfrühe Gourmetgerichte für sich selbst, bevor sie in einen zwölfstündigen Schlaf fällt.

"Alles klar. Das hat Spaß gemacht." verkünde ich über die beiden hinweg, die gegen das Auto knutschen. Vielleicht werden sie jetzt, wo ich das Haus verlasse, ihre Beziehung wieder aufleben lassen. Ich weiß, dass sie es wegen mir nicht ertragen können, sich gegenseitig anzusehen oder zu berühren, aber wenn ich weg bin, ist vielleicht auch ihre Verachtung füreinander weg. "Wenn ich hier umkomme, soll dich der Direktor dann zuerst anrufen oder dir meine Überreste schicken?"

Jacqueline reißt ihren Blick von meinem Vater los, um ihn dann auf mich zu richten. "Mach dich nicht lächerlich, Marilyn. Dieser Ort ist perfekt für dich. Man wird dich nicht töten oder sonst etwas." Sie sagt das Wort "getötet" so, wie sie am Esstisch über Körperflüssigkeiten sprechen würde, mit Abscheu.

Als der Rat meinen Eltern mitteilte, dass meine Seele und meine Kräfte von der Dunkelheit angezogen würden und ich daher für Blackwood geeignet sei, verlangten sie eine Berufung. Als gute, fleißige und ehrgeizige Vorbilder wurde ich dazu erzogen, ein Erbe der Hawthorne Academy zu sein. Der Rat führte auf ihr Geheiß einen Appell durch, aber meine Ergebnisse änderten sich nicht. Ihre Tochter hat ein dunkles Herz", sagten sie meinen Eltern. 'Sie wird Dinge tun, die die Grenzen der Magie und der Moral überschreiten werden.'

"Oh, jetzt ist es also perfekt für mich, aber das war es nicht vor sechs Monaten, als der Rat..." Jacqueline unterbricht mich mit einem finsteren Blick.

"Ich habe die ganze Zeit gebraucht, um mich daran zu gewöhnen, was du bist, Marilyn", spuckt sie meinen Namen aus, als ob sie schlechtes Sushi probieren würde, "kannst du dich nicht einfach verabschieden und gehen? Du ruinierst mir das hier." Mit einem frustrierten Schnauben wendet meine Mutter den Blick ab, als könne sie es nicht ertragen, mich weiter anzusehen. "Ich dachte, das wäre ein besonderer Tag für uns. Dein Vater und ich wollten dir Hawthorne zeigen und dich mit all den geheimen Orten bekannt machen, die nur Veteranen der Schule kennen. Aber stattdessen stehen wir vor einer Akademie mit dem schlechtesten Ruf, und du benimmst dich wie eine Göre. Kannst du mich nicht ein einziges Mal respektieren und einfach gehen, wenn du weißt, dass ich mich unwohl fühle?" Zu sagen, ich hätte Probleme mit meiner Mutter, wäre eine Untertreibung. Ich habe auch Probleme mit meinem Vater, aber das ist ein Thema für einen anderen Tag.

Ich balle meine linke Hand zu einer Faust und spüre, wie sich mein Ring gegen den Mittel- und den kleinen Finger drückt, während ich meine Faust zusammenziehe. Die Tüten neben mir heben sich daraufhin vom Boden ab. "Auf Wiedersehen, Mutter." Die Worte klingen angespannt, als ich sie zwischen den Zähnen hindurchpfeife. Ich gehe weg und lasse ein flüsterndes Elternpaar zurück, das nie ein Kind wollte. Was auch immer sie sagen, wird vergessen sein, wenn sie den Campus verlassen, um dann in den Ferien und in den Sommerferien wieder aufzutauchen.

Ich gehe über den Rasen und lese die in Elfenbeinstein gemeißelten Namen der Gebäude. Forge Hall. Dort speisen wir, das weiß ich noch aus der Campus-Broschüre. Latham Hall. Hier finden alle unsere Kurse statt. Es gibt ein Gewächshaus, das einen großen Teil des Geländes einnimmt. In der weiten Umgebung gibt es Gärten in alle Richtungen. Das Klein-Observatorium. Die Warnack-Bibliothek. Die Crowne-Kapelle. Buckley Hall. Und schließlich das McCabe Village. Wo die Studenten wohnen. Ein paar weitere Gebäude gehen in andere Richtungen, aber dies ist mein erster Halt.

McCabe Village besteht aus drei Gebäuden, die durch einen Gang mit durchgehenden Fenstern verbunden sind, der sich über die gesamten fünfzig Meter erstreckt. Als ich die Geschichte des Campus gelesen habe, hieß es, dass der Wohnbereich für Studenten so konzipiert wurde, dass er sich auf Inklusion konzentriert. In den Augen der Gesellschaft mögen wir alle Ausgestoßene sein, aber wir waren gemeinsam Ausgestoßene.

Ich betrete das erste Gebäude von McCabe und werde von dunklem Holz und harten Böden überschwemmt. Alles wirkt förmlich und kalt, sogar der Kamin im Gemeinschaftsraum von Gebäude A. Ich gehe an einer Gruppe von Schülern vorbei, die mich angrinsen, nur weil ich sie ansehe. Ich überlege kurz, mich umzudrehen und sie zu fragen, was ihr Problem ist, aber dann gehe ich doch weiter.

Meine Zimmernummer ist leicht zu merken. 111. Die erste Zahl steht für das Stockwerk, die zweiten beiden Ziffern für das Zimmer. Obwohl McCabe fünf Stockwerke hoch ist, habe ich einen Blick auf das Erdgeschoss.

Die Flure gehen in verschiedene Richtungen. In silberner Schrift an der Wand zeigen Zahlen an, wo man sich befindet. Ich wende mich an 110-113. Am Ende meines Flurs befindet sich ein raumhohes

Fenster, das den Raum erhellt. Für den Fall, dass die Sonne untergegangen ist und man sein Zimmer verlassen hat, gibt es Lichter an den Wänden, die den Weg erhellen. Ich fühle mich ein wenig klaustrophobisch, wenn ich mich zum Ende hin bewege, aber irgendwie ist es immer noch beruhigender, als zu Hause zu sein. Zwischen 110 und 111 sowie 112 und 113 befinden sich Türen zu den Toiletten. Eine für jedes zweite Zimmer, um vier Personen unterzubringen.

Die Tür zu Zimmer 111 ist offen. Der große Raum hat zwei große Betten, zwei Schreibtische, zwei Schränke und in der Mitte eine anständig große Fläche für eine Couch, zwei Stühle und einen kleinen Couchtisch. Die Möbel trennen die beiden Hälften des Zimmers fast voneinander ab, so dass eine Barriere zwischen meiner Hälfte und der meiner Mitbewohnerin entsteht.

Apropos Mitbewohnerin: Sie ist schon da. Sie sitzt in der Mitte unseres Zimmers, ausgestreckt auf der Couch und hat die Füße über den Rand geworfen. Aus diesem Blickwinkel kann ich erkennen, dass sie groß und geschmeidig ist, genau wie meine Mutter. "Oh, Gott, du stinkst", verkündet sie spöttisch. "Was ist das für ein Geruch?" Und genau so zickig.

Ich ziehe eine Augenbraue hoch, als ich eintrete. Ich rieche nichts besonders Abscheuliches, aber was weiß ich schon? Vielleicht manifestiert sich ihre Magie als Supergeruch, aber wie sie dann nach Blackwood kommen sollte, ist mir schleierhaft. "Dir auch hallo."

Sie wirft ihre Füße auf den Boden und richtet sich auf. Ihre funkelnden, goldenen Augen mustern mich von oben bis unten, während sie mich aufnimmt. "Was ist deine Rasse?"

Die Haare auf meinen Armen sträuben sich, als würde ich angegriffen werden. Der Rat hat mich vor dieser Sache gewarnt. Die Blackwood-Akademie ist voll von Dämonen, Shiftern, Werwölfen und anderen gefährlichen Kreaturen. Sie werden eine Hexe nicht allzu freundlich aufnehmen. Sie sehen deine Art als weniger mächtig an als die ihre.'

"Hallo?" Die Frau steht auf und winkt mit der Hand in meine Richtung. "Kannst du mich hören oder bist du einfach nur dumm?"

Jetzt, wo ich darüber nachdenke, hätte ich wahrscheinlich das Schulgeld sparen und zu Hause bleiben können, wenn ich gewusst hätte, dass meine Mitbewohnerin genau wie meine Mutter sein würde. "Mein Name ist Marilyn." Während sich ihre Sachen vor dem Bett ganz rechts stapeln, gehe ich nach links hinüber. Mein Platz, komplett mit Bettzeug und einem ordentlich gefalteten Bettbezug.

"Mein Name ist Lilith und ich bin ein Shifter. Du bist dran, Prinzessin. Ich warte." Um ihren Standpunkt zu verdeutlichen, beginnt Lilith mit ihrem Schuh auf den Marmorboden zu klopfen.

Ich lasse meine Sachen auf den Boden fallen und drehe mich zu meiner neuen Mitbewohnerin für die nächsten fünf Jahre um. Ihr Haar ist lila, fast schillernd. Bei jeder Bewegung, die sie macht, sieht es aus, als würde es die Farbe wechseln. Ihre glitzernden goldenen Augen sind in der Iris schwarz gesprenkelt. Sie ist ein Drachenwandler.

Ich habe eine von zwei Möglichkeiten. Ich könnte über meine Rasse lügen. Irgendwann wird die Wahrheit ans Licht kommen und Lilith wird wahrscheinlich sauer sein. Also bleibe ich dabei, mich ihrer Wut von vornherein zu stellen. "Ich bin eine Hexe und eine Trägerin." Ich halte meine linke Hand hoch, in der mein silberner Ring liegt.

Lilith schnaubt auf höchst unladylike Weise. "Verdammter Mist", flucht sie. "Ich hätte jeden in der Schule haben können. Ich hätte mit einem anderen verdammten Shifter gepaart werden können, um Himmels willen. Und sie gaben mir den verdammten Blindgänger?

Wie sollst du mich in einem Kampf beschützen?"

"Mir war nicht klar, dass wir in nächster Zeit in einen Kampf geraten würden", sage ich tonlos.

Sie geht quer durch den Raum auf mich zu. Als sie näher kommt, wird ihre Größe deutlicher. Ich bin nur 1,70 m groß, aber wenn sie vor mir steht, muss sie einen halben Meter größer sein, vielleicht mehr. Meine Mutter würde dafür sterben, dass Lilith ihre Entwürfe trägt. Sie hat einen guten Knochenbau und die Art, wie sie sich bewegt, zieht die Blicke auf sich. "Ich wusste, dass du anders riechst, aber ich wusste nicht, dass es daran liegt, dass du eine von ihnen bist. Wie bist du hier reingekommen?"

Der herablassende Tonfall erinnert mich so sehr an Jacqueline, dass er etwas in mir entfacht. "Durch die Vordertür. Was ist mit dir?"

Ein Lächeln umspielt ihre Lippen, als sie mich anschaut. "Du bist irgendwie witzig, Hexe."

"Ich bevorzuge Marilyn." Ich bleibe standhaft, denn es ist der erste Tag. Wenn ich jetzt einknicke, laufe ich Gefahr, in den nächsten fünf Jahren ein Niemand und ein Nichts zu sein. Und vielleicht bin ich auch dann noch ein Niemand und ein Nichts, wenn alles vorbei ist, aber nicht wegen Lilith.

Sie beugt sich vor und atmet tief ein, um mich einzuatmen. "Und ich bevorzuge Stärke in der

Menge. Was kann ein Wichtigtuer wie du schon für mich tun?"

Die Blackwood Academy wird mir beibringen, wie ich mir meine Kräfte zunutze machen kann. Sie werden meine Fähigkeiten von ihrem Kern her erschließen und mir helfen, in meine Stärke hineinzuwachsen. Aber im Moment nutze ich das, was ich habe, um Liliths Gepäck quer durch den Raum zu schieben, bis es gegen ihre Beine kracht. Sie fällt nach hinten und landet hart auf ihrem Steißbein. "Leg dich mit mir an und finde es heraus, Prinzessin", erwidere ich ihren herablassenden Kosenamen von vorhin.

Ihre Augen flackern dunkel, das Gold wird zu einem Onyxschwarz. Für eine Sekunde denke ich, dass ich mich auf eine Veränderung gefasst machen muss. Aber dann fängt sie an zu lachen. Lilith streckt ihre Hand in meine Richtung und verlangt, dass ich ihr auf die Beine helfe. "Du bist ein mutiges kleines Ding. Vielleicht schaffst du es ja doch, zu kämpfen. Und wenn nicht", fügt sie hinzu, "kannst du mich wenigstens zum Lachen bringen."

Was soll das ganze Gerede vom Kämpfen? Wie bin ich in den magischen Fight Club geraten und wie komme ich da wieder raus?

Als hätte sie meine Gedanken gelesen, lässt

Lilith meine Hand los, geht einen Schritt zurück und schiebt ihr Gepäck mit einem Tritt weg. "In den Broschüren steht nichts über das Warrior Center. Man muss schon ein Erbe sein, um das zu erfahren. Der Schulleiter sieht uns gerne bei Wettkämpfen zu, bei denen wir in der Regel Zimmer gegen Zimmer antreten, um zu sehen, welche Paare am besten abschneiden."

"Das ist krank", sage ich und werde blass.

Lilith dreht mir den Rücken zu und geht zur Couch. "Nein, das ist die Blackwood Academy. Wir sind hier die Schlimmsten der Schlimmen." Sie wirft sich wieder hin und legt diesmal die Füße auf den Couchtisch. "Wenn sie nicht herausfinden, was wir können, wie sollen sie dann wissen, wovor sie Meira'mor schützen sollen?"

Ich kann Materie manipulieren. Meine Magie wird durch einen Ring nutzbar gemacht, der von alten Männern und Frauen mit einer Macht geschaffen wurde, von der ich nur träumen kann. Sie brauchen nur die stärkste Quelle meiner Macht zu entfernen, und ich bin nutzlos; das Universum muss nicht vor mir geschützt werden. "Es tut mir leid, dass ich eine solche Enttäuschung bin."

Lilith mustert mich mit einem kritischen Blick von oben bis unten. Sie sieht mich an, als ob sie in die Tiefen meiner Seele starrt. "Das wirst du nicht sein", entscheidet sie nach einem Moment. "Wenn jemand den Wissenschaftlern und Sadisten im Warrior Center eine Heidenangst einjagt, dann bist du es. Weißt du, wann das letzte Mal eine Hexe nach Blackwood geschickt wurde?"

"1942", antworte ich. Ich habe es nachgeschlagen, als der Rat sagte, dass dies mein Zuhause für die nächsten fünf Jahre sein würde.

"Du bist eine seltene Rasse in diesen Hallen, Prinzessin. Das bedeutet, dass sich hinter diesem ruhigen Äußeren und der brodelnden Wut ein Monster verbirgt." Ihre Lippen verziehen sich zu einem hinterhältigen Grinsen. "Und mit einem Monster an meiner Seite kann ich eine Menge Mist bauen."

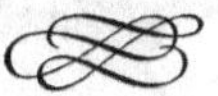

3 Wochen vorher

Der Unterschied zwischen Meira'mor und der Erde ist nicht die Magie. Der Unterschied zwischen Meira'mor und der Erde ist die Musik. Und das Trinkalter.

Wer hat beschlossen, dass Zwanzigjährige in diesem Universum nicht trinken dürfen? Ich brauche dringend eine Whiskey-Cola, wenn ich es bis Mitternacht schaffen will. Die Bars an diesem gottverlassenen Ort haben bis 2:00 Uhr morgens geöffnet. Welcher Mensch, der bei Verstand ist, bleibt so lange auf? Werden wir deshalb immer vor Drogen gewarnt, wenn wir das Portal von Meira'mor zur Erde durchschreiten? Überlebt diese Spezies von einem kleinen weißen Helferlein, das direkt in das Nasenloch gesteckt wird?

Ich fühle mich alt, oder vielleicht einfach nur weise für mein Alter. Zwanzigjährige Menschen haben noch viel zu lernen; zwanzigjährige Hexen könnten genauso gut als Menschen mittleren Alters gelten. Wir müssen immer noch eine Akademie besuchen, aber nur, um unsere Kräfte zu nutzen und zu stärken, und nicht, um zu lernen, wie wir unsere Steuern bezahlen.

Ehrlich gesagt, ich hasse es, auf die Erde zu kommen. Die Wachen nehmen mir am Portal meinen Ring ab, und ich habe kaum mehr Magie als ein Straßenmagier. Meine Kräfte werden hier zum Wohle der Menschen geschwächt. Dadurch fühle ich mich verletzlich. Und nackt.

Ich reibe geistesabwesend den Ringfinger meiner linken Hand, während ich mich im Maho-gany umsehe, einem überfüllten Club mit dröh-nender Musik. Ein Mann versucht, meinen Blick zu erhaschen, aber ich starre durch ihn hindurch. In der Ferne ist die Bar, der Fluch meiner Existenz. Sie lassen mich auf diesem verdammten Planeten nichts kaufen. Es ist, als ob der Kapitalismus erst mit einundzwanzig Jahren beginnt.

Vorhin musste ich an einer Tankstelle einen Widerling bezahlen, damit er mir eine Schachtel Zigaretten kauft. Er bot mir an, es umsonst zu tun, wenn ich ihm meine Titten zeige, aber mein Selbstwertgefühl war nicht so niedrig. Ganz zu schweigen davon, dass dieses Kleid zu eng ist, um einem Fremden auf der Straße meine Brüste zu zeigen. Ich musste die geringe Gebühr von 10 Dollar zahlen, damit er überhaupt in Erwägung zog, Zigaretten für eine Minderjährige zu kaufen, und weitere 10 Dollar, damit er hineinging und mir das Produkt holte.

Zigaretten sind eine hässliche Angewohnheit. Ich wache immer am Morgen nach einer Reise zur Erde auf und rieche die Reste von Alkohol, die durch meine Poren schwitzen, und billiges Nikotin, das sich in den Fasern meiner Kleidung festgesetzt hat. Aber nichts passt so gut zu einem Drink und einem Gespräch mit einem Menschen wie eine Zigarette. Ich könnte jetzt eine gebrauchen, um meine Nerven zu beruhigen, aber stattdessen konzentriere ich mich darauf, einen Mann dazu zu bringen, mir zuerst Alkohol zu kaufen.

Ich spüre die Anwesenheit meines Opfers nur einen Moment, bevor seine Hände von hinten nach meinen Hüften greifen. Über die laute Musik hinweg, die aus den Lautsprechern dröhnt, brüllt er mir ins Ohr: "Kann ich dir etwas bringen, meine Schöne?"

Ich rieche Tequila in seinem Atem. Einen Moment lang schließe ich die Augen und genieße den Duft des Alkohols. "Whiskey Cola", bestelle ich. Ich weiß nicht, wer er ist, und es ist mir auch egal. Wenn er mir einen Drink besorgt, lasse ich ihn vielleicht ein oder zwei Mal tanzen. Ich bin großzügig zu Leuten, die großzügig zu mir sind.

Seine Hände gleiten von meinen Hüften und ich spüre seine Anwesenheit nicht mehr. Da mein Drink bald kommt, kann ich anfangen, mich zu entspannen. Ich atme tief ein und lasse den Beat durch meine Adern fließen. Mein Körper schreit danach, sich zu bewegen, und so wippe ich von einem Fuß auf den anderen, während ich mich an den Rhythmus gewöhne.

Eine Schar von Frauen an der Bar starrt mich mit gemischten Gefühlen im Gesicht an. Eine sieht aus, als wollte sie mir die Augen auskratzen. Eine andere schaut wehmütig zu. Sie hassen mich. Sie wollen ich sein. C'est la vie.

Ich wünschte, ich hätte Freunde in diesem Universum. Ich habe mir ein paar Liebhaber genommen, aber wir haben nach der gemeinsamen Nacht nie wieder miteinander gesprochen. Ich gehe in Bars und Clubs wie Mahogany auf der Suche nach einer guten Zeit, nicht nach einer langen Zeit. Wenn ich Freunde wollte, würde ich im Meira'mor bleiben. Aber jetzt muss ich wohl neue Freunde finden. Cassandra geht nach Maplecroft, Samara hat letztes Jahr in Hawthorne angefangen, und Faith fängt im Frühjahr in Silverleaf an. Sie gehen nicht dorthin, wo ich bin, und das wird die Aufrechterhaltung unserer Freundschaft in den nächsten fünf Jahren ein wenig schwierig machen.

Aber um ganz ehrlich zu sein, bin ich auf die Frauen an der Bar genauso neidisch wie sie auf mich. Ich bin heute Abend nicht mit meinen besten Freundinnen ins Mahogany gekommen, in der Hoffnung, einen Mann zu finden, der der Richtige sein könnte. Ich bin mit der Absicht hergekommen, ein letztes Mal mit einem Menschen zu schlafen, bevor ich in ein paar Wochen mit der Schule anfange. Wenn mein Semester in Blackwood beginnt, weiß ich nicht, wann ich zurückkehren kann. Ich weiß nicht einmal, ob ich es will. Ich bin gekommen, um mich ein letztes Mal auszutoben, bevor mich die Professoren und Studenten meines neuen Zuhauses für immer verändern.

"Hey, Schönheit." Ein anderer Mann nähert sich, und seine Energie fühlt sich seltsam beraubt an und kitzelt die dunklen Teile meiner Seele, als er näher kommt. "Darf ich um diesen Tanz bitten?" Er spricht melodisch und hat keine Getränke dabei. Seine Augen sind hinter einer Ponyfrisur verborgen, die ihm zweifellos die Sicht verdeckt, aber er sieht harmlos genug aus.

Ich lasse zu, dass er meine Hand nimmt und mich ins Getümmel führt. Er ist heute Abend nicht der Richtige für mich, aber es macht mir nichts aus, ein paar Minuten meiner Zeit zu opfern. Und als er seine Hände auf meinen Hüftschwung legt, ist er ebenso sanft wie ruhig. Er schiebt mich in schnellen Zweischritten über den Boden, ohne ein weiteres Wort zu sagen. Ich erhasche einen flüchtigen Blick in seine Augen, als unsere Bewegung die Strähnen aus seinem Gesicht streicht, aber er dreht den Kopf, bevor ich mir irgendwelche Merkmale einprägen kann.

Der Mann, der mir einen Drink holen wollte, kommt zurück, als die Musik wechselt. "Hey", mischt er sich mit einem finsteren Blick ein, "ich dachte, wir beide wären zusammen."

Side-Swept Bangs löst seinen Griff um meine Taille und macht einen Schritt zurück, als wäre er ein galanter Ritter, der für den König zur Seite tritt. "Tut mir leid", entschuldigt er sich schnell. "Ich wusste nicht, dass das dein Mädchen ist", flucht er. "Wir haben doch nur getanzt."

Ich bin niemandem eine Entschuldigung schuldig. Ich bin mit niemandem hierher gekommen, und ich werde ganz sicher nicht mit einem dieser beiden Männer gehen. "Ist das mein Drink?" Ich mache einen Schritt auf das angebotene Getränk zu und spüre, wie meine Seele bei der Aussicht darauf vor Aufregung wimmelt.

"Glaubst du, ich hole einen Drink für ein Mädchen, das nicht einmal darauf wartet, dass ich zurückkomme?" Seine Energie ist weg; ich kann es an den Schwingungen spüren, die in Wellen von ihm ausgehen. Ich sollte aus dieser Situation verschwinden, bevor sie außer Kontrolle gerät. Aber ich war noch nie dafür bekannt, das zu tun, was man von mir erwartet.

Ich trete vor und lege meine Finger um das Glas, um seine Hand in meine zu legen. "Gib mir einfach den Drink, Kumpel. Das ist doch keine große Sache." Die Schärfe meines Tons bringt ihn aus der Fassung. Side-Swept Bangs geht weg und verschwindet in der Menge, als hätte es ihn nie gegeben.

Die Stimmung kippt, als der Fremde mir das

Glas aus der Hand reißt. Ich registriere kaum, was passiert, als er mich in Whiskey und Cola tauft. "Das ist doch keine große Sache", höhnt er und wiederholt meine Worte, während ich in Alkohol und klebrig-süßer Limonade getränkt dastehe.

Aus diesem Grund gibt es Wachen am Portal. Ich bin ein Träger, was bedeutet, dass meine Magie an einen gesegneten Gegenstand gebunden ist, der meine Kraft nutzbar macht. Wenn man an der Akademie studiert oder minderjährig ist, sind die Wachen da, um sicherzustellen, dass man nicht auf die Menschen losgeht oder etwas tut, was Meira'mor gefährden würde. Für mich bedeutete das, meinen Ring wegzunehmen.

Im Nachhinein betrachtet war das eine gute Idee. Wenn ich ihn jetzt trüge, könnte ich ihm das Glas aus der Hand nehmen und es ihm über dem Kopf zerschlagen, ohne einen Muskel zu bewegen. Oder ich könnte mir einen dieser Barhocker schnappen und ihn in seinen Rücken rammen. Oder ich könnte den Schlagstock aus dem Gürtel des Sicherheitsbeamten nehmen und ihn damit zu Tode prügeln.

Wenn ich mich umschaue, kann ich verstehen, warum ich nach Blackwood geschickt werde. Manche Leute würden einen Drink ins Gesicht mit

Anmut und Würde hinnehmen. Faith würde sich für ihr Verhalten entschuldigen und fragen, ob sie der Person einen Ersatz besorgen kann. Samara würde sich den Rest des Abends darüber aufregen, aber sie würde ihrer Wut niemals freien Lauf lassen. Cassandra würde die Situation hinter sich lassen und nach Hause gehen. Ich bin die Einzige von uns, die in Erwägung zieht, einen Mann deswegen umzubringen. Vielleicht sollte ich mir Hilfe holen.

"Entschuldigen Sie sich bei der Dame." Die Stimme, die sich in unser Gespräch einschaltet, ist tief und dröhnt über die Lautsprecher. Ich drehe meinen Kopf nach links und sehe einen riesigen Mann auf mich zukommen, meinen wahren Ritter in glänzender Rüstung.

Der Mann mit dem Glas schwankt, als er den Eindringling ansieht. Ich sehe, wie seine Augen nach oben wandern, um den Blick meines Ritters zu treffen. Sein Mund öffnet sich, als wolle er etwas sagen, aber stattdessen lässt er das Glas fallen und stürzt sich in die Menge, wobei eine Explosion von Scherben zurückbleibt.

Das Ungeheuer von einem Mann dreht sich um und sieht mich an, und ich ertappe mich dabei, wie ich mich in seinen Augen verliere. Sie haben die Farbe von säuregewaschenem, dunklem Jeansstoff oder vielleicht die des nächtlichen Meeres. Die Farbtöne vermischen sich - das dunkle Blau des Ozeans und der Schaum der Wellen. Ich habe noch nie solche Augen gesehen. "Lass uns dich sauber machen", sagt er in einer Art und Weise, die eher wie eine Anmache klingt als wie eine Feststellung der Tatsachen.

Er greift nach mir, ergreift meine Hand und zieht mich durch die Menge. Meine Sinne sind überwältigt und ich kann mir nicht erklären, warum. "Lass uns rausgehen!" schreie ich, als wir uns der Toilette nähern.

Ich will nicht mit ihm auf engem Raum gefangen sein. Zwischen seinen breiten Schultern und den scharf geschnittenen Gesichtszügen habe ich Angst, dass das Neonlicht im Bad zeigen wird, dass er nicht so gut aussieht, wie er im schwach beleuchteten Club erscheint. Oder schlimmer noch, dass er es ist.

Ohne mit der Wimper zu zucken, geht mein hünenhafter Ritter an den Toiletten vorbei und begleitet mich zu einem Notausgang. Ein Schild weist darauf hin, dass ein Alarm ausgelöst wird, wenn die Tür geöffnet wird, aber die Bestie bleibt nicht stehen. Er stößt durch die Metalltür und führt mich in die Gasse. Kein Alarm ertönt, niemand weiß, dass wir hier draußen sind. Die Musik im Club wird leiser, als die Tür hinter uns zuschlägt.

"Willst du eine Zigarette?" Er greift in seine Gesäßtasche und holt ein Päckchen heraus.

Ich hole ein Feuerzeug aus meiner Handtasche. "Willst du Feuer?"

Er ist derjenige. Er ist der Mann, den ich heute Abend mit nach Hause nehmen werde.

LILITH

Der heutige Tag

"Meine Mutter ist eine Professorin. Sie gehört nicht zu den Wissenschaftlern im Warrior Center, aber sie experimentiert gerne." Meine neue Mitbewohnerin erinnert mich an eine Porzellanpuppe; wenn ich sie zu hart fallen lasse, könnte sie zerbrechen. Wenn ich ihr erzähle, dass meine Mutter als Lehrerin nach Blackwood geholt wurde, weil sie bei ihren Experimenten Menschen aufgeschnitten und ihre Körperteile und Flüssigkeiten verwendet hat, um andere Rassen zu verbessern, könnte sie daran zerbrechen.

Aber Marilyn macht mir nichts aus. Selbst mein ausgeprägter Geruchssinn, der den Geruch von brennendem Feuer wahrnimmt, wenn sie in der Nähe ist, stört mich nicht sonderlich. Sie ist klein und witzig und auf eine zarte Art und Weise hübsch. Ich kann mir vorstellen, dass ich sie irgendwann mögen werde.

"Ich wurde in Blackwood aufgenommen, bevor der Rat mich überhaupt hierher geschickt hat", gebe ich an. "Wenn man als Drachenwandler geboren wird, ist einem die Aufnahme praktisch sicher."

Marilyn nickt zustimmend mit dem Kopf und unterdrückt ein Gähnen, als wir an der Bibliothek vorbeigehen. "Meine Eltern dachten, das wäre bei mir und der Hawthorne Academy der Fall", sagt sie nach ein paar Augenblicken.

Ich rümpfe automatisch die Nase. Ich kann mir nicht nur nicht vorstellen, woanders zu sein, sondern ich kann mir auch nicht vorstellen, jemals auf Hawthorne zu gehen. Nicht einmal, wenn der Rat mich dorthin schicken würde. "Die Schule für die Ehrgeizigen und Entschlossenen? Glaube mir, hier bist du besser aufgehoben." In der Schule für die Bösen und Verderbten.

Sie schiebt sich eine Haarsträhne hinters Ohr und nickt in vorgetäuschter Zustimmung mit dem Kopf. "Du meinst, in der Schule, in der sie uns in unterirdischen Kampfspielen gegeneinander antreten lassen? Da gehöre ich hin?"

Ein Blackwood-Schüler, der sich selbst hasst, ist in dieser Gegend eine Seltenheit. Die meisten Männer und Frauen, die durch die Tore des Campus gehen, wissen, dass sie tief im Inneren genauso krank und verdreht sind wie der Ruf der Schule. "Mach nicht schlecht, was du bist, Marilyn", schimpfe ich. "Diese Schule hat in der Vergangenheit einige der mächtigsten Wesen hervorgebracht, die es je gab."

"Diese Schule hat in der Vergangenheit Schurken hervorgebracht. Sie wissen schon, die Art, die unsere Welt oder die Menschen terrorisiert, bis es so weit ist, dass jemand sie ausschalten muss." Marilyn schnauzt mich an. "Ich war vielleicht nicht auf der Hawthorne Academy, aber ich kann dir sagen, dass niemand ihre heiligen Hallen verlassen hat, einen Krieg angezettelt hat und für Kriegsverbrechen gegen sein Heimatuniversum jahrzehntelang im Gefängnis saß."

Ich frage mich, ob sie meinen Vater kennengelernt hat. Der Typ hat das Schurkendasein zu seiner ganzen Persönlichkeit gemacht. "Po-tay-to, po-tah-to," antworte ich mit einem Achselzucken. "Und was ist, wenn Menschen das, was sie hier gelernt haben, für das Böse nutzen? Das ist nicht anders, als wenn jemand Silberblatt verlässt und beschließt, einen Völkermord an der Fae-Rasse zu begehen."

Vielleicht ist es ein wenig anders, aber nicht genug, um den Ausschlag zu geben. Für mich klingt das wie die Debatte über Natur oder Erziehung. Jemanden nach Blackwood zu schicken, bedeutet nicht, dass er zum Bösen wird. Wenn man ihnen beibringt, wie sie ihre Kräfte nutzen können, heißt das nicht, dass sie böse werden. Das einzige, was das Potenzial einer Person für böses Verhalten bestimmen kann, ist die Person selbst.

Wir gehen weiter über den Campus, jeder Schritt bringt uns der Schmiedehalle näher. Am Einführungstag gibt das Personal der Blackwood Academy ein Bankett für seine Schüler. Den älteren Schülern werden Ehrenplätze in der Halle zugewiesen. Diejenigen, die im fünften und letzten Jahr sind, werden an einem erhöhten Tisch platziert, so dass jeder im Raum sie sehen und zu ihnen aufschauen kann. Die neuen Schüler, wie Marilyn und ich, sitzen ganz hinten und hören zu, wie Schulleiter Merryweather über die Regeln und Vorschriften spricht.

"Der Campus ist wunderschön", beschließt Marilyn weise, das Thema zu wechseln. "Ich hatte dunkle Backsteine und totes Gras erwartet. Das ist eine angenehme Überraschung."

Hexen. Sie werden so anders erzogen als der Rest von uns. "Blackwood ist gar nicht so schlecht. Ich komme schon fast mein ganzes Leben hierher. Mein Vater war auch mal Professor, aber dann wurde er verrückt und musste eingewiesen werden." Meine Mutter war diejenige, die ihn einsperren ließ. Es gab keine besonderen Probleme mit ihm, aber ich vermute, dass er ein heimliches Experiment meiner Mutter war. Wahrscheinlich hat sie ihm jede Nacht ein bisschen zu viel Werwolfsblut in seine Cocktails gespritzt, nur um zu sehen, was passiert. "Aber abgesehen davon ist es ein ziemlich anständiger Ort. Das Essen ist gut. Die Professoren wissen wirklich Bescheid. Was die Ausbildung angeht, ist es eine der besten, die man in Meira'mor bekommen kann. Wir sind eine sehr vielseitige Akademie für den Ruf, den wir haben."

Ich sehe, wie Marilyn ein paar Blicke auffängt, während wir über den Campus gehen. Augen und Nasenlöcher blitzen auf, wenn die Leute erkennen, was sie ist, sei es durch den Geruch oder andere magische Methoden. Sie behandeln sie wie eine Jahrmarktsattraktion oder ein Autowrack; sie können nicht wegsehen. "Alle hier scheinen sehr gastfreundlich zu sein", murmelt sie, als sie begreift, was hier passiert. Marilyn blickt nach vorne und trainiert ihre Augen darauf, nur nach vorne zu schauen. Ich bewundere ihre Stärke, das steht fest.

"Hör zu", ich strecke meine Hand über die kleine Fläche zwischen uns und berühre ihren Unterarm mit meinen Fingerspitzen, um ihre Aufmerksamkeit zu erregen, "du bist nicht wie der Rest von uns. Du trägst dich anders. Du siehst anders aus. Du riechst anders. Verdammt, du benimmst dich sogar anders. Du musst den Leuten die Chance geben, sich daran zu gewöhnen." Ich habe meine erste Hexe erst mit zwölf Jahren kennengelernt. Meine Mutter behauptet, dass einige der Leute, die wir in Geschäften oder Restaurants getroffen haben, Hexen waren, aber ich bezweifle ihre Behauptungen. Viele der Leute in Blackwood haben wahrscheinlich die gleiche Geschichte mit Hexen wie ich.

Aber Marilyn hatte nicht dieselbe Erziehung, wie ihr Monolog über den Respekt vor allen großen und kleinen Rassen beweist. "Mir wurde nicht beigebracht, auf Wandler oder Vampire oder Dämonen oder sonst jemanden herabzusehen. Wir wurden vor Zauberern gewarnt", fügt sie hinzu, "aber das bezog sich eher darauf, dass Männer die Kräfte von Frauen an sich reißen und das Gesetz nichts dagegen tun kann."

Für mich klingt das verrückt. Die Magie, mit der ich geboren wurde, die Fähigkeiten, die ich habe, können mir nicht genommen werden. Die Tatsache, dass ich Marilyn den Ringfinger abschneiden oder das silberne Band abnehmen und zusehen kann, wie ihre Kräfte schwinden, ist unglaublich. Ich würde lieber sterben, als eine Hexe zu sein. "Sie werden schon wieder zu sich kommen", sage ich ihr nach einem Moment und zucke mit den Schultern. Es gibt nicht viel, was ich tun kann, um ihr zu versichern, dass diese Leute sich eines Tages mit der Tatsache abfinden werden, dass sie anders ist. "Sei froh, dass du eine Hexe bist und kein Sukkubus. Wenn du ein Sukkubus wärst, hätte ich dich lebendig verbrannt", scherze ich. Aber es ist nicht wirklich ein Witz.

Aus den Augenwinkeln sehe ich, wie Marilyns Kinnlade herunterfällt und sie eine Maske der Verwirrung aufzieht. "Was?" Fragt sie verärgert. "Was ist falsch an Sukkubi?"

Der Gedanke daran jagt mir einen Schauer über den Rücken. "Vielleicht ist es eine Blackwood-

Sache." Ich bin keineswegs rassistisch, ich habe nur eine starke Meinung über Menschen, die dem Stereotyp ihrer Rasse entsprechen. Ich versuche, es ihr zu erklären. "Jedes Jahr kommt eine Gruppe von Succubi, die immer in die Succubus Squad aufgenommen werden. Stellen Sie sich eine Clique von bösen Mädchen vor. Sie gehen von Halle zu Halle und suchen nach Leuten, die sie anpöbeln, in die Luft heben oder mit ihren Augen zum Schmelzen bringen können. Was auch immer. Sie sind so ziemlich die beschissensten Leute, die es gibt, zumindest solange sie auf der Akademie sind." Außerhalb dieser Hallen? Wer weiß. Ich habe noch nie einen auf der Straße gesehen.

"Apropos beschissene Leute, von denen man sich fernhalten sollte: Halten Sie sich von den Blackwood Five fern." Nicodemus' blondes Haar und sein unerträgliches Lachen fallen mir von der anderen Seite des Hofes auf.

Marilyns Gesicht verzieht sich und verzieht sich. Ihre Augen verengen sich, als sie auf die Gruppe von Jungen starrt, auf die ich eine Geste mache. "Tut mir leid. Die wer?" Aber sie hört nicht auf, die Gruppe von Jungen direkt vor sich anzustarren. In ihrem Blick liegt ein Erkennen.

"Die Blackwood Five", wiederhole ich. "Das sind

vier von ihnen da drüben." Ich nicke in ihre Richtung. An der Neigung von Marilyns Kopf erkenne ich, dass sie sie bereits ansieht. "Sie mögen attraktiv sein, aber sie werden dein Leben ruinieren." Als würde sie merken, dass wir über sie reden, sehe ich, wie sich die Augen in unsere Richtung drehen. "Die Blackwood Five sind eine Gruppe von Dämonen. Manchmal nennt man sie auch die Horde."

Der Gang meiner Mitbewohnerin verlangsamt sich zum Kriechen. "Lilith", murmelt sie leise vor sich hin.

Aber sie spricht so leise, dass ich sie nicht höre. "Das ist Vale. Alle nennen ihn die Bestie, weil er so groß ist." Das ist ein Mann, der mehr Zeit im Fitnessstudio verbringt, als ein Lehrbuch zu lesen. "Er ist der selbsternannte Anführer der Blackwood Five und der größte Schwanz auf dem Campus. Aber ich meine nicht nur seine Persönlichkeit." Ich erschaudere schon beim Gedanken daran. Letztes Jahr hat er einen Erstklässler vom Campus geworfen. Er nutzte seine Fähigkeiten, um den Jungen physisch in die Luft zu heben und ihn über das Tor zu werfen. "Er hat unter seiner Hose einen dicken, geäderten, dämonischen Schwanz, der locker 10 cm lang ist. Nicht, dass ich es persönlich wüsste", füge ich hinzu, "aber er hat es der halben Schule gezeigt, also ist es inzwischen so gut wie allgemein bekannt."

Marilyn erhebt ihre Stimme ein wenig lauter. "Lilith", ruft sie meinen Namen.

Diesmal höre ich sie, aber ich glaube, sie will mir sagen, dass Vale attraktiv ist, und das lasse ich mir nicht gefallen. Nicht, wenn ich weiß, wozu er fähig ist. "Da ist Nicodemus. Er ist der hübsche Junge der Gruppe und so süß, dass man sich an ihm die Zähne ausbeißen könnte." Seine Familie kam einmal zum Abendessen zu mir nach Hause, und ich glaube, am Ende des Essens hatte ich eine Höhle, weil ich daran dachte, wie süß er war. "Unter der Oberfläche ist er ziemlich abgefuckt, hart. Er hat die Gabe der biochemischen Manipulation und ich habe schon gesehen, wie er sie benutzt hat, um die molekulare Struktur der Genetik von jemandem zu zerstören."

Ich richte meinen Blick auf die Zwillinge. Sie lachen, als ob die Welt in Ordnung wäre, aber ich weiß, was sich hinter diesem Lächeln verbirgt. "Ares ist die sexy Hälfte der Bloodstone-Zwillinge. Und mit sexy meine ich nur, dass er kein totales Arschloch ist. Ich habe gehört, er ist ein Shadow Walker. Ich habe noch nie einen persönlich getroffen, aber das klingt nach einem coolen Partytrick." Mit einer Neigung meines Kopfes in die andere Richtung stelle ich ihr den anderen Zwilling vor. "Das ist Slade der Sadist. Er ist ein Traumbändiger. Manchmal bekommen Zwillinge die gleiche Kraft, aber die beiden nicht, nehme ich an. Soweit ich weiß, nutzt Ares seine Fähigkeiten nicht, um die Leute täglich zu verarschen. Slade hingegen hat großen Spaß daran, sich durch deine Albträume zu wühlen und sie wahr werden zu lassen." Er könnte die guten Träume der Leute manifestieren, wenn er wollte, aber das ist nicht Slades Stil.

Marilyn bleibt stehen, ergreift meinen Arm und hält mich ebenfalls auf der Stelle fest. "Du sagtest, die Blackwood Five. Wo ist der fünfte?"

"Oh, ja, Zephyrus. Ich glaube, wir sollten ihn Professor Storm nennen. Er unterrichtet einen Spezialkurs in Alchemie mit Schwerpunkt auf Chaos und Zerstörung. Ich habe auch gehört, dass er mit pyrotechnischer Zauberei begabt ist, aber ich habe es nie aus erster Hand gesehen. Er hat seinen Abschluss vor zwei oder drei Jahren als Klassenbester gemacht. Meine Mutter hat oft von ihm gesprochen. Sie sagte, sie habe noch nie einen begabteren Schüler gesehen." Sie hält mich nicht für begabt, aber man kann nicht immer gewinnen. Wenn man ein Drache mit Allwissenheit ist, gibt es nicht viel, wovon man sich beeindrucken lassen kann. Ich werde also mit jeder Situation, jedem Problem und jedem Konflikt fertig. Was soll die Aufregung?

Ich fahre fort und erzähle Marilyn schließlich von Zephyrus. "Der Schulleiter hat seit seinem Abschluss versucht, ihn als Lehrer zu gewinnen. Er kann gut mit den Schülern umgehen und küsst phänomenal, sagt meine Schwester. Sie hat letztes Jahr ihren Abschluss gemacht und erzählt, dass sie einmal mit ihm am See geknutscht hat. Ich wette, sie hat noch mehr gemacht, aber das würde sie mir gegenüber nie zugeben."

Als das Gespräch etwas ruhiger wird, packt Marilyn mich fester am Arm und zieht mich näher an sich heran. Wenn sie sich auf die Zehenspitzen stellen könnte, um mir ins Ohr zu flüstern, würde sie das bestimmt tun. "Wir haben ein Problem."

In diesem Moment dreht sich Ares um und sieht uns beide im Blickfeld. Ich sehe, wie das Lächeln auf seinem Gesicht verschwindet, als er Marilyn ansieht. "Äh, was für ein Problem? Wenn du auf einen dieser Männer stehst", beginne ich.

Marilyn stöhnt und lässt mich los. Ares stößt seinen Bruder mit dem Ellbogen an und ich sehe, wie sich seine Lippen bewegen, während er mit den beiden anderen Jungs spricht. Alle vier Augenpaare starren in unsere Richtung. "Ich stehe nicht auf sie, Lilith, aber sie standen auf mich. Vor drei oder vier Wochen, um genau zu sein."

"Hat", ich halte inne und versuche, meine Gedanken zu sammeln. Mom sagt immer, dass ich erst denken soll, bevor ich spreche. Sie sagt mir immer, nur weil ich alles weiß, sollte ich nicht gleich mit meinen Gedanken herausplatzen. "Hast du die Blackwood Five gefickt?"

Der Dämonen-Vierer läuft in unsere Richtung, mit Vale an der Spitze der Gruppe. Er ballt wiederholt die Fäuste an seinen Seiten und seine hübschen blauen Augen blitzen dämonisch rot auf.

"Ich war auf der Erde", murmelt Marilyn, "ich wusste nicht, wer sie sind."

Ich sehe zu ihr hinüber. Meine winzige Mitbewohnerin mit dem silbernen Blick und den erröteten Wangen sieht jetzt wie eine andere Person aus. Auf Wiedersehen, Porzellanpuppe, für die ich sie vor fünf Minuten noch gehalten habe. Hallo, böse Schlampe, die uns beide umbringen wird. "Erinnere mich daran, dir später in den Arsch zu treten."

Ich habe von meiner Mutter Dutzende von Geschichten über die Blackwood Five gehört. Sie treiben auf dem Campus ihr Unwesen und richten Chaos an. Sie sind das Aushängeschild für das, was

Marilyn befürchtete, dass die Akademie sie verwandeln würde. Und sie hatte Sex mit ihnen?

Ich versuche nicht mit Leuten zu schlafen, die ich hasse, aber Hexen sind wirklich anders gebaut als wir anderen.

3 Wochen vorher

"Hast du einen Namen?" fragt das Ungeheuer von einem Mann, nachdem er einen Zug an der Zigarette genommen hat. Er bläst Rauch aus seinen Lippen und es riecht himmlisch.

Gott, ich hatte ganz vergessen, wie sehr ich dieses Universum an einem Freitagabend liebe. Die Männer. Den Alkohol. Das Nachtleben. Es ist anders als alles, was wir in Meira'mor haben.

Ich zünde mir kurz eine Zigarette an und genieße die Atmosphäre, bevor ich antworte. "Meine

Freunde nennen mich Marilyn, aber du kannst mich für die Nacht dein nennen, wenn du willst." Ich bin dreist. Ich bin dreist. Ich war noch nie so mit einem Mann zusammen, aber ich liebe es irgendwie.

Die Gasse, in der wir stehen, ist dunkel, nur von einer Straßenlaterne in 100 Metern Entfernung beleuchtet. Über dem Notausgang, durch den wir gerade gegangen sind, befindet sich ein kleiner Scheinwerfer, aber die Glühbirne muss ausgewechselt werden. Das Licht flackert alle paar Augenblicke und droht, jeden Moment auszugehen. Müllcontainer säumen die Rückseite der Geschäfte von hier bis zur Straße. Der schwache Geruch von verrottendem Essen und Müll wird von einer kühlen Brise überdeckt.

Mitten in der Nacht in einer Gasse zu ficken, stand noch nie auf meiner Wunschliste. Ein richtiges Bett, ein Badezimmer oder sogar ein Ort, an dem die Wände nicht mit Dreck beschmiert sind, hat für mich oft mehr Reiz als ein Streifen Beton zwischen zwei Gebäuden. Aber die Augen des Fremden glühen vor Lust, wenn er mich ansieht, und machen mein Höschen feucht. Wenn er mich hier und jetzt nehmen will, wer bin ich, ihn aufzuhalten?

"Für die Nacht?" Er hebt eine Augenbraue und

mustert mich von oben bis unten. Ein Kribbeln läuft mir über den Rücken, als er mich mit seinen Augen entkleidet. "Wie wäre es mit einem kurzen Fick? Ich habe einen vollen Terminkalender, Marilyn."

Er kommt mir vor wie der Typ Arschloch. Die Art von Kerl, der, wenn er mir auf der Straße begegnet, erwartet, dass ich mich bei ihm entschuldige. Normalerweise verschwende ich keine Zeit mit solchen Männern, aber die Art, wie er sich verhält, ruft mein inneres Tier auf den Plan. Sie zerrt an dem Käfig, in dem sie gefangen gehalten wird, und will unbedingt frei sein. Sie will auf diesen Mann losge-lassen werden, mit ihren Fingern über seine Haut streichen und schreien, dass sie ihn hasst, wenn sie über seinen Schwanz kommt.

Ich werfe einen Blick auf meine Uhr und täusche Langeweile vor, bevor ich ihn wieder ansehe. Ich wette, ein Mann mit so breiten Schultern könnte mich hochheben und auf seinem Schwanz hüpfen lassen, ohne dass er eine Wand zum Anlehnen braucht. "Lass dir nicht zu viel Zeit, Hengst", blase ich einen Rauchring aus, "ich muss auch noch wohin."

Die rechte Seite seines Mundes verzieht sich zu einem verschlagenen Grinsen nach oben. Mein Ritter in glänzender Rüstung nimmt einen letzten, langen Zug von seiner Zigarette, bevor er sie zu Boden schnippt. Er tritt vor, bis seine massige Gestalt an meine gepresst ist. Das Biest überragt mich um einen Meter und schaut mit einem glühenden Blick auf mich herab, der mich vor Erwartung zusammenzucken lässt. "Lass die Zigarette fallen, Süße", unterbricht er die Stille, "das Einzige, woran du dich festhalten musst, bin ich."

Ich habe noch mehr für später, falls ich sie brauche. Ich lasse mein geliehenes Stäbchen zu Boden fallen, und bevor ich auch nur den Mund öffnen kann, um ihn zu fragen, was als Nächstes kommt, hebt er mich hoch und knallt mich gegen die Hauswand. Die Geste raubt mir buchstäblich den Atem. Sie überrascht mich, und der Schmerz raubt mir den Sauerstoff.

"Zieh dein Höschen zur Seite", befiehlt er, und sein Tonfall lässt mir keine Chance, mich zu wehren.

Als ich zwischen uns greife, lasse ich meine Finger über seine Brust gleiten. Ein schwarzes Hemd schmiegt sich an Muskeln, die ich lieber auf den Knien lecken würde, als sie einfach zu streicheln. Mein Kleid wurde durch die Position, in der ich mich befinde, hilfreich nach oben gezogen und bündelt sich in meiner Taille. Der Raum zwischen meinen Schenkeln ist heiß vor Verlangen, als ich nach der

Seite meines Höschens greife und enthülle, was sich darunter befindet.

"Jetzt nimm meinen Schwanz heraus." Wieder einmal sagt er mir, was ich tun soll. Ich greife nach vorne, knöpfe seine Jeans auf und greife hinein. Ich werde mit einem Monster konfrontiert. Sein Schwanz ist so groß, dass ich beide Hände brauche, um ihn zu entblößen. Ich reiße meinen Blick von ihm los und begegne seinem Glied von Angesicht zu Angesicht. "Das wird nicht passen", verkünde ich.

Er packt meinen Hintern fester, seine Finger graben sich so tief in meine Haut, dass ich schwöre, er wird blaue Flecken hinterlassen. "Mach. It. Fit." Befiehlt er.

Ein Schauer läuft mir über den Rücken und es fühlt sich an, als würde mein Körper seinen Anweisungen ohne mein Zutun folgen. Ich führe sein Glied an meinen glitschigen Eingang und bete, dass er mich nicht in zwei Teile reißt.

In der Sekunde, in der sein Kopf an meiner Erregung reibt, reißt er mich auf. Ich schlinge meine Arme um seinen Hals, um ihn besser festhalten zu können, und beiße die Zähne zusammen, als er sich in mich hineinzwängt. "Weißt du, was das Beste daran ist, einen großen Schwanz zu haben?" Seine Frage ist teils ein Flüstern, teils ein Knurren.

"Nein", stöhne ich, als er mich ausfüllt. "Was ist das Beste daran?"

Sein Kopf trifft auf meinen Gebärmutterhals, bevor er ganz drin ist. Ein Schmerz schießt durch mein Inneres, aber er wird schnell von Lust abgelöst, als er seine Hüften hin und her schiebt. "Jede Muschi fühlt sich wie ein Schraubstock an, der sich um mich zusammenzieht. Seine Lippen kommen an mein Ohr und ich spüre seinen warmen Atem an meinem Ohrläppchen kitzeln. "Besonders deine. Deine enge kleine Fotze erstickt. Du fühlst dich wie ein Pullover, der drei Nummern zu klein ist. Und wenn du deine verdammten Kegelmuskeln noch ein einziges Mal anspannst, werde ich in dir explodieren."

Ich werfe meinen Kopf zurück. Irgendetwas an seinem schmutzigen Mund erregt mich. Ich schlinge meine Beine um seine Taille und überkreuze sie an den Knöcheln. Er versucht, sich aus mir herauszuziehen, aber ich ziehe ihn wieder hinein. "Ich will, dass du mich in Stücke reißt," stöhne ich. "Fick mich, bis es weh tut." Er bringt die schmutzige Seite in mir zum Vorschein. Oder vielleicht ist es die Gasse. Ich weiß nicht, was schmutziger ist.

"Du magst diesen Monsterschwanz in dir, oder?", knurrt er in mein Ohr. Jedes Wort wird von einem Stoß unterbrochen. Mein Inneres dehnt sich aus, um ihn ganz aufzunehmen, und er stößt nicht mehr mit jedem Stoß seines Gliedes gegen meinen Gebärmutterhals. "Du willst, dass ich deine dreckige kleine Muschi mit meinem Sperma fülle, nicht wahr?

Ich habe Dirty Talk noch nie gemocht. Die Männer, die sich dafür interessierten, schienen es immer zu weit zu treiben, aber jedes Wort, das dieser Fremde sagt, spricht die Bestie in mir an, die rausgelassen werden will. "Ich möchte deinen Schwanz melken. Ich will spüren, wie du an meinen Schenkeln heruntertropfst, wenn ich wieder reinkomme."

Er stößt immer härter zu. Die Spitze seines Schwanzes streift bei jeder Bewegung meinen G-Punkt und ich werde immer wieder gegen die Wand gepresst, während er mich fickt. Ich kann nicht sagen, was mir den Atem raubt: die Lust oder der Schmerz. Beides ist exquisit.

"So ist es richtig. Nimm alles von mir, bis ich dich in zwei Teile reiße. Stell dir vor, wie ich jetzt in deinen Arsch eindringe." Als ob er wüsste, dass ich mehr Stimulation brauche, spüre ich, wie sein Finger unter mein Höschen wandert und meine verbotene Blume findet. Er drückt mit seinem

Mittelfinger gegen den Ring, bis er hineinpoppt. "Stell dir einfach vor, wie du dich mit diesem großen, geschwollenen Schwanz hier fühlen würdest."

Ich werde ohnmächtig, oder vielleicht verliere ich durch das Schreien vor Vergnügen so viel Sauerstoff, dass ich ein paar Momente vergesse. Aber als ich wieder aufwache, komme ich gerade auf seinem Schwanz. Sein Finger gleitet im gleichen Tempo wie sein Glied in meinen Arsch hinein und wieder heraus. Ich bin am ganzen Körper errötet. Trotz der kühlen Brise in der Gasse bin ich fiebrig.

Mein Herz bleibt fast stehen, als er seinen Finger aus meinem Arsch zieht und sich an meinem Oberschenkel festkrallt. Er brüllt wie ein Tier, als er zum Orgasmus kommt, und als ich mit ihm fertig bin, ist kein einziger Tropfen seines Saftes mehr übrig. Ich benutze meine Kegel, um sein Glied zu massieren, und tue genau das, was ich gesagt habe, dass ich es tun würde. Ich melke ihn wie eine verdammte Kuh, bis ich so voll mit Sperma bin, dass es aus mir herausspritzt, wenn er sich zurückzieht.

"Fuck", flucht er mit einem wütenden Knurren, "du bist ein verdammtes Vergnügen".

Aus dieser Position heraus zu navigieren ist schwieriger als hinein zu kommen. Der Fremde zieht seinen Schwanz aus mir heraus und selbst nach dem Orgasmus ist er ein großer Junge. Er ist die Art von Kerl, die wachsen und sich zeigen kann, wenn du weißt, was ich meine. Dann stellt er mich auf meine Füße und geht ein paar Schritte zurück, um sich aufzurichten.

Ich schiebe den Stoff meines Kleides wieder um meine Hüften und ziehe mein Höschen über meine mit Sperma gefüllte Mitte. Ich bin ein Hostess Twinkie; die ganze Sahne ist innen.

"Du solltest wieder reingehen", sagt er, während er seinen Schwanz abschüttelt und ihn zurück in seine Jeans schiebt.

Keine Namen. Keine Nummern. Kein falscher Anschein, dass wir versuchen werden, uns wieder zu sehen. Es würde mich nicht wundern, wenn ich nicht die einzige Frau wäre, die er heute Nacht gefickt hat. "Danke für die Zigarette." Ich vergesse fast, dass die Vorderseite meines Kleides vor ein paar Minuten noch mit Whiskey-Koks beschmiert war. Aber als ich alles zurechtrücke, spüre ich den klebrigen Limonadensirup und werde daran erinnert, dass ich wie ein Kneipenboden rieche.

Vielleicht sollte ich doch nach Hause gehen, oder zurück in mein Hotelzimmer, um mich für die Nacht hinzulegen. Ich habe bekommen, weswegen ich hierher gekommen bin. Mein Körper fühlt sich schwach an vor Vergnügen und jeden Moment werde ich eine Spur von der Wichse des Fremden auf dem Boden hinterlassen, die aus mir herausläuft.

Aber als ich Mahogany betrete, nehme ich Blickkontakt mit jemandem auf, der neu ist. Sein Blick ist so hell wie ein Wald im Frühling. Er ist nicht ganz so groß wie der Mann, den ich gerade in der Gasse gefickt habe, aber er zieht mich mit einer Fingerbeuge zu sich heran.

Ich bin nicht der Typ, der es in einer Nacht mit mehr als einem Mann treibt, aber dieser Blonde hat etwas an sich, das mich vor Lust und Pheromonen triefen lässt. Scheiß auf Konventionen, denke ich. Wie kriege ich diesen Mann in mich hinein, ohne ihm zu sagen, dass ich bereits voll mit dem Sperma eines anderen Mannes bin?

VALE

Der heutige Tag

Unsere eine Nacht mit Marilyn war perfekt, zumindest dachte ich das. Zu fünft stiegen wir aus und gingen. Nikodemus wollte uns mit seiner Magie noch einen weiteren Leckerbissen bringen, aber die meisten von uns waren zu müde. Am Ende gingen wir nach Hause, mit unseren Schwänzen in den Hosen und einer weiteren Geschichte über einen sexy kleinen Menschen, der mit einer Möse voll unserer Säfte endete.

Im Grunde genommen war die Geschichte zu

Ende. Das Ende war geschrieben worden. Manche würden sogar sagen, es war ein glückliches Ende. Bis wir vier über den Hof blickten und das silberhaarige Mädchen in der Mitte des Rasens stehen sahen.

Ich bin die Erste, die zugibt, dass ich ein Wutproblem habe. Wenn ich wütend werde, lasse ich den Dämon in mir herauskommen, um zu spielen. Und die Erkenntnis, dass wir vier und Zephyrus ein Mädchen auf Blackwood gefickt haben, ist genau die Art von Ereignis, die den Dämon in mir hervorbringt.

Ich stürme über den Hof auf Marilyn zu, während die anderen drei Männer mir dicht auf den Fersen sind. "Vale", mahnt Nikodemus, "sei nett."

Aber alles, was ich sehe, ist rot. Wir haben das Portal zur Erde durchquert, damit wir von allem wegkommen können. Unsere Verantwortung, unsere Verbindungen, unsere Fähigkeiten, unsere Probleme. Wir ließen all das in Meira'mor für eine Nacht in der Stadt zurück. Und jetzt müssen wir uns den Konsequenzen dieser Handlungen stellen, bevor sich herausstellt, dass wir nicht genug zurückgelassen haben.

"Willst du mir etwas sagen, Marilyn?" Feuer kommt aus meinen Fingerspitzen, als ich mich ihr nähere. Mit kaum mehr als fünf Fuß Abstand zwischen uns sind Ares und Slade das Einzige, was mich davon abhält, sie lebendig zu rösten.

Sie lacht mir ins Gesicht. Dann, als sie merkt, was sie getan hat, führt sie ihre Hand zum Mund, um das Lächeln zu verbergen. "Tut mir leid. Das war unhöflich." Marilyn räuspert sich: "Weißt du, ich dachte neulich, du wärst ein Arschloch, aber jetzt ergibt alles einen Sinn. Du bist der Teufel. Natürlich, du bist ein Arschloch."

Marilyn hat große Eier, das muss ich ihr lassen. Ich habe schon stärkere Männer gesehen, die vor meinem Zorn in die Knie gegangen sind. "Du hast nicht daran gedacht, uns zu sagen, dass du ein-a-a-a bist", versuche ich herauszufinden, was sie ist.

Ihre Freundin hilft mir auf die Sprünge. "Eine Hexe", bietet sie lächelnd an.

"Jesus Christus", ich schließe die Augen und schüttle den Kopf. Von allen Meira'mor, die man ficken kann, habe ich mich erniedrigt, indem ich mit der schwächsten Spezies, die unser Universum kennt, Sex hatte? "Du bist eine Hexe? Besuchst du deine Mami oder deinen Papi oder so? Was machst du auf Blackwood?"

Ares räuspert sich und gewinnt die Aufmerksamkeit meines gefangenen Publikums. "Hexen sind in Blackwood erlaubt, Vale. Sie sind nur irgendwie nicht gut genug, um hier zu sein." Er hält seine Hände in Marilyns Richtung hoch. "Nichts für ungut, natürlich. Ich bin sicher, Sie sind mächtig oder was auch immer. Außerdem war die letzte Nacht erstklassig. Würde wieder ficken."

Ich liebe meine Jungs. Es ist nicht sehr männlich, das zu sagen, aber wir fünf sind schon seit Jahren zusammen. Wir sind zusammen zur Schule gegangen, und unsere Familien waren eng befreundet. Man kann nicht all diese Zeit mit jemandem verbringen, ohne ihn zu lieben. Aber Gott, was würde ich nicht dafür geben, Ares jetzt ins Gesicht zu schlagen, weil er die Geschehnisse auf der Erde erwähnt hat. "Warum hast du uns nicht gesagt, dass du eine Hexe bist?" Ich wende mich wieder dem eigentlichen Thema zu: ihrem Verrat.

Aber Marilyn sieht das nicht ganz so. Sie lässt ihre Hände wieder auf die Seiten sinken und wird nüchtern. "Es ist ja nicht so, dass ich wusste, wer du bist. Ich laufe nicht herum und erzähle den Menschen, dass ich eine Hexe bin, nur für den Fall, dass ich den einzigen Dämon auf der Erde treffe, der mich ernst nehmen würde." Sie hält eine Sekunde inne, bevor sie hinzufügt: "Oder fünf Dämonen, schätze ich."

Ihre Freundin verlagert ihr Gewicht von einem

Fuß auf den anderen, die Bewegung wirkt fast wie ein Tanz. "Wow, das ist faszinierend", verkündet sie mit einem Grinsen. "Ihr solltet zu Jerry Springer gehen oder so. Haben wir ein Äquivalent zu Jerry Springer? Man muss es den Menschen lassen, diese Show ist abgefahren und faszinierend. Genau wie das hier."

Nikodemus schnaubt hinter mir, und als ich mich zu ihm umdrehe, winkt er mich entschuldigend ab. Ich wende mich wieder Marilyn zu und spüre, wie die Wut wieder aufsteigt. Mit vereinten Kräften schiebe ich ihr meine Hände entgegen und beobachte, wie sie von einer imaginären Kraft zu Boden geworfen wird.

"Vale!" zischt Nikodemus nach einem Moment. "Komm schon. Es ist der erste Tag."

Das Geräusch von Marilyns knirschenden Knochen, als sie auf dem Boden aufschlägt, ist befriedigend. Der Ausdruck des Schmerzes, der ihre Züge verzerrt, reicht fast aus, um mich wieder hart zu machen. Ich muss zugeben, dass sie immer noch schön ist, auch wenn sie eine Hexe und eine Lügnerin ist.

Ihre Augen blitzen in einem hellen Grünton auf, der im Kontrast zu dem Silber steht, das ich von früher kenne. Marilyn hebt blitzschnell vom Boden ab und kommt auf mich zu, als hätte sie keinen Funken Angst in ihrem Körper. "Was ist dein Problem?" fragt sie.

Ich muss Slade nicht sagen, dass er in den Ecken ihres Geistes nach Albträumen sucht, die er zum Leben erwecken kann. An seiner ruhigen Art erkenne ich, dass er es bereits tut. "Du bist mein Problem. Wie soll ich den Rest des Jahres überstehen, wenn ich weiß, dass ich mich durch Sex mit einer Hexe erniedrigt und entwürdigt habe?"

Mein Spott bringt ihre Finger dazu, sich zu krümmen. Ich beobachte die Ziffern und versuche herauszufinden, welche Kräfte sie hat. Der Ring an ihrem Finger macht deutlich, dass sie eine Trägerin ist, und einen Moment lang überlege ich, das verdammte Ding abzunehmen und in den See zu werfen.

"Sag das noch mal", starrt mich Marilyn an.

Warum konnte ich die Hexe an ihr nicht schon früher riechen? Jetzt, wo sie so nah an meinem Gesicht ist, steigt mir der Geruch von verbranntem Fleisch in die Nase. Sie riecht wie ihre Vorfahren, die verbrannten Hexen vergangener Tage. "Ich habe mich selbst erniedrigt, erniedrigt und entehrt, indem ich neulich Nacht mit dir Sex hatte", wiederhole ich. "In Zukunft werde ich alle Frauen, die ich ficke, auf ihren Hintergrund überprüfen. Du hast mich ruiniert. Ich hoffe, du bist glücklich."

"Du gehst ihr unter die Haut", kommentiert Slade leise von hinten.

Marilyn blickt an mir vorbei und der Zorn in ihren Augen verstärkt sich. "Als der Rat mir sagte, ich sei für die Blackwood Academy geeignet, habe ich ihm nicht geglaubt. Aber jetzt, wo ich darüber nachdenke, wie ich deine Leiche zerstückeln und euch vier zusammen begraben kann, ergibt es einen Sinn." Sie ist irgendwie süß, wenn sie wütend ist. Ich frage mich, wie sie blutverschmiert aussehen wird.

Ich führe meine Hand zu meinem Arm und fahre mit den Nägeln scharf über die Haut. Von meinen tiefen Schnitten ist nichts übrig geblieben, zumindest nicht bei mir. Marilyn springt zurück, erschrocken über das plötzliche Eindringen der Nägel in ihre Haut und die Blutstropfen, die auftauchen. "Ich bin praktisch eine menschliche Voodoo-Puppe, Schätzchen. Leck mich am Arsch."

Irgendwo, irgendwie, hat die Freundin einen Lutscher gefunden. Sie nimmt ihn aus dem Mund und fuchtelt mit ihm herum wie mit einem Zeigestock, während sie spricht. "Das hat Spaß gemacht, glaub mir", sagt sie mit einem kleinen Lachen. "Aber ich habe meine Mitbewohnerin gerade erst kennengelernt und möchte noch ein bisschen mehr Zeit mit ihr verbringen, bevor ihr sie umbringt und es wie einen Unfall aussehen lasst. Warum bringen wir die Sache also nicht zu Ende und kommen in drei bis fünf Tagen wieder?"

Ihr Geplänkel schneidet die Spannung wie ein Messer. Sie bringt die dringend benötigte Leichtigkeit in eine Situation, die noch vor wenigen Augenblicken voller Unbehagen war. Ich mag sie. Wäre sie nicht mit Marilyn liiert, würde ich sie vielleicht fragen, was sie später macht.

"Ich muss meine Zeit sowieso nicht mit Leuten wie ihr verschwenden", beschließe ich. "Es ist klar, dass sie es in drei, vielleicht vier Monaten schaffen wird, ohne meine Hilfe in den Selbstmord zu stolpern. Hexen gehören nicht nach Blackwood. Sie sind schwach und eher eine Zirkusattraktion. Nimm dein kleines Haustier und geh."

Die Große schiebt den Lutscher zurück in ihren Mund und zwinkert mir zu. "Wenn ich einen Dämon als Haustier hätte, würde ich ihn draußen erschießen. Wenigstens kann meine Haushexe Tricks. Du bist nur eine biblische Kreatur mit einem Wutproblem." Sie täuscht ein trauriges Gesicht vor und ergreift dann Marilyns Hand. "Husch-husch, Hübscher."

Als ich sehe, wie sie sich zurückziehen, gerät mein Blut in Wallung. Da ist eine Hexe an meiner Akademie, eine Hexe, die ich gefickt habe, nicht weniger. Und ihre rauflustige kleine Mitbewohnerin hat mich nicht respektiert. Was zum Teufel ist dieses Jahr los?

3 Wochen vorher

R otes Kleid. Große Titten. Silbernes Haar. Sie hebt sich von allen anderen im Club ab. Als ich sie sah, wusste ich sofort, dass sie uns gehören würde. "Das ist der Mensch", sage ich zu den Jungs, "das ist die, auf die ich meine Magie anwenden werde."

In Vale's Augen sehe ich Lust. Ich brauche seine Biochemie nicht zu verändern, damit er sich zu ihr hingezogen fühlt; er ist bereits bereit und kann loslegen.

Zephyrus runzelt ein wenig die Stirn und ich spüre, wie seine Sorge mich wie ein neugieriges Kind anrempelt. "Bist du sicher, dass sie alt genug ist?" Er zögert. "Sie sieht..." "Völlig in Ordnung", ergänzt Ares mit einem Knurren und einem Grinsen für ihn. "Willst du mit ihr ein Team bilden?" Er stupst seinen Bruder an. "Ich überlasse dir sogar die Muschi. Ich will nur meinen Schwanz zwischen ihren Titten vergraben und-"

"Sei nicht so krass", unterbricht ihn Zephyrus mit einem finsteren Blick. "Vielleicht liegt es daran, dass ich älter bin, aber für mich sieht sie ein bisschen jung aus." Wenn er mit älter siebenundzwanzig meint, dann ist er in der Tat der Älteste der Gruppe. Der Rest von uns besucht noch die Blackwood Academy, aber er hat vor zwei Jahren seinen Abschluss gemacht. Er erzählt uns gerne, dass er jetzt ein angesehener Professor ist, der Dunkle Alchemie unterrichtet, aber wir ziehen ihn nur damit auf.

"Sie ist mindestens achtzehn", versichere ich den anderen. "Dieser Bezirk ist sehr streng, was die Ausweispflicht angeht." Und da sie kein Getränk in der Hand hat, kann ich nur annehmen, dass sie unter einundzwanzig ist. Das menschliche

Universum und seine Regeln in Bezug auf Alkohol sind so seltsam.

Vale winkt mir mit einem gelangweilten Gesichtsausdruck zu. Er sagt nichts weiter, weil er davon ausgeht, dass das genug ist. Die Geste bedeutet, dass ich weitermachen, mein Ding durchziehen und den Menschen geil machen soll, damit wir uns einen runterholen können.

Er hat meine Magie nie ganz ernst genommen. Als Mann mit gefährlichen, dunklen, dämonischen Kräften denkt Vale, dass seine Fähigkeit, zu zerstören und Chaos zu schaffen, wichtiger ist als die Manipulation des menschlichen Körpers. Aber ohne mich würde er das silberhaarige Mädchen nicht beobachten, weil er weiß, dass sie uns alle heute Nacht ohne Frage ficken würde. Er müsste sie bezirzen, sie vielleicht sogar nach seinem Namen fragen. Vale hasst es, Menschen kennenzulernen; er sollte mir für meine Kräfte dankbar sein.

Ich gehe vorsichtig an ihr vorbei, umschiffe ihre Sichtlinie. Ich brauche sie nur zu berühren, und die Tat wird vollbracht sein. Es reicht, wenn ich mit meiner Hand über ihren Rücken streiche, um die Chemikalien in ihrem Körper zu verändern. Ein Hauch von Östrogen, um sie vor Lust wild zu machen. Eine Prise Dopamin und Serotonin, um die Anziehungskraft zu steigern. Eine hohe Dosis Oxytocin, um ihre Bindung zu uns zu vermitteln. Ich mische noch ein paar andere Chemikalien hinein, aber als sich meine Hand Millisekunden später von ihrem Körper losreißt, gehört sie schon uns.

Ich spüre sofort, dass ihr Interesse geweckt ist. Ihre Augen weiten sich, als sie sich umschaut, und als ihr jemand anbietet, ihr etwas zu trinken zu holen, nimmt sie an. Er ist kaum ein attraktiver Mann, aber der Rausch, den sie durch die Hormone verspürt, muss das vergessen machen. Sie ist jetzt heiß und begierig auf einen Mann. Wir müssen nur vortreten und ihre Aufmerksamkeit auf uns lenken.

Vale ist als erster auf dem Boden. Er beobachtet die Interaktion zwischen unserer silberhaarigen, kurvigen Königin mit konsterniert zusammengezogenen Augenbrauen. Als der Fremde seinen Drink auf sie schüttet, findet er seinen Platz. "Ich bin dran, meine Herren." Ohne einen Blick zurück zu werfen, nimmt er unseren Preis von der Tanzfläche. Wir vier sehen wehmütig zu, wie sie im hinteren Teil des Lokals verschwinden.

"Sie gehen nach draußen", sagt Ares nach einem Moment. "Ich bin ihnen gefolgt." Er ist ein Schattenwandler. Er muss vom Schatten in die Dunkelheit geschlüpft sein, um zu sehen, wohin sie gingen. Und zwar so schnell, dass Slade, Zephyrus und ich es nicht bemerkt haben. Oder vielleicht lag das daran, dass unsere Augen auf das Paar gerichtet waren, das wegging, und wir uns wünschten, wir wären an der Reihe, bei ihr zu sein.

Slade wendet sich von der Richtung ab, aus der sie gehen, und lässt seinen Blick wieder auf die Menge fallen. Wahrscheinlich durchforstet er ihre letzten Träume in der Hoffnung, einen Albtraum zu finden, den er nachspielen kann. Als Dream Bender ist es seine größte Freude im Leben, in den Fantasiewelten anderer Menschen zu leben. Das ist vielleicht der Grund, warum er immer Tränensäcke unter den Augen hat. Während der Rest von uns schläft, beschäftigt sich Slade mit ihren Ängsten.

In Vales Abwesenheit findet kaum ein Gespräch statt. Der Rest von uns ist aufgeregt, weil wir auf unsere Chance mit dem Menschen warten. Wir sind heute Abend mit der einzigen Absicht nach Mahogany gekommen, einer Frau das Erlebnis ihres Lebens zu schenken. Aber es ist etwas anderes, wenn wir uns alle abwechseln, anstatt uns im Schlafzimmer auf sie zu stürzen.

Als sie durch die Tür kommt und den Club wieder betritt, spüre ich ihre Anwesenheit wie einen

Windzug; es fröstelt mich bis in die Knochen. Ich sehe ihr in die Augen und beobachte, wie sie sich über die Unterlippe leckt und ihr Herz in der Brust klopft, als sie mich von Kopf bis Fuß in Augenschein nimmt.

"Ich bin dran", sage ich so laut, dass die anderen es hören können. Ich trete auf sie zu und spüre ein Kribbeln in meinen Fingerspitzen. "Nico", grüße ich, als ich näher komme.

Sie neigt den Kopf, um zu mir aufzuschauen, und ein Lächeln umspielt ihre Lippen. "Marilyn."

Das Rennen hat begonnen. Ich werde nicht so schnell bei ihr sein wie Vale, aber ich werde ihr etwas geben, das sie nicht vergessen wird. "Tanzen?" frage ich.

"Ja", antwortet sie. Unsere Liebesgeschichte mit den vier Wörtern; ich werde sie nie vergessen.

Ich nehme Marilyn bei der Hand und ziehe sie an mich, genieße es, wie sich ihr Körper an meinem anfühlt. Ich kann Vale an ihr riechen, aber das stört mich nicht. Wir haben schon einmal geteilt. Wir werden es wieder tun. Ich glaube, jedes Mal, wenn wir fünf auf die Erde kommen und einen Menschen verführen, bringt uns das näher zusammen. Es ist eine verbindende Erfahrung. Fünf Dämonen, eine Frau, die perfekte Kombination.

Ich tanze mit Marilyn über den Boden und injiziere ihr mit jedem Schritt kleine Mengen von Pheromonen. Ihre Augen, die in dem schwach beleuchteten Tanzclub silbern leuchten, sind ganz geweitet. Sie drückt ihre Brust gegen mich und stöhnt sogar, als ich ihr an den Hintern fasse. Sie ist überwältigt von den Chemikalien, die durch ihre Adern fließen. Jede Berührung setzt sie in Brand.

"Hast du schon einmal auf einer Tanzfläche gefickt?" flüstere ich ihr ins Ohr. Ihr Schock stößt mich zurück und durchströmt ihren Körper wie eine Flutwelle.

Marilyns Lippen öffnen sich und schließen sich fast genauso schnell wieder, aber eine weitere Drehung über die Tanzfläche macht sie mutig. "Es sind eine Menge Leute hier", bemerkt sie mit einer hochgezogenen Augenbraue. "Viele Leute, die uns sehen könnten."

Ich bleibe auf der Stelle stehen und halte mich an ihren Hüften fest. "Ist das nicht ein Teil des Spaßes? Der Gedanke, dass jeden Moment jemand neben uns genauer hinschauen und bemerken könnte, dass wir intimer sind, als sie es sich jemals vorgestellt hätten?"

Die Angst rutscht ihr die Kehle hinunter, als sie schluckt. Ich kann es riechen. "Normalerweise bin ich nicht so ein Mädchen", sagt sie mit einem Zögern im Ton.

Keines von ihnen ist so. Wir haben uns nie einen Menschen ausgesucht, der normalerweise fünf Männer hintereinander ficken würde; solche Frauen sind schwer zu finden. Deshalb wählen wir unsere Ziele sorgfältig aus. Wenn Marilyn morgen aufwacht, wird sie nicht wissen, was über sie gekommen ist.

"Sei so ein Mädchen für mich, Marilyn." Ich lasse meine Hände hinunter gleiten und umfasse ihren Hintern. "Lass mich der Kerl sein, der dir eine Erfahrung beschert, die du nicht vergessen wirst." Eine letzte Infusion von Östrogen und Dopamin treibt sie über den Rand.

Sie stellt sich auf die Zehenspitzen und presst ihre Lippen auf mein Schlüsselbein, wobei sie einen roten Abdruck hinterlässt. "Was ist, wenn wir erwischt werden?" fragt Marilyn atemlos.

Ich ziehe sie hoch und schlinge ihre Beine um meine Taille. Sie fühlt sich so leicht wie eine Feder an. Ich könnte sie die ganze Nacht halten, ohne müde zu werden. "Wenn wir erwischt werden, wird wahrscheinlich jemand die Polizei rufen. Gefährlich, nicht wahr?"

Marilyn greift zwischen uns und beginnt, meine

Jeans aufzuknöpfen. Sie weiß genau, was zu tun ist. "Ich habe es noch nie so öffentlich gemacht", gibt sie lächelnd zu. "Aber wer schaut schon hin?"

Da hat sie recht. Die Männer sind zu sehr damit beschäftigt, sich auf die Frauen zu konzentrieren und herauszufinden, welche von ihnen am verletzlichsten ist, damit sie sie heute Abend ins Bett kriegen können. Die Frauen sind zu sehr damit beschäftigt, die Männer zu sortieren und herauszufinden, ob sie ihre Ansprüche herunterschrauben müssen, wenn sie mit jemandem zusammenkommen wollen, wenn die Bar schließt. Niemand sieht uns an, niemand außer den vier Dämonen, die am Rande stehen.

Ich stelle Augenkontakt mit Zephyrus her und zwinkere ihm zu. Seine Wangen erröten vor Verlegenheit, weil er erwischt wurde. Slade ist das Gegenteil. Er schaut schamlos zu, die Hand vorne an seiner Jeans reibt seinen Schwanz. Vale grinst nur.

"Füll mich ab, Nico", flüstert Marilyn mir ins Ohr. Sie zieht ihr Höschen beiseite und führt meinen Schwanz zu ihrem Eingang.

Als ich in ihr glitschiges Inneres gleite, wird mein Griff um sie unbewusst fester. Obwohl sie nur den dicken Schwanz Vale in sich hat, ist sie so fest wie eine Trommel. "Verdammt, Baby", knurre ich in ihr Ohr, "du bringst mich zum Abspritzen, bevor ich überhaupt eine Chance habe, dich zu ficken."

Ein Kichern entweicht ihren Lippen und sie will gerade noch mehr sagen, als ich anfange, mich in ihr zu bewegen. Vor und zurück, wippt mein Glied durch ihre bereits durchnässte Mitte. Marilyn drückt ihre Stirn gegen mich und versucht, ihren Körper im Takt mit meinem zu bewegen. Ich spüre den Druck ihrer Fersen gegen meinen Rücken, während sie mich reitet.

Wir verstecken unser Stöhnen im Crescendo der Musik. Ich kann es spüren, wenn sie zum Orgasmus kommt, ihr Körper wird mit natürlichem Oxytocin und Prolaktin überflutet. Ganz zu schweigen von den Wänden ihrer Muschi, die sich zusammenziehen und wieder öffnen, wenn sie ihren Kopf zurückwirft und meinen Namen schreit. Wenn wir nicht von einer Menschenmenge umringt wären, wenn die Musik nicht dröhnen würde, wüsste jeder, dass ich sie gerade befriedigt habe. Stattdessen gibt es nur uns beide. Und vier Dämonen, die etwas abseits stehen und eifersüchtig zusehen.

Es dauert einen weiteren Moment, bis ich sie ausfülle. Ich nehme den Höhepunkt meiner Lust aus den Gefühlen, die sie empfindet. Ich halte sie fest, während ich meine Ladung in sie schieße und

Vales Säfte mit meinen eigenen wegspüle. Jeder andere wäre angewidert, aber wir beide haben schon mehr als nur eine Frau geteilt. In unseren prägenden Jahren haben wir Berührungen geteilt, über die wir nie sprechen. Wir fanden uns in dunklen Nächten hinter verschlossenen Türen wieder, als wir nach Leidenschaft und Vergnügen suchten.

"Niemand hat es bemerkt", sagt Marilyn nach einem Moment.

Es ist schwierig, mich in dieser Position aus ihr herauszuziehen. Mein Schwanz ist empfindlich und ein paar Tröpfchen meines Spermas landen auf dem Boden. "Jemand hat es bemerkt", flüstere ich, leise genug, dass sie es nicht hört. "Du bist eine tolle Frau, Marilyn." Das sage ich laut genug für sie.

Sie grinst zu mir hoch und legt dann ihre Hand an meine Wange. "Du bist ein seltsamer Mann, Nico." Sie weiß noch nicht einmal die Hälfte davon.

"Geh dich waschen", befehle ich. Marilyn folgt der Anweisung, wendet mir den Rücken zu und geht ins Bad.

Ich gehe zu Vale hinüber und schüttle den Kopf. "Du hättest mich warnen können, dass du dich nicht geschützt hast", sage ich und rolle mit den Augen.

Ares' Augenbraue hebt sich. "Hast du dich geschützt?"

Ich habe die Bloodstone-Brüder und ihre Vorliebe, eine Frau nach der Tat sauber zu lecken, vergessen. "Nein", gebe ich zu, "aber eigentlich brauchen wir das nicht." Ich kann Vale nicht länger vorwerfen, dass er in ihr gekommen ist, obwohl ich genau das Gleiche getan habe. Aber die Wahrheit ist, dass wir uns keine Sorgen machen müssen, eine menschliche Frau zu schwängern. Ihre Gebärmutter ist nicht in der Lage, ein Dämonenbaby lebensfähig zu erhalten. Selbst wenn sich einige unserer Spermien an ihren Eiern festsetzen würden, würde nichts entstehen.

"Wir müssen los", sagt Slade eilig.

Noch bevor ich mich umdrehen kann, sind die Bloodstone-Zwillinge verschwunden. Sie rennen quer über die Tanzfläche direkt zu den Toiletten. "Findest du es nicht komisch, dass wir beide gerade in diese Frau reingekommen sind und jetzt wollen die beiden sie auflecken?"

Vale zuckt mit den Schultern. "Sie mögen, was sie mögen, das kann ich ihnen nicht verübeln. Außerdem werden sie auch wieder abhauen."

Darüber mache ich mir keine Sorgen. Natürlich werden sie davonkommen. In einer Nacht wie heute, in der wir einen Menschen zu unserem eigenen Vergnügen chemisch überladen haben, mache ich mir nur Sorgen, dass sie kaputt gehen könnte. Wenn man die Biochemie von jemandem manipuliert, besteht immer die Möglichkeit, dass man ihn für immer versaut. Hoffen wir, dass es Marilyn gut geht, wenn wir mit ihr fertig sind.

Der heutige Tag

Meine Nerven sind durchgeschossen, verdreht und an den Enden verbrannt. Liliths Hand, die meine hält, ist das Einzige, was mich zu beruhigen scheint, während wir über den Rasen gehen. "Geh einfach weiter", sagt sie mit einem Lächeln, das sich fest auf ihr Gesicht gepresst hat.

Ich setze einen Fuß vor den anderen und zwinge mich, weiterzugehen. Die Blutstropfen auf meinem Arm, die von Vales Angriff stammen, rinnen wie

Regen an meiner Haut herunter. "Ich muss das verbinden", murmle ich mehr zu mir selbst als zu Lilith.

Sie wirft ihren Kopf nach vorne, um einen Blick darauf zu werfen, bevor sie mit den Schultern zuckt. "So schlimm ist es nicht. Das tropfende Blut könnte im Speisesaal eine gefährliche Stimmung verbreiten. Leg dich nicht mit mir an, nur weil ich eine Hexe bin. Verstehst du?"

Meine Augen fühlen sich an, als würden sie mir aus dem Kopf quellen, wenn ich sie ansehe. Lilith wirkt wie ein cooles Mädchen, mit dem jeder befreundet sein möchte. Sie ist lässig und entspannt, und selbst die Dämonenhorde scheint sich nicht mit ihr anlegen zu wollen. "Trotzdem", schüttle ich den Kopf, "möchte ich wenigstens aufräumen."

Lilith stößt einen frustrierten Seufzer aus, als sie mich durch die Vordertür der Schmiedehalle führt. "Wirst du im Warrior Center auch so sein? Ich bin nämlich dafür bekannt, dass ich ein wenig außer Kontrolle gerate, wenn ich verwandelt werde. Wenn du dich verbrennst, brauchst du dann sofortige medizinische Hilfe oder kannst du wenigstens die Übung zu Ende bringen?" Die Schlampe aus unserem Schlafzimmer ist wieder da.

"Das würde ich dir nie antun", antworte ich,

wobei mein Tonfall vor Sarkasmus trieft. "Wo ist dieses Kriegerzentrum, von dem du sprichst, überhaupt? Ich habe es auf meinem Spaziergang zum Dorf nicht gesehen." Aber um fair zu sein, es gab ein paar Gebäude, die ich übersehen habe. Es ist ja nicht so, dass ich mir selbst eine Führung gegeben hätte.

Sie weist mir den Weg zur nächsten Toilette und lässt meine Hand los. Während ich mir Papiertücher schnappe und sie nass mache, hüpft sie auf den Tresen und wippt mit den Beinen hin und her. "Also, es ist nicht wirklich ein Gebäude oder so. Es handelt sich um eine Lichtung im Wald. Einige der Bäume in der Nähe bieten ein wenig Schutz vor den Elementen, aber ich glaube, für den Schulleiter gehört der Kampf gegen Hitze, Regen und manchmal auch Schnee zum Spaß dazu."

Wenn ich die feuchten Papiertücher auf meine Wunden lege, brennt meine Haut. Ich beiße die Zähne zusammen, um den Schmerz nicht herauszuzischen. "Wir müssen im Regen kämpfen?"

Lilith beobachtet, wie kleine Blutstropfen auf der Haut erscheinen, die ich gerade gereinigt habe. Ihre Nasenflügel blähen sich, als sie tief einatmet und den Geruch von Eisen in sich aufnimmt. "Ja. Regen kann für manche Rassen kontraproduktiv sein. Vor allem für mich. Meine Sehkraft ist unter normalen Umständen nicht besonders gut, aber bei schlechtem Wetter fliege ich so gut wie blind."

Wir haben alle unsere Schwächen, wie es scheint. Ich werfe ein Bündel blutiger Papiertücher in den Mülleimer und nehme mir ein paar trockene, um den Prozess von vorne zu beginnen.

"Also, was ist mit den Blackwood Five, hm?" Lilith spricht zaghaft den Grund an, warum wir in diesem Bad sind. "Ihr wisst wirklich, wie man ein neues Jahr mit einem Paukenschlag beginnen kann."

Ich werfe ihr einen Blick zu, nicht gerade erfreut über ihre Doppeldeutigkeit. "Ich werde nie wieder auf die Erde gehen, das kann ich dir sagen", murmle ich.

"Hast du wirklich mit allen von ihnen geschlafen?" Eine Sekunde lang muss ich ihr in die Augen sehen, um zu prüfen, ob sie mich verurteilt. Das Zögern in ihrer Frage lässt mich denken, dass sie nicht allzu viel von dem hält, was ich getan habe. Aber alles, was ich erlebe, ist echte Neugierde.

Ich stoße einen kleinen Seufzer aus, während ich meine Wunden weiter versorge. Mit jedem Auftragen der nassen Handtücher wird das Blut langsamer. "Schlaf ist ein wichtiges Wort. Ich hatte Sex mit ihnen. Mit allen von ihnen." Ich schaue auf den Boden, als ich mit den Augen rolle. Es klingt schlimm, wenn ich es laut ausspreche.

Am Morgen danach wachte ich allein in einem Hotelzimmer auf. Ich fühlte mich seltsam befriedigt, obwohl ich gerade fünf Männer zu meinen Toten gezählt hatte. Es war die Art von Geschichte, die Cassandra gerne gehört hätte. Sie würde sich eine Tüte Popcorn machen und sich eine Tasse Tee holen, während ich meinen Tee verschüttete. Aber ich habe ihr nicht erzählt, was passiert ist. Genau genommen habe ich niemandem erzählt, was passiert ist. Es war ein Geheimnis, das ich für mich behielt. Ein schmutziges, köstliches kleines Geheimnis, von dem ich schwor, dass ich es mit ins Grab nehmen würde.

"An deiner Stelle wäre ich vorsichtig", sagt Lilith nach einigen Augenblicken. "Und das nicht nur, weil die fünf verrückt sind. Und glaub mir, die kleine Kostprobe, die du von Vale bekommen hast, wird dir wie Küsse vorkommen, verglichen mit dem, wozu er fähig ist."

Es liegt kein Erste-Hilfe-Kasten herum. Es gibt auch keine Verbände, mit denen ich meine Wunde verbinden könnte. Also schnappe ich mir eine weitere Handvoll Papiertücher und tupfe ein letztes Mal auf die Kratzer. "Hätte ich gewusst, was sie sind", ich runzle kurz die Stirn, bevor ich meinen

Tonfall ändere, "hätte ich gewusst, wer sie sind, hätte ich es nicht getan. Normalerweise hätte ich das sowieso nicht getan, aber in dieser Nacht hatte ich ein komisches Gefühl."

Liliths Augen werden zwei Nummern größer, als sie ihren Rücken aufrichtet und mit den Fingern schnippt. "Ich wette, Nikodemus hat sein Ding gemacht", verkündet sie stolz wie ein Detektiv, der den Fall gelöst hat.

Ich versuche mich daran zu erinnern, was sie mir über Nikodemus erzählt hat. Der hübsche Junge. Irgendwas mit Genetik? "Was genau ist sein Ding? Erinnere mich daran."

"Biochemische Manipulation."

Was für große Worte sie benutzt. Umso besser, um damit ein Leben zu ruinieren. "Ich schätze, das würde Sinn machen. Normalerweise würde ich mich nicht von einem Zwillingspaar in einer schmutzigen Clubtoilette ficken lassen, es sei denn, jemand würde irgendeine Art von Magie an mir anwenden." Das ist so ziemlich die Wahrheit. Ich hatte schon mal Sex in einer Toilette, aber nur mit einem Mann und die betreffende Toilette war deutlich sauberer.

Lilith steckt ihre Zunge zwischen die Zähne und lächelt breit. "Wow, kapiert, Mädchen. Wie ging es

Ares und Slade? Vor allem Slade. Bei dem Mann bekomme ich eine Gänsehaut."

Hätte ich damals gewusst, dass er eine Vorliebe dafür hat, die Albträume der Leute zu benutzen, um sie zu verarschen, hätte er mir vielleicht auch eine Gänsehaut verpasst. "Ihm ging es gut. Es ging ihnen allen gut. Nun", ich halte inne, um nach einem besseren Wort zu suchen, "es war mit der beste Sex, den ich je hatte. Ich habe nicht viel mit ihnen geredet, deshalb hat auch keiner von uns die praktische kleine Tatsache geteilt, dass wir alle von Meira'mor sind."

Sie zuckt mit den Schultern. "Mal gewinnt man, mal verliert man."

"Das kannst du laut sagen", erwidere ich mit einem Schnauben. "Aber es war gut. Alle von ihnen sind sehr unterschiedlich. Sogar Ares und Slade." Ich teste ihre Namen auf meiner Zunge und sie fühlen sich schwer und fremd an. Vor dem heutigen Tag war ich froh, mich an sie als gut aussehende Fremde zu erinnern, die schmutzige, schmutzige Dinge mit mir gemacht haben. Jetzt haben sie Namen und eine Geschichte, und damit kann ich nicht wirklich etwas anfangen. "Ich würde es aber gerne vergessen. Ich will keinen Ärger." Wenn die anderen auch nur annähernd so sind wie Vale, werde ich wohl nur Ärger bekommen.

Aber Lilith hat eine andere Meinung dazu. Sie nickt zustimmend mit dem Kopf, bevor sie von der Theke springt und sich etwas zu tun sucht. "Es ist sowieso gegen die Schulregeln", bietet sie mit einem nachgiebigen Lächeln an. "Je mehr Abstand zwischen euch ist, desto besser."

Schulregeln? Wir sind doch alle erwachsen. "Was für Regeln?" frage ich mit einem Stirnrunzeln. "Wir dürfen uns nicht verabreden? Was dürfen wir sonst noch nicht tun? Sex haben? Wir sind in unseren Zwanzigern. Ich habe nicht unterschrieben, um zölibatär zu sein."

Lilith geht zu jeder der drei Kabinen im Bad und stößt die Türen auf, um zu zeigen, dass niemand drin ist. Während sie von Tür zu Tür geht und sich selbst unterhält, spricht sie. "Nein, sei nicht albern. Du kannst dich verabreden, mit wem du willst." Lilith hält inne und schürzt die Lippen, bevor sie hinzufügt: "Das kannst du nicht. Hier gibt es keine anderen Hexen oder Zauberer."

Es dauert eine Sekunde, bis mir die Information dämmert. Dann werfe ich die restlichen Papierhandtücher in den Müll und richte mich auf. "Du meinst, wir können uns nicht mit Leuten außerhalb unserer

Rasse verabreden? Das ist ein bisschen, nun ja, aus Mangel an besseren Worten, rassistisch."

Sie wirft mir einen besorgten Blick zu, bevor sie sich gegen eine Wand lehnt. "Blackwood hat wahrscheinlich kein Problem damit, dass jemand wie ich mit jemandem wie Vale ausgeht. Es würde sie wahrscheinlich auch nicht stören, wenn ich das Team wechseln und mit einem Sukkubus ausgehen würde. Aber, na ja", Lilith zuckt mit den Schultern, "du bist eine Hexe. Wenn es um Beziehungen und Fortpflanzung unter eurer Rasse geht, gelten andere Regeln. Ihr dürft euch nicht kreuzen. Das weißt du doch, oder?"

Ich habe die Regeln mein ganzes Leben lang deutlich gehört. Alle Ehen zwischen Hexen und anderen Rassen werden unter Aufsicht eines speziellen Teams von Meira'mor-Ärzten geschlossen. Aufgrund unserer biologischen Veranlagung haben einige Hexen die Fähigkeit, Magie von ihren Partnern zu absorbieren. Wenn es sich um andere Hexen und Zauberer handelt, ist das nicht weiter schlimm. Aber wenn sie mit einem Shifter oder einem Elementar zusammen sind, können die Dinge ein wenig haarig werden. "Habt keine Angst. Ich habe kein Interesse daran, mich fortzupflanzen." Zumindest nicht in nächster Zeit. Ich muss herausfinden, ob es für mich in Frage kommt, eine Mutter zu sein. Nach meiner vorbildlichen Erziehungsleistung als Kind könnte es sein, dass ich keine geeignete Mutterfigur bin.

"Gut", atmet Lilith erleichtert auf. "Denn der Schulleiter würde nicht zögern, dich von der Schule zu verweisen, wenn er wüsste, was zwischen dir und den Blackwood Five vorgefallen ist. Die ganze Sex-Sache", fügt sie hinzu, "nicht der Streit auf dem Hof. Das würde ihn nicht interessieren. Aber er könnte sogar so weit gehen, mit dem Rat darüber zu sprechen, dir die Magie zu entziehen, wenn er wüsste, dass du mit ihnen Sex hattest."

Ich schaudere schon bei dem Gedanken daran. Der Entzug der Magie ist ein gefährlicher Prozess. Alle paar Jahre hören wir in den Nachrichten von jemandem, der an dieser Prozedur gestorben ist. Es kommt selten vor, aber es ist möglich. "Ich schätze, wir Hexen werden hier wirklich gehasst." scherze ich, um meine Angst zu verbergen. Könnte eine Tändelei durch das Portal wirklich zu meinem Tod führen?

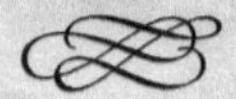

3 Wochen vorher

Es ist nichts Schlimmes dabei, mit zwei Männern am selben Abend zu schlafen. Das sage ich meinem Spiegelbild, aber sie scheint nicht sehr überzeugt zu sein. Ihre Augen blicken ein wenig skeptisch und ihr Haar ist ein wenig schief. Der Glanz in ihrem Gesicht verrät mir, dass sie gründlich gefickt wurde und erschöpft ist. Ich denke, es ist an der Zeit, für heute Schluss zu machen.

Ich kämme mein Haar mit den Fingern, um es

etwas ansehnlicher zu machen, und beginne, eine To-Do-Liste zu erstellen. Mich zurechtmachen. Einen Uber besorgen. Zurück zum Hotel fahren. Schlafe, bis es Mittag ist. Zurückgehen - Meine Liste wird durch ein Klopfen an der Tür unterbrochen. Jemand dreht an der Klinke, aber zum Glück war ich so vorausschauend, die Tür hinter mir abzuschlie-ßen. "Besetzt!" schreie ich den potenziellen Eindringling an. "Es dauert nur eine Minute." Aber das Klopfen wird nur noch lauter. Es hört sich an, als ob mehrere Hände an der Tür wären, die alle gegen das Holz schlagen, als ob sie die Tür aus den Angeln heben wollten.

"Jesus", fluche ich, "kann nicht mal eine verdammte Minute warten, bis ein Mädchen pinkeln muss. Ich hatte noch nicht einmal die Gele-genheit, mir ein Taschentuch zu schnappen und das Sperma abzuwischen, das an meinen Schenkeln heruntertropfte. "Hast du mir nicht zugehört?" frage ich mit einer Haltung, als ich die Tür aufstoße. "Es ist besetzt." Das Ende meines Satzes fällt ab, als ich zwei gleich aussehende Männer vor mir stehen sehe. "Ähm, das ist die Damentoilette?"

Gott, ich bin ein kranker und perverser Mensch. Denn beim Anblick dieser beiden gut aussehenden

Männer spüre ich ein Flattern in meinem Magen. Oder ist das Flattern weiter unten? Es hat nicht gereicht, in der letzten Stunde zwei Fremde zu ficken, willst du die Zahl verdoppeln? fragt die kleine Stimme in meinem Kopf wie die Schlampe, die sie ist. Sie erinnert mich an meine Mutter, was wahrscheinlich der Grund ist, warum ich sie ignoriere.

Der Kleinere von beiden, mit kurz geschnittenem und mit Gel gestyltem schwarzem Haar, lehnt sich grinsend gegen den Türrahmen. "Ich glaube nicht, dass du eine Lady bist."

Meine Augenbrauen heben sich schockiert. "Wie bitte?" Wie dreist die beiden sind.

Der andere Zwilling trägt sein Haar lang. Er streckt seine Finger über meine Wange, und ich spüre, wie mein Herz bei dieser Berührung schneller schlägt. "Wir haben dich auf der Tanzfläche mit der Blondine gesehen", sagt er mit einem wissenden Grinsen.

Ein Kloß steigt in meiner Kehle auf. Ich habe keinen der beiden Männer um uns herum gesehen, als Nico und ich ein bisschen zu eng aneinandergeraten sind. Ich hebe den Kopf und verschränke die Arme vor der Brust. "Ja, ich habe getanzt. Na und?"

Die Brüder tauschen einen Blick aus. "Nennt man das heutzutage so? Ich habe schon von Tanzen zwischen den Laken gehört, aber ihr zwei habt es euch vor dem ganzen Club ziemlich bequem gemacht."

Sie haben es also gesehen. Ich frage mich, von wo aus sie zugeschaut haben. "Hören Sie, ich bin normalerweise nicht die Art von Mädchen, die..."

Der größere der beiden legt seine Hand auf die halbgeöffnete Tür und stößt sie auf. Die Kraft seines Stoßes lässt sie krachen, als sie gegen die Wand knallt. "Wir wollen an die Reihe kommen, meine Schöne. Ares da drüben will deine Muschi sauber lecken. Das ist irgendwie sein Ding", sagt er mit einem verwirrten Achselzucken.

Mir fällt bei dieser Aufforderung die Kinnlade herunter. Eigentlich sollte ich schockiert sein, aber stattdessen bin ich erregt. Mein Körper macht heute Dinge, von denen ich nie gedacht hätte, dass er dazu fähig ist. "Ich weiß nicht", ich spüre, wie mein Herz in meiner Brust zu pochen beginnt, während sich die Erregung aufbaut. Ich weiß, was die Frau in mir tun sollte. Sie sollte diesen Männern sagen, dass sie sich verziehen sollen. Aber heute Abend war die Dame in mir inaktiv.

Ares macht einen Schritt in meine Richtung und treibt mich weiter ins Bad. "Es wird sich gut anfühlen, Baby, vertrau mir." Sein Bruder folgt ihm und schließt die Tür hinter ihnen. Ich höre das Schloss klicken und die Hitze im Bad steigt um zehn Grad.

Das ist nicht normal. Ich weiß, dass die Menschen mich attraktiver finden als ihre Artgenossen, aber das ist nicht die übliche Reaktion, die ich bekomme, wenn ich auf die Erde komme.

Ich gehe weiter rückwärts, bis ich das Waschbecken erreiche. Das Gefühl des kalten, nassen Porzellans dringt in mein Kleid ein. "Oh", ich zucke zusammen, erschrocken über die plötzliche Ablenkung.

Ares fällt auf seine Füße. "Komm schon, Schatz. Lass mich dein Höschen runterziehen und dich für meinen Bruder sauber machen."

Meine Haut steht in Flammen. Ich will Nein sagen, aber ich kann nicht. Und ich weiß, dass ich es tief im Inneren nicht will. Diese schwarzhaarigen, haselnussbraunen Zwillinge bieten mir die Chance meines Lebens. Und ich will verdammt sein, wenn ich ein braves Mädchen bin, das mich davon abhält, diese Erfahrung zu nutzen.

Seine Augen treffen meine vom Boden aus. Langsam greift er nach oben, die Hände verschwinden unter meinem Kleid, bis sie den Bund meines Slips erreichen. Ehrlich gesagt, waren sie heute Abend sowieso nicht viel wert. Ich habe sie einfach beiseite geschoben und mir herunterziehen lassen. Welchen Sinn hatte es, sie zu tragen?

Ares lässt den Stoff langsam an meinen Schenkeln hinuntergleiten, als würde er darauf warten, dass ich ihm sage, er solle aufhören. Aber als ich das nicht tue und er meine Knie erreicht, reißt er sie schneller herunter. "Gott", flucht er, als er meine Beine spreizt und tief in meine Mitte einatmet, "du riechst wie wandelnder Sex."

Soll ich ihm sagen, dass das nicht nur die Wichse eines Mannes ist? Dass ich, kurz bevor ich Nico auf der Tanzfläche gefickt habe, ein kurzes Ding mit einem Typen in einer Gasse hatte? Ist das für einen Mann wie ihn wichtig?

Die Antwort auf diese Frage taucht nie auf. Ares vergräbt seine Zunge in mir und ich muss mich am Waschbecken festhalten, um nicht zu fallen. Meine Schenkel zittern, als der gutaussehende Mann vor mir die Beweise für mein Verhalten heute Abend beseitigt.

"Sieh mich an", sagt der andere Zwilling. Er fährt sich mit der Hand durch die Haare und streicht sich die dunklen Strähnen aus den Augen. Ich blicke in ein grün-braunes Durcheinander, dessen Muster ich nie vergessen werde. "Sieh mir zu, meine Schöne."

Mein Blick gleitet zu seiner Taille, als ich sehe,

wie er an seinem Gürtel herumfummelt. Mein Körper fühlt sich an, als hätte er tausend Grad, als Ares seine Zunge in mir herumwirbelt, aber sein Bruder reizt auch meine anderen Sinne.

Er zieht seinen Schwanz aus der Hose und fängt an, sich selbst zu bearbeiten. "Siehst du, was du mit mir machst?" fragt er, während er beginnt, an seinem Glied zu zerren. "Siehst du, wie hart du mich machst?" Er knirscht mit den Zähnen. "Siehst du, was es mit mir macht, wenn mein Bruder dich sauber macht?"

Ich weiß nicht, was in diesem Moment geiler ist: zu wissen, dass es den Größeren anmacht, uns zuzusehen, oder die Art, wie Ares seine Hand zu meiner Klitoris führt und sie mit seinem Daumen massiert. Ich halte mich mit aller Kraft am Waschbecken fest und habe Angst, dass ich zu Boden stürze, wenn ich loslasse.

"Ich muss in sie eindringen, Ares", sagt der Zwilling nach ein paar weiteren Momenten. "Ich muss spüren, wie sich ihre engen kleinen Wände um mich legen, während ich sie mit meinem Sperma vollpumpe."

Ares löst sich von mir, aber ich sehe einen Blick der Frustration auf seinem Gesicht, als er sich zurückzieht. "Ich habe sie noch nicht einmal zum

Orgasmus gebracht", sagt er mit einem finsteren Blick.

Der Bruder tritt vor, die Hand massiert sich immer noch, während er sich anschickt, in mir zu versinken. "Gib mir zwei verdammte Minuten und du kannst sie so oft abspritzen, wie du willst", knurrt er.

Sobald ich zu denken beginne, dass der andere Zwilling nur hier ist, um sich einen runterzuholen, fängt er an, seinen Schwanz in mich hineinzuhämmern. Die Spitze seines Kopfes stößt gegen meinen Gebärmutterhals, aber er ist nicht der erste heute Abend. Er packt mich an den Hüften und hält mich fest, während er weiterstößt. Trotz meiner selbst spüre ich, wie sich ein Orgasmus anbahnt. Mein Herz pocht in meiner Brust und ich schlinge mich um ihn, um seinen Schwanz tiefer zu nehmen.

"So ist es richtig", flüstert er in mein Ohr, das gefällt dir, nicht wahr, du dreckige Schlampe".

Die Worte rufen etwas Tiefes und Ursprüngliches in mir hervor. Ich habe davon geträumt, mit einem Mann zusammen zu sein, der weiß, wann er mich seinen Engel nennt und wann er mir sagt, dass ich seine dreckige kleine Hure bin. Ich habe mir nie den richtigen Mann ausgesucht, zumindest nicht bis heute.

"Du nimmst meinen Schwanz", jedes Wort wird durch einen Stoß getrennt, "dann nimmst du den von meinem Bruder. Wir sind Zwillinge, Baby. Wir. teilen. Alles." Dann kommt er mit einem Brüllen zum Orgasmus, seine Säfte überziehen mein Inneres wie die beiden anderen Männer vor ihm. Das Gefühl, wie sein Schwanz in mich pumpt, bringt mich zum Höhepunkt. "Ja, das ist richtig. Du liebst es, wenn Männer dich stoßen. Du bist eine echte Schlampe für einen guten Schwanz, nicht wahr?"

Es ist, als würde er meine Träume zum Leben erwecken. Ich werfe meinen Kopf zurück und beiße mir auf die Lippe, um nicht aufzuschreien. Meine Oberschenkel zucken von dem Training, das ich heute Abend absolvieren werde.

Ich habe nicht einmal Zeit, mich zu erholen, bevor Ares sich in die Szene drängt. "Fick dich", sagt er zu seinem Bruder, "ich hätte sie mit meiner Zunge erledigen können."

Zu diesem Zeitpunkt bin ich von den drei Orgasmen, die ich heute Abend schon hatte, so überwältigt, dass es mir egal ist, dass ich nicht mit der Zunge gefickt wurde. Ares hat sich herausgezogen und dringt mit einem Stöhnen in mich ein. "So feucht und warm", drückt er seine Stirn gegen meine, "und trotzdem so eng."

Ich habe nicht die Kraft, wieder einen Orgasmus zu bekommen, oder zumindest glaube ich das nicht, bis Ares anfängt, mich sanft hin und her zu schaukeln. Seine Bewegungen wecken die Bestie in mir. Ich schwöre, nach dieser Nacht wird sie jahrelang ruhen, während ich versuche, sie daran zu gewöhnen, von nun an immer nur einen Mann zu haben.

"Du lässt dir ganz schön Zeit", sagt der andere Bruder seufzend.

"Halt die Klappe, Slade." Ares erweckt mich wieder zum Leben. Mit jedem Stoß stöhne ich ein bisschen lauter. Die anderen Jungs heute Abend haben mich alle hart und schnell gefickt, bis wir beide gekommen sind. Ares ist langsam und methodisch, er bringt mich in einem gemächlichen Tempo zum Höhepunkt meiner Lust.

Ich wünschte, ich würde mich für das, was ich getan habe, irgendwie schämen. Ich wünschte, es wäre mir peinlich, an Ares vorbei zu seinem Bruder zu starren und Augenkontakt mit ihm aufzunehmen, während ich komme. Aber der langhaarige Mann zwinkert mir nur zu und die Kontraktionen meines Orgasmus werden stärker. Ares beißt mir in die Schulter, während er sich in meine Muschi ergießt, was mich veranlasst, meine Aufmerksamkeit wieder auf ihn zu lenken.

Das Knarren des Waschbeckens reißt uns drei aus dieser Situation heraus. Es hat die letzten Minuten damit verbracht, mich gegen den ständigen Ansturm des Geficktwerdens aufrechtzuerhalten. "Scheiße", fluche ich, als ich von der Kante klettere.

Das Badezimmer ist nicht groß genug für uns drei, um uns so unkontrolliert zu bewegen. Plötzlich fühlt sich der Raum beengt an.

"Ich gehe", bietet Slade an.

Ares folgt ihm. "Ich auch."

So schnell wie sie gekommen sind, sind sie auch wieder verschwunden. Ich bleibe im Badezimmer zurück, wo mein Höschen auf dem Boden liegt, ein langsames Leck aus der Rückseite des Waschbeckens dringt und meine Würde nirgends zu finden ist.

Was ist heute Abend passiert? Ich kann es mir immer noch nicht zusammenreimen. Ich bin mit der Absicht gekommen, einen Mann zu finden, den ich mit ins Hotel nehmen kann, um ihn zu ficken. Aber irgendwie ist es fast Zeit, nach Hause zu gehen, und ich nehme niemanden mit. Ich habe es immer noch geschafft, Sex zu haben, viermal sogar, also muss ich vielleicht niemanden mit nach Hause nehmen.

Ich tue mein Bestes, um aufzuräumen. Mein

Inneres fühlt sich an wie Wackelpudding. Ich schwöre, dass jeder, der sich mir im Umkreis von drei Metern nähert, wissen wird, was ich getan habe. Ich stinke nach Sex, Sperma, Schweiß und Parfüm. Gott, ich bin genau das, was Slade gesagt hat. Ich bin eine dreckige Schlampe.

Aber ich gestehe es mir ein. Ich werfe mein Höschen in den Müll und mache mich auf den Weg zurück in den Club. Die Musik scheint ein bisschen lauter zu sein als vorher. Die blinkenden Lichter tun mir jetzt in den Augen weh. Die Körper, die sich an meine pressen, während ich versuche, mir einen Weg durch die Menge zu bahnen, geben mir das Gefühl, zu ersticken. Heiß, klebrig, unfähig zu atmen. Dies sind die bruchstückhaften Gedanken, die ich habe, bevor alles den Abfluss hinunterstürzt. Ich glaube nicht, dass ich es bis zur Tür schaffe, bevor ich ohnmächtig werde. Aber als ich wieder zu mir komme, bin ich draußen.

"Geht es dir gut?" Ich sehe in Augen, die mich an Honig aus dem Glas erinnern. Ein weiches, süßes Braun, in dem ich mich sicher fühle. "Du bist vorhin ganz schön gestürzt", sagt er mit einem sanften Lächeln.

Wenn das das Karma dafür ist, dass ich heute Nacht vier Kerle gefickt habe, dann muss Gott mir wohlgesonnen sein. Denn auf keinen Fall schenkt er mir diesen schönen Mann, weil ich heilig bin. Nach dem, was ich gerade in Mahogany getan habe, ist Gott entweder stolz auf mich oder es gibt wirklich einen Teufel, der auf selbstsüchtige, sündige Seelen wie mich aufpasst.

Der heutige Tag

Vale wirft mir während der Essenszeremonie ein Dutzend Blicke zu. Nicodemus versucht, mich zu dirigieren, während die Leute aus der Schmiedehalle strömen. Aber Schulleiter Merryweather ruft mich in letzter Minute zu sich, und ich habe keine Gelegenheit zu sehen, was die Jungs wollen.

"Ein paar Dinge, Zephyrus." Merryweathers Augen folgen den Dämonen aus dem Raum. Er lächelt fröhlich und klopft den Schülern geistesabwesend auf die Schulter, als sie gehen.

Ich nicke mit dem Kopf, um etwas zu tun, denn ich fühle mich ein wenig fehl am Platz, wenn ich von Angesicht zu Angesicht mit dem Schulleiter spreche, obwohl ich nicht in Schwierigkeiten bin. "Sicher. Womit kann ich Ihnen helfen?"

Merryweather wartet, bis die meisten Schüler den Speisesaal verlassen haben, bevor er mir seine volle Aufmerksamkeit schenkt. Er fummelt am Kragen meines Hemdes herum und streicht mit den Händen über meine Brust. Er glättet den Stoff, eine seltsame Angewohnheit für jemanden wie ihn.

Jeder weiß, dass der Schulleiter ein Werwolf ist. Man muss sich nur seine stattliche Statur ansehen, um zu wissen, dass er unmenschlich stark ist. "Was eure kleinen Freunde angeht", das Lächeln auf seinem Gesicht verfestigt sich zu einem gequälten Blick, "müsst ihr dieses Jahr etwas Abstand zwischen euch bringen. Jetzt, wo du ein Professor bist, musst du dich auch entsprechend verhalten."

Es gab Zeiten, da liefen wir fünf durch die Flure der Blackwood-Akademie und steuerten direkt auf sein Büro zu. Vale hatte jemanden verstümmelt oder Slade hatte ihn in den Wahnsinn getrieben. Ich war einmal dafür verantwortlich, dass der halbe Wald niedergebrannt wurde. Merryweather musste die Silberblatt-Akademie bitten, ein paar Hexen mit Verbindungen zur Pflanzenmagie zu schicken, um das, was ich in Asche verwandelt hatte, wieder wachsen zu lassen. Nie war eine fünfköpfige Gruppe so eng miteinander verbunden wie Vale, Nicodemus, Ares, Slade und ich. "Als ich dir diesen Posten gab, lag es daran, dass deine Fähigkeiten als Alchemist weit über die unseres früheren Professors hinausgingen. Sie schienen die Prinzipien der Materie besser zu verstehen als jeder andere, den ich je getroffen habe. Aber vielleicht", er macht eine Pause, "vielleicht hätte ich noch ein paar Jahre warten sollen. Zugegeben, unsere jetzigen Schüler würden nicht von Ihrer Weisheit profitieren, aber wenn ich gewartet hätte, bis die Bloodstone-Zwillinge weg sind, hätten Sie wenigstens keine Verbindung zu den übrigen Schülern", sagt er. Merryweather zupft imaginäre Fussel von meinem Hemd und schnippt sie mit einem säuerlichen Blick weg. Er überragt mich um fast einen Meter, und wenn er auf mich herabschaut, fühle ich mich selbst mit meinen 1,90 m klein.

Ich räuspere mich, ziehe die Schultern zurück und versuche, eine selbstbewusste Pose einzunehmen. "Ich glaube, dass ich mich von meinen

Freunden abgrenzen kann, Herr Direktor. Mir ist klar, dass es jetzt eine Machtdynamik gibt, und ich werde dafür sorgen, dass sie und ich das respektieren."

Ein charmantes kleines Lächeln ersetzt das angespannte Lächeln auf Merryweathers Gesicht. Er stellt Augenkontakt her und nickt zustimmend zu dem, was ich gerade gesagt habe. "Außerdem haben wir dieses Jahr eine Hexe an der Akademie. Ich glaube nicht, dass es sehr schwierig sein wird, mit ihr umzugehen, aber man sollte sie nicht zu sehr drängen. Sie soll nicht denken, dass sie nachlassen kann, nur weil ihre Magie nicht so ausgefeilt oder stark ist wie die der anderen Schüler."

Ich lese zwischen den Zeilen: Merryweather will, dass ich ihr die Zeit hier so schwer mache, dass sie aufhört. Na gut. Hexen gehören nicht in die Hallen von Blackwood. Ich glaube nicht, dass das daran liegt, dass sie schwach oder für die Art von Magie, die in unseren Hallen gelehrt wird, ungeeignet sind, sondern weil ihre Seelen zu rein sind. Sie sind eine gutherzige Rasse und gehören an eine der anderen Akademien. "Ich verstehe, Sir", sage ich mit einem ernsten Nicken.

"Gut. Und bitte melden Sie sich bei mir, wenn sie Probleme macht oder die Arbeit nicht zu schaffen scheint. Wir möchten sie nur genauer im Auge behalten." Merryweathers Tonfall ist bedrohlich. Wenn ich die Hexe wäre, würde ich die Akademie verlassen. Man könnte mich nicht dafür bezahlen, dass ich mich der Demütigung aussetze, die sie zweifellos in Blackwood erleiden wird.

Ich schaffe es nie, mit Vale oder Nicodemus in Kontakt zu treten. Als ich den Speisesaal verlasse, sehe ich sie nicht im Eingangsbereich verweilen. Auch außerhalb der Schmiede warten sie nicht geduldig auf mich. Ich denke mir, dass alles, was sie zu sagen haben, warten kann, bis ich sie in der nächsten Stunde sehe.

Ich gehe zurück in mein Zimmer im Lehrerdorf und überlege mir, wie ich den Jungs sagen kann, dass ich nicht mehr allzu freundlich zu ihnen sein kann, zumindest nicht auf dem Schulgelände. An den Wochenenden, wenn wir nicht auf dem Campus sind, können wir uns die Köpfe einschlagen, wenn wir wollen.

Ich weiß, dass Ares das am schwersten treffen wird. Obwohl er seinen Zwilling hat, dem er sich anvertrauen kann, kommt er manchmal zu mir, wenn die Dinge zwischen ihm und Slade ein wenig angespannt sind, und bittet mich um Rat. Er nennt mich den älteren Bruder, den er nie hatte.

Die Nacht geht in den Morgen über, und als ich aufwache, weiß ich immer noch nicht, wie ich einem von ihnen sagen soll, dass wir unsere Freundschaft ein wenig aufteilen müssen. Aber ich denke, wenn ich mich ein wenig zurückziehe, werden sie es vielleicht verstehen. Schließlich ist keiner von ihnen dumm. Sie müssen wissen, dass die Freundschaft, die wir hatten, bevor ich Professor war, nicht mehr dieselbe sein kann, jetzt wo ich eine Machtposition innehabe.

Mein Klassenzimmer in Latham Hall befindet sich im dritten Stock. Studenten mit der Fähigkeit zur Translokation und Teleportation überspringen die Treppe und erscheinen in dem Klassenzimmer, in dem sie eigentlich sein sollten, während ich gegen die Studenten kämpfe, die sich im Treppenhaus stauen und über ihre Sommerferien plaudern. Sie sehen mich alle komisch an, als ob ich sie stören würde. Jetzt weiß ich, warum die ehemaligen Professoren eine besondere Treppe im hinteren Teil von Latham nehmen. Unabhängig davon, wie nahe ich diesen Kindern altersmäßig stehe, sehen sie in mir nicht den liebenswerten Dämon, der einst mit ihnen durch die Flure lief.

Als ich endlich in meinem Klassenzimmer ankomme, ist alles noch so, wie ich es ein paar Tage zuvor verlassen habe. Ich zünde von Hand die Kerzen auf jedem Pult an und warte auf meine erste Klasse. Langsam trudeln die Schüler in kleinen Zweier- oder Dreiergruppen in den Raum. Sie werfen mir einen Blick zu und kichern dann hinter vorgehaltener Hand. Sie haben die jüngste Professorin im Gebäude, wie skandalös.

Ich mache mich auf den Weg zurück zu meinem Schreibtisch, um meine Unterlagen vorzubereiten, als ich aus dem Augenwinkel einen Blick auf silbernes Haar erhasche. Ich bin mir sicher, dass es niemand ist, den ich kenne, also werfe ich einen unachtsamen Blick in diese Richtung. Als ich Marilyns Gesicht sehe - die scharfen Wangenknochen, die geschwungenen Lippen, die Wölbung ihrer Brüste unter dem weißen Hemd - bleibt mir die Spucke weg. Ganz zu schweigen davon, dass ich meine Hände über den Schreibtisch schwinge, um mich ihr zuzuwenden und eine Handvoll Gegenstände abzustoßen. Sie fallen auf den Boden und klappern auf dem Marmorboden. Eine Tasse zerbricht und lässt Keramikscherben in alle Richtungen fliegen.

Niemand steht auf, um mir zu helfen. Die Schüler lachen hinter ihren verdeckten Händen. Marilyns Gesichtsausdruck ist ein wenig ängstlich und verwirrt, aber sie macht sich auf den Weg in den hinteren Teil der Klasse, ohne anzuhalten und etwas zu mir zu sagen.

In diesem Moment höre ich es. Unter dem Gekicher und den Gesprächen darüber, wer wo den Sommer verbracht hat, höre ich ein Flüstern.

"Das ist sie", sagt jemand, "das ist die Hexe."

Jemand anderes gibt ein würgendes Geräusch von sich. "Gott, sie sieht sogar wie eine aus. Diese Haare? Ich bitte dich."

"Sie gehört nicht dazu."

"Sie kann mit uns nicht mithalten."

"Sie ist nicht gut."

Es ist Marilyns Verdienst, dass sie sich nicht von ihrem Stuhl erhebt und ihnen sagt, dass sie sie hören kann. Sie blickt nach vorne, zu mir. Wir sehen uns in die Augen, und ich werde von Erinnerungen an das letzte Mal überschwemmt, als ich sie sah.

Tief durchatmen, Zeph, sage ich mir. So weit muss es nicht kommen. Ich kann einfach so tun, als wäre das, was zwischen uns passiert ist, nie passiert.

Mir kommt in den Sinn, dass dies der Grund gewesen sein könnte, warum Vale gestern Abend so verzweifelt mit mir reden wollte. Mir wird ganz flau im Magen, als mir klar wird, dass, wenn er weiß, dass sie hier ist, sie eine tote Frau ist. Er wird sich nie verzeihen, dass er Sex mit ihr hatte. Er wird ihr nie verzeihen, dass sie ihm nicht gesagt hat, was sie ist.

Bei meinen Enthüllungen bleibe ich stehen und denke darüber nach, was das alles bedeutet. Marilyn scheint zu denken, dass dieses Innehalten bedeutet, dass ich Hilfe brauche. Ich sehe, wie sich ihre Hand hebt und die zerbrochenen Keramikscherben mit ihr hochgehen. Sie lenkt sie auf den Schreibtisch und sie landen mit einem zufriedenstellenden Krachen. Auf ihren Lippen liegt ein fahles, fast entschuldigendes Lächeln.

"Pfft. Als ich fünf war, konnte ich schon alles mit meinen Gedanken bewegen", ruft ein anderer Schüler. "Diese Kraft ist erbärmlich."

Ich will die Klasse gerade zur Ordnung rufen, als der Eifer lauter wird.

"Ihr gehört nicht hierher!" stöhnt eine andere Frau. "Geh schon nach Hause, Hexe."

"Das hier ist eine echte Akademie, Schlampe. Ups", kichert er, "ich meinte Hexe."

Die Beschimpfungen beginnen, als wären wir wieder in der High School. Die Schüler fallen über sie her und machen hasserfüllte Bemerkungen über ihre Rasse und ihre Stellung auf Blackwood. Wenn ich ehrlich zu mir selbst bin, hätte ich mich ihnen vor zwei Jahren angeschlossen. Ich hätte einen der Jungs an meiner Seite gehabt, als wir das Vertrauen der Hexe erschüttert hätten, weil sie es gewagt hat, unseren Campus zu betreten.

Aber heute fühle ich mich wie ein Außenseiter, der nur zuschaut. Ich weiß, dass ich etwas sagen sollte, aber mein Mund weigert sich, zu funktionieren. Es ist, als ob das Scharnier meines Kiefers geölt werden müsste.

Während ich darüber nachdenke, was ich tun soll und ob ich eingreifen soll, wird Marilyn immer wütender. Ihre Wangen sind apfelrot, und ihre Augenbraue ist vor Frustration so fest zusammengezogen, dass sie Falten bekommen wird. Ich schaue auf ihre Hände und stelle fest, dass sie zu kleinen Fäusten geballt sind. Ihr Griff ist so fest, dass ihre Fingerknöchel schon weiß werden. Ich öffne den Mund, um die Klasse zur Ordnung zu rufen, als wir alle von einem magischen Wirbel getroffen werden.

Ich werde zusammen mit allen anderen auf den Boden geworfen. Die Tische werden umgeworfen. Papiere fliegen umher. Die zerbrochene Keramiktasse schleudert Stücke in alle Richtungen. Die einzige, die noch steht, oder sollte ich sagen sitzt, ist Marilyn.

Alle anderen versuchen, sich vom Boden aufzurichten. Die Verwirrung steht allen ins Gesicht geschrieben, sogar ihr selbst. "Ich wollte das nicht tun", entschuldigt sie sich schnell. Ihr Kiefer weigert sich, sich zu schließen. Sie sieht die wütenden Menschen an, die sich gegenseitig aufhelfen, und kann keinen Muskel bewegen.

Ich weiß nicht, was hier gerade passiert ist, aber ich weiß, dass es keine Absicht war. Ich erhebe mich und lenke die Blicke aller auf mich. "Das reicht jetzt, Leute. Es ist Zeit, mit dem Unterricht zu beginnen. Kein Herumalbern mehr. Geht zurück an euren Tisch und schlagt Seite 32 in euren Alchemielehrbüchern auf."

Es dauert ein paar Augenblicke, bis alle die Anweisung befolgt haben. Die Schüler schnappen sich ihre Bücher vom Boden, murmeln etwas über die blöde Hexe im Hintergrund und versuchen, ihre Tische und sich selbst in Ordnung zu bringen. Aber nach den ereignisreichen ersten fünf Minuten des Tages haben sich alle eingelebt.

Bis auf mich, der nicht aufhören kann, über den Kraftausbruch nachzudenken, den Marilyn gerade gezeigt hat. Ist das etwas, das Merryweather wissen möchte? Er wird es natürlich herausfinden. Es wird sich schnell herumsprechen, was hier passiert ist. Aber soll ich meine zweite Vorlesung des Tages ausfallen lassen und zu seinem Büro gehen? Oder bedeutet meine frühere Verstrickung mit dieser Hexe, dass ich mich trotz Merryweathers Bitte um sie kümmern sollte?

Mein erster Tag als Professor und schon bin ich in einen Skandal mit einer Studentin verwickelt.

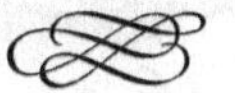

Wochen vorher

3

Verdammte Schläger. Alle von ihnen. Ich habe Nikodemus gesagt, er soll aufhören, sie mit Hormonen und Pheromonen und Chemikalien und so einem Scheiß vollzupumpen, aber er hört nicht auf mich.

Ich sehe zu, wie unsere silberhaarige Schönheit in der Menge verschwindet. In der einen Minute geht sie zum Ausgang, in der nächsten liegt sie auf dem Boden. Vale schnaubt ein wenig und bleibt mit vor der Brust verschränkten Armen an der Wand gelehnt. Nikodemus bemerkt es nicht einmal; er ist zu sehr damit beschäftigt, sich mit den Zwillingen auszutauschen. Ich bin derjenige, der leise flucht und beschließt, sie zu retten.

"Zeph!" ruft Vale mir träge hinterher.

Ich ignoriere ihn, während ich mich durch die Flut von Leuten auf der Tanzfläche dränge. Ich schwöre, dieselben Leute, die ihren Alkohol nicht aufrecht halten können, sind auch die, die heute Abend kein Deodorant getragen haben. Diese Ansammlung von Körpern riecht wie ungewaschene Sportsocken.

Die Menge hat genug Verstand, um von Marilyn wegzugehen, als sie fällt. Sie hinterlassen ein menschenähnliches Loch um ihren zusammenge-brochenen Körper, wobei sich jeder Einzelne noch immer im Takt seines bevorzugten Partners bewegt, anstatt zu versuchen, ihr auf die Beine zu helfen. Gott, sie wird klebrig sein, wenn sie wieder aufwacht. Dieser Boden hat schon mehr Soda gesehen als ein Kindergeburtstag.

Ich beuge mich hinunter, um Marilyn zu packen, nehme sie in meine Arme und hebe sie hoch. Die Menge teilt sich noch ein wenig mehr, wütende

Augen schießen in meine Richtung, als ihre Füße gegen sie klatschen. Ich fordere jeden von ihnen auf, etwas zu mir zu sagen. Aber niemand tut es. Als ich mich durch die Menge dränge, schweigen alle. Oder so still, wie man in einem Club sein kann, in dem die Musik in ohrenbetäubender Lautstärke dröhnt.

Draußen in der kühlen Abendluft gehe ich mit Marilyn zu einer Bank einen halben Block vom Club entfernt. Sie rührt sich ein wenig, aber ihre Augen öffnen sich nicht. Als ich sie absetze, halte ich ihren Kopf hoch, damit ich mich darunter schieben und als Kissen dienen kann.

Für Mitternacht sind die Straßen ziemlich voll. Eine Menschenmenge steht vor dem Mahogany und wartet auf Einlass. Alle paar Augenblicke kommt jemand auf dem Weg zum Park auf der anderen Straßenseite vorbei. Sie sehen zu uns herüber, sagen aber nichts. Sie sind zu sehr in ihr eigenes Leben vertieft, um sich einzumischen. Menschen sind eine seltsame Spezies.

Während ich darauf warte, dass sie aufwacht, mache ich mentale Schnappschüsse von ihrem Gesicht. Wie ihre Wimpern in der Brise flattern. Den Schwung ihrer Lippen, die mit verblasstem roten Lippenstift beschwert sind. Ihr silbernes Haar, das unter den Straßenlaternen schimmert. Ihre Schönheit ist wie ein Sirenengesang, der mich näher heranlockt. Für einen Menschen ist sie atemberaubend. Alles an ihr ist verführerisch.

Ich habe keine Gelegenheit, sie lange zu betrachten. Marilyns Augen beginnen sich zu öffnen, und ich werde mit einem Blick empfangen, der zu ihrem Haar passt. "Geht es dir gut?" frage ich, als sie zu mir aufblinzelt. Ich schenke ihr ein sanftes, freundliches Lächeln. "Du bist vorhin ganz schön gestürzt."

Für den Bruchteil einer Sekunde scheint sie wie betäubt zu schweigen. Ihr Blick schweift über mich, bevor sie mit dem Kopf nickt. "Wo warst du denn mein ganzes Leben lang?" Die Frage entschlüpft ihren Lippen mit einem Hauch von Lächeln, und ich nehme an, dass sie immer noch die Nebenwirkungen von Nikodemus' biochemischer Magie spürt.

Ich greife nach oben und streiche ihr ein paar Haarsträhnen aus dem Gesicht. "Wo wohnst du, Schatz? Ich rufe ein Taxi, das dich nach Hause bringt." Mir fällt ein, dass ich heute Abend keinen Sex haben werde, aber das ist okay. Ich tue eine gute Tat.

In letzter Zeit bin ich von unserer Tradition desillusioniert worden. Als ich ein paar Jahre jünger war, hatte ich nichts dagegen, aber jetzt kommt sie mir ein bisschen räuberisch vor. Vielleicht sogar illegal. Durch das Portal zu gehen, um eine Frau dazu zu bringen, mit uns fünf zu schlafen, hat nicht mehr die gleiche Anziehungskraft auf mich wie zu meiner Schulzeit.

Marilyns Zunge streckt sich und streicht über ihre Unterlippe. Als sie sie zurückzieht, tauscht sie sie gegen ihre Unterlippe aus. Ich beobachte, wie sich der rote Lippenstift eine Nuance dunkler färbt, als sie darauf beißt. "Ich bin nicht von hier", sagt sie nach einer Sekunde. "Ich habe aber ein Hotelzimmer nur ein paar Meilen entfernt. Ich bin nur zu Besuch", sagt sie zögernd.

Ich wünschte, ich könnte ihre Gedanken durchstöbern. Ich wünschte, meine Magie wäre mehr auf die Menschen ausgerichtet. Ich bin in der Alchemie bewandert, ich kann dunkle und gefährliche Dinge herstellen, aber ich kann nicht sagen, ob die Frau vor mir die Wahrheit sagt. Ich kann mich nur auf ihre Worte stützen. Und die Art, wie sie mich neugierig ansieht, als wolle sie mich durchschauen.

"Nehmen wir ein Taxi", wiederhole ich. Was auch immer passiert, ich werde nicht dafür verantwortlich sein, sie hier zu lassen, um die Nebenwirkungen von Nicos Magie abzuwehren. Oder, Gott bewahre, ein räuberischeres Männchen, das sie ausnutzen könnte. Die Menschen sind eine schwache Rasse. Wenn ich sie hier lasse, wer weiß, ob sie nicht gleich wieder nach Mahogany geht und ein paar andere Fremde fickt?

Marilyn erhebt sich von meinem Schoß, und ich stehe schnell auf und biete ihr eine Hand an, um ihr auf die Beine zu helfen. "Wie heißt das Hotel?" frage ich, während ich sie zurück zum Club führe. Die Taxis kommen und gehen in Windeseile, nehmen Leute auf und setzen sie wieder ab.

"Komm mit mir", sagt sie nach einem Moment, und ihr Griff umschließt meinen noch fester. "Ich fühle mich ein wenig seltsam. Es wäre schön, wenn jemand dafür sorgen würde, dass ich sicher nach Hause komme."

Ich will gerade nein sagen, als ich sie anschaue und einen Hauch von Verletzlichkeit in ihren Augen sehe, der mir weiche Knie macht. Den ganzen Abend habe ich dieses Mädchen als potenzielle Sexualpartnerin beäugt. Jetzt kann ich mir nicht vorstellen, etwas anderes zu tun, als mich um sie zu kümmern. Vielleicht bringe ich ihr ein Glas Wasser, bevor ich sie ins Bett bringe. "In Ordnung. Ich bringe dich zum Hotel, aber ich muss morgen früh irgendwo sein. Ich kann nicht lange bleiben." Eigentlich werde ich gar nicht bleiben. Ich bringe sie durch die Tür und gehe dann.

Ein Taxi hält an, um uns mitzunehmen, und Marilyn rattert die Adresse herunter. "Stört es Sie, wenn ich meinen Kopf auf Ihre Schulter lege?" fragt sie mit einem Gähnen. "Ich bin erschöpft." Doch bevor ich antworten kann, lehnt sie sich schon an mich. Ihre Augenlider fallen zu, bis sie ganz geschlossen sind, und ihr Atem geht langsamer.

"Geht es ihr gut?" fragt der Fahrer, der seinen Blick von der Fahrbahn zu uns beiden auf dem Rücksitz schweifen lässt.

"Es geht ihr gut", sage ich unwirsch. Ich hoffe, das ist die Wahrheit. Was, wenn sie an einer Reizüberflutung leidet? Oder ihr Körper rebelliert gegen all die Chemikalien, die Nikodemus ihr in den Blutkreislauf gezwungen hat? Vielleicht ist sie nur müde, sagt eine kleine Stimme in meinem Kopf. Aber ich weiß, dass es mehr als das ist.

Auf der Stelle schließe ich einen Pakt mit mir selbst: Ich werde mich nicht mehr an diesem Menschenjagdspiel beteiligen, das wir erfunden haben. Wir waren einmal die Blackwood Five, aber jetzt nicht mehr. Ich bin ein Professor. Ich bin der reifste der Männer. Ich muss anfangen, der Verantwortliche zu sein. Wir müssen die Menschen aus unseren kranken und verdrehten Spielen heraushalten.

Der Taxifahrer beobachtet uns durch den Rückspiegel und beäugt mich misstrauisch, als er vor dem Hotel anhält. "Haben Sie sie unter Drogen gesetzt?" Ich sehe, wie seine Finger ein Handy in seinem Schoß umklammern. Glaubt er, dass er die Polizei auf mich hetzen wird?

Ich stupse Marilyn sanft an, bis sie aufwacht. "Sehen Sie?" Ich deute auf sie, als sie gähnt und sich umschaut. "Ihr geht es gut."

Als ob sie wüsste, dass zwischen dem Fahrer und mir etwas Unappetitliches vor sich geht, schenkt Marilyn dem Fahrer ein Lächeln, während sie ihre Brieftasche aus der Tasche holt. "Vielen Dank. Entschuldigen Sie bitte. Ich glaube, ich war ein bisschen betrunkener, als ich dachte." Eine Lüge. Ich habe sie nie einen Schluck Alkohol trinken sehen.

Wir steigen beide aus, und der Taxifahrer bleibt sitzen. Er beugt sich über die Mittelkonsole und sieht durch das Beifahrerfenster zu, wie wir beide zum Hotel gehen. "Er denkt, ich hätte dich unter Drogen gesetzt", sage ich ihr schnell.

Marilyn zuckt mit den Schultern und geht auf den Eingang zu. "Er kann denken, was er will. Es ist mir egal."

Ich folge ihr, um mich zu vergewissern, dass es ihr gut geht. Wir betreten die Lobby und der Nachtportier schenkt uns ein Lächeln. Marilyn würdigt ihn keines Blickes, während sie auf einen Gang zusteuert, der von der Lobby wegführt. Wir wechseln von hellem Kronleuchterlicht zu schummrigen Leuchtstoffröhren. Die Zimmer liegen ziemlich weit auseinander. Der Teppich fühlt sich unter meinen Füßen dick und schmutzig an. Einige der Fasern bewegen sich nicht richtig, wenn wir gehen, und ich stolpere fast über meine eigenen Füße, als ich versuche, mit Marilyn Schritt zu halten. "Kommst du zurecht? Soll ich dir irgendetwas besorgen? Essen? Wasser? Etwas Eis?" frage ich, als wir an einem Automaten vorbeikommen.

Am Ende des Ganges bleibt sie vor der letzten Tür stehen und zückt ihre Schlüsselkarte. Sie streicht einmal über den Magnetstreifen und die Tür öffnet sich. "Komm rein."

Ich sollte gehen. Als sie im Zimmer verschwindet, beginnt sich die Tür langsam hinter ihr zu schließen. Das ist meine Chance, unbeschadet aus dieser Situation herauszukommen.

Aber ich vereitle sie, indem ich meinen Fuß ausstrecke, um die Tür aufzufangen, bevor sie mich hier draußen im Flur allein aussperrt. "Hör mal", lehne ich mich in den Raum und rufe nach ihr, "ich wollte nur sichergehen, dass du gut nach Hause gekommen bist. Ich muss jetzt los."

Sie tritt in den schmalen Flur, den man von der Tür aus sehen kann. Nur dass jetzt ihr Kleid weg ist und sie nackt dasteht. "Du hast es erwähnt. Ich muss morgen früh irgendwo sein", erinnert sich Marilyn.

Mein Kiefer macht eine unglückliche Begegnung mit dem Boden. "Du trägst keine Kleidung."

Marilyn fährt sich mit der Hand durch die Haare und kämmt schnell die Strähnen heraus. "Ja, ich bin meistens nackt, bevor ich unter die Dusche gehe. So kann ich alle Ecken und Winkel besser reinigen, als wenn ich eine Hose oder einen BH trage."

Die kleine Stimme in meinem Kopf schreit mich an, ich solle hier verschwinden, bevor ich mich in Schwierigkeiten bringe. Wenn ich nicht abhaue, werde ich in 0,2 Sekunden schwanztief in ihr stecken. "Oh, sorry, ich wollte nicht stören. Ich sollte gehen."

Sie geht ein paar Schritte auf mich zu. "Das sagst du immer, aber hier bist du", kommentiert Marilyn mit einem Schulterzucken. "Willst du mit mir duschen gehen? Ich trage den Whiskey schon seit Stunden wie ein Eau de Cologne in mir, und es würde mir helfen, wenn mir jemand den Rücken waschen würde."

Nein. Ich muss gehen. Ich muss zurück zu Meira'mor. Ich habe morgen ein Frühstück mit dem Direktor der Blackwood-Akademie, und dazu darf ich nicht zu spät kommen.

Aber ich bringe meinen Mund nicht dazu, eines dieser Worte zu sagen. Und ich kann meine Füße nicht dazu bringen, den Raum zu verlassen und mich irgendwo anders als hier hinzubringen. Alles, was ich tun kann, ist, ihren perfekten, kurvigen kleinen Körper anzustarren.

Marilyn erreicht die Badezimmertür und tritt ein, ihre Hand hält sich am Rahmen fest, als sie innehält, um mir einen letzten Blick zuzuwerfen. Ihre Augen sind unter schwungvollen schwarzen Wimpern verborgen, mit denen sie mich anflattert. "Du hast mich heute Nacht gerettet. Warum kommst du nicht mit rein, damit ich dir richtig danken kann?" Marilyn lässt den Türrahmen los und verschwindet ganz im Badezimmer. Ein paar Sekunden später höre ich, wie das Wasser aufgedreht wird und wie sich der Wannenvorhang hinter ihr schließt.

Zu diesem Zeitpunkt ist es sinnlos, auf die kleine Stimme in meinem Kopf zu hören. Sie versucht mir zu sagen, dass sie immer noch von einem künstlichen Hormonrausch von Nicodemus kommt, aber das ist mir egal. Schon gehe ich ins Zimmer und lasse die Tür hinter mir zufallen.

Der Wannenvorhang ist aus dem dünnsten blickdichten Material, das der Mensch kennt. Als ich in der Tür stehe, kann ich sehen, wie sie sich einseift. Sie nimmt ein Tuch und streicht damit zwischen ihren Beinen hindurch, bevor sie es zwischen ihren Brüsten hochzieht. Sie ist seifig und nass und meinem Steifen ist es egal, ob die anderen vier Jungs sie zuerst gefickt haben; sie ist jetzt sauber und gehört mir.

Wie ein Mann in Trance bewege ich mich, ohne meinem Körper zu sagen, dass er es tun soll. Mein Hemd landet irgendwie auf dem Boden, über meinen Schuhen. Ich ziehe meine Socken aus und entledige mich dann meines Gürtels. Meine Jeans ist das letzte, was ich ausziehe, aber dann öffne ich den Vorhang und steige unter die Dusche.

"Ich hatte gehofft, dass du kommst", begrüßt mich Marilyn mit einem Lächeln.

Heiße Wasserperlen reflektieren auf ihrer Haut. Auf der anderen Seite der Wanne gibt es einen Handlauf, und ich muss mich daran festhalten, als ich sehe, wie sie auf die Knie fällt. "Du musst nicht..." Meine Proteste werden unterbrochen, als sie meinen Schwanz packt und ihn zum Mund führt. Zwischen dem Wasser aus der Dusche und der Wärme ihres Mundes versuche ich mir einzureden, dass ich nicht kommen soll, als sie meinen Kopf ganz nach hinten in ihren Hals nimmt.

Dampf erfüllt die Luft, während das heiße Wasser auf Marilyns Rücken niederprasselt. Sie greift mit ihren Händen um mich herum nach meinem Hintern und zieht mich zu ihrem Gesicht. Sie nimmt meinen Schwanz so weit in den Hals, dass ich schwöre, dass sie daran ersticken wird. Ich höre ein paar Gurgelgeräusche und versuche, mich zurückzuziehen, aber sie hält mich fest im Griff.

Ich werde nie wieder schlecht über einen anderen Menschen reden. Marilyns Kehle schnürt sich noch ein paar Sekunden lang um mein Glied, bevor sie sich zurückzieht. Ich sehe noch einmal ihre silbernen Augen, die mich unterwürfig anblitzen, während sie meinen Schwanz im Mund hält. Oh, Gott, ich glaube, ich könnte mich in diese Frau verlieben.

Marilyn wippt hin und her, ihre Zunge streicht über die Unterseite meines Schwanzes, während sie sich bewegt. Ich sollte in ihrem Mund explodieren und mich von ihr leer saugen lassen, aber da ist noch eine andere Kraft am Werk. Meine Lust, in ihr zu sein, ist stärker als mein Wunsch, ihr dabei zuzusehen, wie sie meine Säfte verschlingt. Ich schaffe es, mich aus ihrem Mund zu ziehen und mein Schwanz pocht vor Wut. "Steh auf," knurre ich und helfe ihr auf die Beine.

Die Leidenschaft überrollt mich. Ich habe keine Kontrolle mehr. Ich packe ihren glatten Körper und schiebe sie in die Ecke, wobei ich ihren Schenkel über meine Hüfte ziehe. Sie ist geschmeidig, genau wie ich sie mag.

Ich greife meinen Schwanz und führe ihn an ihren Eingang. Die kleine Stimme erinnert mich daran, dass heute Nacht schon andere Männer hier waren, aber ich übertöne seine Schreie mit einem meiner eigenen. Als ich in sie eindringe, bin ich von den Gefühlen überwältigt. Ich kann mich nicht mehr zurückhalten. Ich stoße in sie hinein wie ein entfesseltes Monster, das unter dem Wasserfall der Dusche immer heißer wird, während ich ihren Lippen Lustschreie entlocke.

Das ist echt, sage ich mir. Das ist nicht die Magie von Nicodemus, die mit uns beiden spielt. Er ist irgendwo in Mahogany, und ich bin hier in der Dusche mit der silberhaarigen Schönheit. Sie streicht mit ihren Nägeln über meinen Rücken, und ich weiß, dass ich am nächsten Morgen Spuren haben werde.

Wenn wir beide zum Orgasmus kommen, dann mit einem Crescendo, das ihre Nachbarn dazu bringen wird, die Rezeption anzurufen und sich über den Lärm zu beschweren.

Der heutige Tag

Ich bin noch keine vierundzwanzig Stunden in Blackwood und schon tue ich Dinge, die ich noch nie getan habe.

Einen neuen Freund finden? Abgehakt. Mit Lilith scheint es gut zu laufen, auch wenn sie ständig darüber debattiert, ob ich ein Blindgänger bin oder nicht. Manchmal scheint sie davon überzeugt zu sein, dass ich eine mächtige Hexe bin, die die Welt verändern wird. Ein anderes Mal trauert sie der Tatsache nach, dass ihre Mitbewohnerin eine Hexe ist, die kaum die Fähigkeit hat, Dinge mit ihrem Geist zu bewegen.

Einen neuen Feind schaffen? Doppelt geprüft. Heute Morgen habe ich Vale auf der anderen Seite des Speisesaals gesehen, und er sah aus, als würde er mich umbringen wollen. Das läuft also gut und wird sich wahrscheinlich schnell zu etwas Abscheulichem und Bösem entwickeln.

Ein ganzes Klassenzimmer verärgern? Unbedingt überprüfen. Die Kraft, die man braucht, um den Stunt zu machen, den ich gerade gemacht habe, ist unvorstellbar. In der Tat habe ich so etwas noch nie zuvor getan. Ich fange an, mich zu fragen, ob ich wirklich die Person bin, die das getan hat.

Ich verbringe den Rest der Stunde damit, mich zu fragen, woher die Kraft kommt. Ich erinnere mich, dass ich kurz bevor die Leute anfingen zu fliegen und die Tische umkippten, darüber nachdachte, aufzustehen und aus dem Raum zu gehen. Dann schoss die Kraft aus mir heraus und es herrschte ein unkontrolliertes Chaos. Ich habe meine Hände nicht bewegt oder darüber nachgedacht; ich saß einfach da wie ein Zuschauer, als alle zu Boden geschleudert wurden.

Ich weiß, dass sie mir alle einen Seitenblick zuwerfen. Ich schaue zwar nach vorne und behalte den Professor im Auge, aber ich sehe, wie ihre Köpfe verstohlen in meine Richtung blicken. Ich höre das Geflüster zwischen den Leuten, wenn sie über mich reden. Ich bin nicht blind für die Zettel, die jedes Mal von einer Hand in die andere wandern, wenn Zephryus mir den Rücken zuwendet. Bevor der Schultag zu Ende ist, weiß bestimmt jeder, wer ich bin und was ich getan habe.

Als in der Ferne eine Glocke zu läuten beginnt, lasse ich meine Konzentration sinken und packe meine Sachen zusammen. Ich vermeide sorgfältig den Blickkontakt mit den bedrohlichen Schülern um mich herum und bete, dass niemand einen Groll hegt. Es war ein Unfall; ich bin nicht einmal überzeugt, dass ich derjenige bin, der gezaubert hat. Vielleicht versucht sogar jemand in der Klasse, mich schlecht aussehen zu lassen.

"Miss Bayard", ruft Zephyrus über den Lärm der Schüler hinweg, die gehen wollen, "wenn Sie noch einen Moment bleiben könnten, würde ich gerne mit Ihnen sprechen". Wir sind alle in den Zwanzigern, aber das hält die Hälfte der Klasse nicht davon ab, zu sagen: "Oooo, die hat Ärger!

Ich packe etwas langsamer zusammen und warte darauf, dass die letzten Schüler durch die Tür kommen. Ein paar Jungs bleiben zurück, um zu sehen, ob sie mitbekommen, was Zephyrus zu mir sagen wird.

"Einen schönen Tag noch, meine Herren", verkündet er laut. Ihre Schritte werden schneller, als sie vom Professor eingeholt werden.

Ich werfe mir meine Tasche über die Schulter und mache mich widerwillig auf den Weg zum vorderen Teil des Klassenzimmers. Der Blick in Zephyrus' Augen ist nicht ganz so wütend wie der von Vale am Tag zuvor. Vielleicht wird er diesen Moment nicht nutzen, um mich zu töten, wenn es keine Zeugen gibt. "Hör zu, es tut mir leid, was am Anfang der Stunde passiert ist. Ich wusste nicht..." Er hebt eine Hand, um mich zu unterbrechen. "Du musst dich dafür nicht entschuldigen, zumindest nicht bei mir. Es ist hart, anders zu sein als alle anderen; noch härter ist es, wenn die Leute sich offen über einen lustig machen. Ich verstehe, warum du getan hast, was du getan hast."

Als sich meine Lungen mit Luft füllen, fühlt es sich an, als hätte ich die ganze Klasse über denselben Atem angehalten. Frischer Sauerstoff füllt meine Brust und ich fühle mich langsam besser.

"Aber wegen neulich Abend", beginnt er mit einem verlegenen Gesichtsausdruck. Seine Wangen erröten, während er sich den Nacken reibt.

"Oh, ja, das", murmle ich. Dabei hatte ich gedacht, dass wir das einfach überspringen würden. Ich würde so tun, als wäre es nicht passiert, und alle würden es im Handumdrehen vergessen.

Zephyrus scheint aber nicht so ein Typ zu sein. Er zuckt zusammen, als er sich zu entschuldigen beginnt. "Hätten wir gewusst, dass du aus Meira'mor bist, hätten wir das nie getan. Nicht, weil du eine Hexe bist oder so", sagt er freundlich, "sondern weil, na ja, wir hätten es einfach nicht getan. Wir neigen dazu, ähm", Zephyrus lacht mich ängstlich an, "das wird sich jetzt schlimm anhören, aber wir haben es normalerweise nur auf Menschen abgesehen, weil wir sie dann nie wieder sehen müssen."

Das macht Sinn. Das ist einer der Gründe, warum ich auf die andere Seite des Portals gegangen bin, um mir einen Kick zu holen. Wenn man jemanden sieht, mit dem man bei Tageslicht Sex hatte, stellt man alles in Frage, was man im Dunkeln getan hat. "Ehrlich gesagt, ist es keine große Sache. Was geschehen ist, ist geschehen. Ich würde es gerne vergessen und bin froh, wenn ich es nie wieder erwähnen muss." Vor allem, wenn das bedeutet, dass der Schulleiter es nicht herausfindet und versucht, mich dem Rat zu übergeben oder so.

"Du musst deinem kleinen Freund nur sagen, dass ich es nicht böse meine und kein Interesse an einem zweiten Fickfünfer habe."

Seine Augenbrauen kräuseln sich nach unten und Zephyrus sieht sich im Raum um. "Welcher kleine Freund?" Fragt er, wobei sich das Stirnrunzeln vertieft, als er das Rolodex der Blackwood Five durchgeht. "Slade?" Er rät nach einem Moment. "Ich weiß, dass er ein wenig sadistisch ist, aber ich glaube nicht, dass er das, was passiert ist, allzu ernst nimmt. Er ist ein wenig seltsam, das gebe ich zu, aber er wird wahrscheinlich darüber nachdenken, anstatt etwas zu unternehmen."

Von den vier, die ich gestern gesehen habe, wirkte Slade am uninteressiertesten an dem, was passierte. "Ähm, nein, nicht er. Vale, der große Kerl."

Zephyrus braucht keine zwei Millisekunden, um zu begreifen, was ich sage. "Er hat dich zuerst gefunden, nicht wahr?" Er schließt die Augen und schüttelt enttäuscht den Kopf, wobei er sich die Finger an den Nasenrücken legt, um die drohenden Kopfschmerzen zu bekämpfen. "Leider, und das sage ich mit dem tiefsten und aufrichtigsten Bedauern, kann ich Vale nicht kontrollieren. Keiner von uns kann das. Er ist, nun ja", Zephyrus sieht mich mit einem sanften, mitfühlenden Blick an, "er ist ein Biest."

"Komisch, das habe ich mir schon bei seiner Größe gedacht." Ich bin bereit zu wetten, dass die Bestie nicht zu zähmen ist.

Zephyrus zuckt zusammen, als er zustimmend nickt. Ein paar Augenblicke lang herrscht eine unangenehme Stille, die uns in Ungewohnheit tauft. "Ich möchte nur, dass du weißt, dass es uns leid tut, unabhängig davon, was Vale oder einer der anderen Jungs gesagt hat. Ich habe ihnen bereits gesagt, dass ich nicht mehr mit ihnen auf Menschenjagd gehen werde. Und nachdem du ohnmächtig geworden bist, musste ich Nico versprechen, dass er das nicht mehr mit Menschen macht." Wieder erscheint ein Stirnrunzeln auf seinem Gesicht. "Na ja, ich schätze, du warst kein Mensch. Warst kein Mensch", korrigiert er schnell.

Er bestätigt meine Theorie, dass ich unter Einfluss stand, als ich mit den fünf Sex hatte. Mein Interesse an ihnen mag körperlich gewesen sein, aber ich weiß, dass ich nicht die Art von Mädchen bin, die mit fünf Kerlen hintereinander Sex haben würde. Das ist einfach nicht mein Stil. "Es ist in Ordnung", biete ich sanft an und versuche, seine Verlegenheit zu lindern. "Wenn ich mich betrunken hätte, wäre ich sicher sowieso ohnmächtig geworden. Wenigstens musste ich mich am nächsten Morgen nicht mit einem Kater herumschlagen." Nur eine wunde Vagina, die einen Eisbeutel und etwas Ruhe verlangte.

Es entsteht eine weitere unangenehme Pause, und ich überlege, ob ich zu meinem nächsten Kurs gehen soll. Wir haben zehn Minuten, um von einem Ort zum nächsten zu gelangen, und obwohl ich nur nach unten gehen muss, könnten mir ein paar Momente für mich selbst helfen, mich auf den nächsten Ansturm unerwünschter Aufmerksamkeit vorzubereiten.

"Aber eine kurze Frage." Zephyrus hält mich auf, bevor ich gehen kann. "Als du das vorhin gemacht hast, hast du gesagt, dass du das nicht wolltest. Es ist sicher unhöflich zu fragen, aber was für Kräfte hast du? Wenn es hilft", bietet er höflich an, "meine Fähigkeiten basieren hauptsächlich auf Gegenstän- den. Ich habe ein Händchen dafür, die Materie eines Gegenstands umzuwandeln und Tränke herzustel- len, ein wenig Elementar-Transmutation", plappert er weiter, "aber in einem Kampf bin ich keine große Hilfe. Was du vorhin gemacht hast, wäre im Nahkampf unglaublich nützlich. Was, wie ihr sicher wisst, an der Blackwood Academy sehr ernst genommen wird."

Jeder weiß, dass es passiert, und keiner tut etwas dagegen. Faszinierend. "Ich kann Gegenstände bewegen und kontrollieren. Meine Kräfte hängen allerdings stark von meinem Ring ab." Ich lasse das Silber an meiner linken Hand aufblitzen. "Aber ich bin nicht sehr fortgeschritten."

Zephyrus zieht eine Augenbraue hoch und fängt dann an zu lachen. "Das ist ein Scherz, oder?" Der Gedanke, dass ich einen Scherz mache, scheint ihn zu beruhigen. "Was du am Anfang der Klasse gemacht hast, war für einen Erstklässler sehr fortgeschritten. Verdammt, das ist etwas, was manche Leute nicht einmal bis zu ihrem dritten Jahr auf der Akademie beherrschen. Du hast nicht nur ein oder zwei Gegenstände in eine bestimmte Richtung geschoben. Du hast Tische umgeworfen, Leute zu Boden gezwungen und Dinge von dir weggeschoben, als ob eine Art Kraftfeld errichtet worden wäre."

Als ich höre, wie er mir das sagt, klingt es noch mächtiger, als ich ursprünglich dachte. Ich kann nur mit den Schultern zucken und ihm sagen, dass ich noch nie eine solche Kraft gezeigt habe. "Ganz zu schweigen davon, dass ich nicht weiß, wie das passiert ist. Ich habe nicht einmal darüber nachgedacht", gebe ich zu. "In der einen Minute wollte ich die Klasse verlassen, und in der nächsten lagen Sie alle auf dem Boden. Es war, als wäre die Magie aus mir herausgesprungen. Ich hatte keine Kontrolle."

Je mehr ich rede, desto tiefer scheint sich die Stirn von Zephyrus zu runzeln. "Interessant", murmelt er nach einem Moment, "nur um das klarzustellen, du hast nie irgendeine Art von Magie auf diesem Niveau ausgeübt?"

Meine Mutter hat mir einmal erzählt, dass ich schon im Mutterleib Magie entwickelt habe. Sie konnte ein Kribbeln der Macht spüren, wenn ich in ihrem Bauch herumstrampelte. Ich wusste nie so recht, was das zu bedeuten hatte, aber im Laufe der Jahre wurden meine Fähigkeiten immer stärker. Ich konnte Spielzeug herbeirufen, zunächst Puppen und Stofftiere. Als ich älter wurde, wurden die Gegenstände, die ich mit meiner Magie anfassen konnte, größer. Einmal habe ich sogar ein Auto bewegt. Nicht an einen bösartigen Ort, nur über einen Parkplatz, während ich auf meinen Vater wartete.

Als der Rat meinen Ring anfertigen ließ, bemerkte ich eine neue Energie, wenn ich ihn trug. Ich konnte mehrere Gegenstände greifen. Zum Beispiel zwei Bücher in einem Regal oder ein paar

Tüten mit Lebensmitteln. Ich fühlte mich von Tag zu Tag stärker, und Blackwood würde mir helfen, diese Magie noch weiter zu verstärken. Aber ich hatte noch nie etwas so Fortgeschrittenes gemacht wie das, was vorhin passiert ist. "Nein", antworte ich feierlich, "bis heute nicht."

Zephyrus' Augen wandern hinunter zu meinem Ring. Ich sehe, wie er den Kopf nach links neigt, als er das Silber untersucht. "Sehr interessant", sagt er zu sich selbst. "Sie können gehen, Miss Bayard. Ich werde mit den Jungs darüber reden, was jenseits des Portals passiert ist. Sie haben nichts zu befürchten."

Aber seine Worte klingen hohl. Er hat keine Kontrolle über die Dämonen. Wie soll er Vale davon abhalten, mich anzugreifen? Wie will er verhindern, dass seine Freunde ihre ganze Magie auf mich loslassen?

Das Zimmer von Nikodemus bereitet mir Unbehagen.

Seine Vorhänge sind bei jedem Wetter offen. Ich weiß nicht, wie er morgens ausschlafen kann, wenn die Sonne schon um 6:00 Uhr aufgeht. In diesem Moment scheint das Mondlicht durch das Fenster und tauft uns in silbernen Strömen. Durch das Glas können wir den Campus sehen, ohne dass ein Mensch vorbeiläuft. Die Blätter flattern im Wind und drohen, sich vom Baum zu lösen und auf dem Rasen zu landen.

In Nicos Zimmer gibt es auch einen Kamin. Er hat uns erzählt, dass das seine Belohnung für den Sieg im Warrior Center in seinem ersten Jahr in

Blackwood war, aber ich kenne sonst niemanden, der einen Kamin in seinem Zimmer hat.

Sein Mitbewohner ist nie da, nicht einmal in den Nächten, in denen wir lange aufbleiben, um zu trinken und wilde Pläne zur Weltherrschaft zu besprechen. Es ist, als hätte Nico ihn in ein anderes Reich verbannt. Auf die Erde, vielleicht. Oder irgendwo jenseits der sterblichen Hülle.

Nicos Seite des Zimmers ist in leuchtende Rot- und Orangetöne gehüllt. Er sagt, das sei so, weil er den Herbst und die Sonnenuntergänge am liebsten mag, aber das Muster macht es schwer, seine Seite anzuschauen, ohne zu erschaudern.

"Setz dich, Slade", winkt Nico von der Sitzecke vor dem Kamin aus.

Ares hockt am nächsten an den Flammen. Für einen Dämon, eigentlich für jeden, ist ihm immer erstaunlich kalt. Selbst jetzt trägt er einen Schal fest um den Hals gewickelt, während er sich die Hände wärmt. Er sagt, das liege daran, dass das Leben in den Schatten ein kalter Ort sei.

Vale sitzt grübelnd in einem übergroßen Stuhl. Seine Augenbrauen sind zusammengezogen, und er hält ein Glas mit einer bernsteinfarbenen Flüssigkeit in der Hand, die er kaum anrührt. Ich weiß, was ihn in seinen Träumen heimsucht. Was ich nicht weiß, ist, warum es auch seine Tage heimsucht.

Nikodemus hat die Füße auf die Couch gestützt, sein großer Körper nimmt den ganzen Raum ein. Er ist ein bisschen beschwipst von drei Fingern Bourbon. Er ist der Einzige, den das alles nicht zu stören scheint.

Ich nähere mich ihm mit Vorsicht. Eine falsche Bewegung und Vale könnte ausrasten. Seine Energie wirft mich aus dem Gleichgewicht, und hinter seinen dunkelblauen Augen sehe ich einen Sturm von Träumen. Er sagt gerne, dass er spürt, wie ich in seinem Kopf herumstochere, aber das darf nicht wahr sein. Heute Abend wirft er mir nicht einmal einen flüchtigen Blick zu, um mich davor zu warnen, weiter nachzufragen.

"Hat Zeph dir gesagt, worum es bei dem Treffen ging?" fragt Ares.

Ich setze mich in die Nähe des hinteren Teils der Gruppe, um mich von ihnen abzugrenzen. Mit einem Kopfschütteln und einem Achselzucken scheinen sie zu verstehen, worum es geht. "Er hat nur gesagt, dass er hier sein wird, wenn er kann." Ich glaube, wir wissen alle, worüber er reden will. Wir haben die Gerüchte gehört.

Vale berührt den Whiskey in seiner Hand. Er hält

das Glas so fest in der Hand, dass seine Knöchel blass werden. "Wie mächtig ist diese Hexe eigentlich?" grummelt er. Es ist eine rhetorische Frage; er will nicht, dass einer von uns ihm antwortet. Die Spannung im Raum ist so groß wie nie zuvor. Mit Ausnahme von Nikodemus, der anfängt, Seemannslieder aus vergangenen Jahrhunderten zu singen. "Tu mir einen Gefallen", blickt Vale seinen Freund an, "und halt die Schnauze."

Nikodemus schließt die Augen und hebt einen Mittelfinger. Er singt weiter und weiter, ohne sich auch nur einen Moment Gedanken darüber zu machen, dass sein bester Freund sich in Dämonengestalt verwandeln und ihn zu einem Duell herausfordern könnte.

Zum Glück kommt Zephyrus, bevor das Lied uns alle erschöpft. Nikodemus hält mitten in der Strophe inne, als er hört, dass sich die Tür öffnet, und seine Worte werden weniger singend und mehr aufgeregt. "Zeph", grüßt er mit einem nachlässigen Grinsen, "schön, dass du dich uns anschließen konntest.

Der ernste Gesichtsausdruck von Zephyrus verrät, dass er das nicht so sieht. Ich erinnere mich an eine Zeit vor zwei Jahren, kurz vor seinem Abschluss, als ich eine Nacht in seinen Träumen verbrachte. Er denkt viel über die Zukunft nach und macht sich wesentlich mehr Sorgen als der Rest von uns. Seine Träume wurden von Auszeichnungen heimgesucht, die er nie erhalten hatte, und von Hoffnungen, die er für unerreichbar hielt. Ich fühle mich als der introspektivste der fünf, aber ich habe nichts gegen Zephyrus in der Hand.

"Tut mir leid, dass ich so spät dran bin", entschuldigt er sich, als er die Tür hinter sich schließt. "Ich musste noch Papierkram für den morgigen Kurs erledigen."

Vale wirft ihm einen finsteren Blick zu und unterbricht Zephyrus' Beschwerden mit einem kurzen Blick. "Komm zur Sache. Es geht um sie, stimmt's?"

Zephyrus nimmt die Szene auf. Er sieht sich an, wo wir vier stehen, dann erspäht er das Glas in Vales Hand. Er ist so schlau, wie der Schulleiter vermutet hat; er weiß sofort, dass er sich in eine Gefahrenzone begeben hat. "Es geht um Marilyn, ja", nickt er langsam mit dem Kopf und geht hinüber. "Was ist eigentlich dein Problem mit ihr?"

Er stellt die Frage, auf die wir alle sehnsüchtig gewartet haben, um die Antwort zu erfahren. Sogar Nikodemus wird hellhörig und ist lange genug nüchtern, um herauszufinden, was sein Freund gegen die silberhaarige Schönheit hat, die wir alle vor nicht allzu langer Zeit durch das Portal getauft haben.

Ich frage mich, ob er es sagen wird. Ich habe sie seit über zwei Wochen in seinen Träumen tanzen sehen. Bevor wir wussten, wer sie war, bevor wir wussten, was sie war, träumte Vale von ihr. Von Sommernächten, in denen die beiden sich träge liebten. Wintertage, an denen er sie mit der Wärme seines Wesens warmhielt. Verabredungen durch das Portal.

Aber das sagt er nicht. Ein schwaches rotes Glühen in seinen Augen lässt vermuten, dass Zephyrus' Frage den Dämon in ihm geweckt hat. "Sie hat uns belogen, Zeph. Und sie ist eine dreckige kleine Hexe." Seine Wut kommt von einem Ort des Unbehagens. Ein einziger Fick mit einem Menschen auf der irdischen Seite des Portals und schon hat er sich in sie verliebt wie ein verdammter Prinz aus einem Märchen. Liebe auf den ersten Blick; das macht ihn krank. Wissen die anderen Typen das auch?

Zephyrus erwähnt kühl das Offensichtliche. "Wir haben ihr ja auch nicht die Wahrheit gesagt, Vale. Sei realistisch."

Das Leuchten in Vales Augen wird größer und die Haare in meinem Nacken stellen sich auf. Es ist schon eine Weile her, dass sich jemand von den

Blackwood Five geprügelt hat. Wir waren früher Hitzköpfe, als wir jünger waren, aber wir sind reifer geworden. Zumindest glaube ich das.

"Du hältst dich für so schlau, weil du einen tollen Job hast", spuckt Vale, "aber du bist nichts weiter als ein verherrlichter Wissenschaftslehrer."

Vale wird hässlich, wenn er wütend ist. Während der Rest von uns sorgfältig vermeidet, sich gegenseitig bis auf die Knochen zu schneiden, ist Vale anders. Er zielt auf den Todesschuss und drückt ab.

Wir sind alle so daran gewöhnt, dass es Zephyrus kaum noch stört. Er rollt sogar mit den Augen und setzt sich auf den Arm der Couch über Nikodemus' Füßen. "Diese Beleidigung wäre vielleicht etwas verletzender, wenn du sie nicht schon vorher benutzt hättest. Zweimal." Er kann mit Vales Wut besser umgehen, als ich es getan hätte. Ich hätte mich in die Ecke geschmollt und zurückgeschossen, als Vale noch schlief. Wir sind alle unterschiedlich, wenn wir mit einem Konflikt konfrontiert werden, und ich bewundere Zephyrus dafür, dass er sich nicht die Mühe macht, einen Rückzieher zu machen.

Bevor der unausgesprochene Anführer des Rudels etwas erwidern kann, fragt Zephyrus, ob wir schon gehört haben, was heute Morgen in seinem Klassenzimmer passiert ist. "Ich bin sicher, das ist inzwischen allgemein bekannt", sagt er achselzuckend.

In meiner dritten Unterrichtsstunde an diesem Tag hatte ich die Geschichte schon ein halbes Dutzend Mal gehört. Jemand sagte, Marilyn habe das Klassenzimmer in Brand gesteckt. Jemand anderes sagte, sie habe einen Schreibtisch aus dem Fenster geworfen. Die Variationen setzten sich im Laufe des Nachmittags fort, bis ich mir nur noch sicher war, dass Marilyn etwas getan hatte, das viele Leute verärgerte.

"Ja, das spricht sich herum." Ares rückte näher an das Feuer heran und hob die Hände, um die Hitze auf seiner Haut zu spüren. "Hat sie dich wirklich aus dem Fenster gehängt?"

Das bringt Vale zum Schnauben und lenkt ihn von seiner Wut ab. "Gott, ich hoffe es. Ich würde dafür bezahlen, das zu sehen."

Zephyrus ignoriert ihn. "Nein, nichts dergleichen. Sie hat einfach alle mit einer Art Kraftfeldmagie von sich weggeschleudert. Schreibtische, Papiere, Menschen", er schüttelt verwirrt den Kopf, "sie hat einfach alles abgestoßen. Aber der Clou?" Zeph hält inne und lässt seinen Blick durch den

Raum schweifen. Er begegnet den Blicken aller und sieht uns alle mit der Absicht an, unsere volle Aufmerksamkeit zu erlangen. "Das hat sie noch nie getan. Ihre Magie, ihre Kräfte, was auch immer dieser Ring aus den Tiefen ihrer Seele hervorzaubern kann", er hält inne, "es war noch nie so mächtig."

Das sagt mir nicht viel. Es hört sich sogar wie ein Haufen Unsinn an. Wahrscheinlich hat sie ihn ange-logen. Es gibt einen Grund, warum der Rat es für angebracht hielt, sie hierher zu schicken. Ihre Macht ist legendär, voller uralter Magie, die wir anderen nie entwickeln oder verstehen werden. Sicherlich ist einer von ihnen vorausschauend. Vielleicht wussten sie von Anfang an, dass sie uns treffen würde. Viel-leicht wissen sie, was passiert, wenn Vale beschließt, ihr Leben zu bedrohen.

"Was soll das überhaupt bedeuten?" fragt Nico.

Aber Vale versteht es. Er hat einen seltenen Einblick in die Magie und magische Wesen. "Es bedeutet, dass sie stärker wird." Höre ich da etwa Enttäuschung in seinem Tonfall?

Zephyrus dreht sich zu mir um und fragt, ob ich in ihren Träumen herumgespielt habe. Es ist erst eine Nacht her, zwei, wenn man es genau nimmt. Aber ich weiß nicht, ob Marilyn gerade schläft. "Sie hat etwas Seltsames an sich. Es ist, als ob sie zwei

Träume gleichzeitig träumt. So etwas habe ich noch nie gesehen."

Als ich fertig bin, lenkt das Geräusch von zerbrechendem Glas unsere Aufmerksamkeit auf sich. "Verdammter Mist", flucht Vale, der Whiskey, der einst in seinem Glas war, ist nun über die Kaminwand verstreut. "Sie ist eine Hexe, Leute. Sie kann anziehen und abstoßen. Sie ist nicht irgendein allmächtiges Wesen. Wir messen ihren lästigen kleinen Kräften zu viel Gewicht bei."

Niemand steht auf, um die Glasscherben zu beseitigen. Vale ist auf den Beinen und läuft hin und her. Ich habe ihn noch nie so aufgeregt gesehen, zumindest nicht wegen einer Frau. "Ihre Träume, oder was auch immer es ist, in dem du lebst", Vale blickt mich an, "sind wahrscheinlich wegen ihrer Rasse anders. Es kann nicht daran liegen, dass sie eine allmächtige Kraft ist. Sie. Ist. Eine. Hexe." Jedes Wort wird von seiner Wut unterstrichen. Ich kann spüren, wie Hitze von ihm ausgeht.

Ich werde mich nicht streiten. Nicht, weil ich Angst vor Vale habe, sondern weil ich keine guten Argumente habe. Ich weiß nicht, was Marilyn ist oder wozu sie fähig ist. Ich kenne sie kaum. Sie war unser One-Night-Stand, der schief ging. Aber ist es nicht seltsam, dass sie Kräfte zeigt, die sie noch nie zuvor hatte? Ja. Und ist es seltsam, dass sie zwei Träume auf einmal hat? Auf jeden Fall. Aber was kann ich dagegen tun?

"Was auch immer sie ist oder nicht ist", beginnt Zephyrus, die Stimme der Vernunft, "wir müssen sie im Auge behalten. Der Direktor will, dass sie von hier verschwindet."

"Ich will, dass sie verschwindet", unterbricht Vale.

Zephyrus tut so, als wäre das nicht passiert. "Aber sie wurde aus einem bestimmten Grund nach Blackwood geschickt. Vielleicht steckt mehr in ihr als eine Geschichte schwacher Magie."

"Das bezweifle ich." Vale sammelt die Scherben seines zerbrochenen Glases ein und wirft sie ins Feuer. "Ich bezweifle es wirklich."

MARILYN

Der Schulleiter ruft mich nie in sein Büro. Ich höre Gerüchte, dass ich von der Schule verwiesen werden soll, aber als nichts passiert, atme ich erleichtert auf. Die Erleichterung hält nur ein paar Stunden an.

Die Leute tuscheln hinter ihren Händen über mich. Ich sehe, wie sie ihre Kreise enger ziehen, wenn ich vorbeigehe. Sie kichern über die Hexe, die am ersten Unterrichtstag fast von der Akademie geflogen wäre, aber sie sprechen nie mit mir. Die einzige, die das tut, ist Lilith.

Sie erzählt mir von ihrem Tag. Sie erzählt mir von den Jungs, die an ihr interessiert sind. Sie erzählt mir von den Gerüchten, die sie über mich gehört hat. Sie hat so viel zu erzählen, dass es praktisch aus ihr herausplatzt, wenn ich jeden Tag in unser Zimmer zurückkomme.

Das ist aber nicht die einzige Explosion, mit der ich zu tun habe. Nachts weckt mich Lilith auf. Sie ist jedes Mal genervt, wenn sie mich aus meinen Träumen reißt. "Wenn du die Temperatur im Zimmer kontrollieren willst, ist das in Ordnung. Aber mach es nicht zu arktisch."

Da der Schweiß an meinem Körper klebt, fühlt sich die kühle Luft angenehm an. Aber erst als ich merke, dass keines der Fenster geöffnet ist und ich meinen Atem in der Luft sehen kann, wird mir klar, wovon sie spricht. Ich bin der Grund, warum der Raum so kalt ist. Ich weiß nicht, wie ich es mache, aber ich ändere die Temperatur. Ein paar Tage später ist es so, als hätte jemand einen Ofen im Zimmer angeheizt. Lilith ist auch nicht glücklich, wenn das passiert.

In einer anderen Nacht weckt sie mich auf, indem sie mich mit einem Kissen schlägt. Sie öffnet ihren Mund, um zu sprechen, aber es kommen keine Worte heraus. Es dauert einige verzweifelte Minuten, bis wir uns endlich verständigen können. Es stellt sich heraus, dass ich sie stummgeschaltet habe, wie einen Kanal im Fernsehen, der für meinen Geschmack zu laut war. Ich kann mich nur noch daran erinnern, dass ich zu ihrem Schnarchen einschlief. Ich war genervt, aber ich drehte mich um und versuchte, meinen Kopf mit einem anderen Kissen zu bedecken. Als mir die Erkenntnis dämmert, kann Lilith wieder sprechen. Ich weiß nicht, wie ich es gemacht habe oder wie ich es wieder rückgängig gemacht habe, aber es geht ihr gut, als sie zurück ins Bett kriecht und etwas davon murmelt, mich umzubringen, wenn ich das noch einmal tue.

Es gibt niemanden, mit dem ich darüber sprechen kann. Meine Professoren sehen mich alle an, als gehöre ich nicht dazu. Selbst Zephyrus beobachtet mich mit einem scharfen Blick. Ich habe keine Freunde, schon gar nicht meine Mitbewohnerin. Nach dieser versehentlichen Stummschaltung hat sie sechsunddreißig Stunden lang nicht mehr mit mir gesprochen. Zu diesem Zeitpunkt war die Nachricht, dass ich aussätzig bin, zu aufregend, um sie für sich zu behalten. Lilith brach ihr Schweigen, um mir mitzuteilen, dass die Gerüchteküche wieder zugeschlagen hatte.

Meine Tage fühlen sich einsam an, wenn ich ehrlich bin. Meine Eltern haben mir nicht viele

Geschichten über ihre Zeit in Hawthorne erzählt, aber ich erinnere mich, dass ihre Freunde zum Abendessen kamen. Ich hörte ihnen zu, wie sie von den Abenteuern meiner Mutter auf der Akademie erzählten oder über das schlechte Benehmen meines Vaters berichteten. Ich dachte nicht, dass meine Erfahrung genau so sein würde wie ihre, aber ich dachte, ich würde wenigstens einen Freund haben.

Stattdessen gehe ich in Latham Hall von Klasse zu Klasse und frage mich, wie es wohl wäre, in Blackwood so erfolgreich zu sein, wie ich es mir in Hawthorne vorgestellt habe. Ich verbringe Stunden damit, davon zu träumen, wie mein Leben aussehen könnte, nur um dann wieder von der Realität eingeholt zu werden, dass ich ohne Freunde und allein bin.

Das ist eine ziemlich triste Existenz. In der Woche, die vergeht, werde ich von Minute zu Minute introvertierter. Meine Kurse scheinen gut zu laufen, aber das liegt daran, dass ich nichts anderes zu tun habe als zu lernen. Alchemie lernen. Über die Geschichte von Meira'mor und der Blackwood-Akademie lesen. Verstärke meine bestehende Magie mit Professoren, die auch Anziehung und Abstoßung beherrschen. Mich mit einem Dutzend neuer Arten von Magie vertraut machen, um zu sehen, ob ich irgendwelche verborgenen Fähig-keiten habe.

In meiner Freizeit oder zwischen den Vorlesungen meide ich die Blackwood Five. Zephyrus ist nett genug, wenn ich in seinem Klassenzimmer bin, aber er lässt keine Gelegenheit aus, mir zu sagen, dass ich keine Ahnung habe, was ich tue. Eines Tages sagt er vor allen, dass er mich aus seiner Klasse entfernen wird, wenn ich mich nicht zusammenreißen kann. "Du bist sowieso kein guter Alchemist", sagt er mit einem Kopfschütteln. Sein Kurs ist einer von vielen, die ich besuche, um herauszufinden, wozu ich fähig bin. Das ist eindeutig nicht die Alchemie.

Ich sehe Vale jeden Tag im vierten Stock. Wir haben fast jeden Tag eine Sitzung mit demselben Professor, der uns beibringt, wie wir unsere Kernmagie stärken können. Da Vale und ich ähnliche Kräfte haben, landen wir immer zusammen auf dem Flur.

Er lässt keine Gelegenheit aus, mich in die Luft zu heben und gegen die entfernteste Wand zu werfen, die er finden kann. Meine Knochen knacken, mein Rücken schmerzt, und ich bin mir sicher, dass er eines Tages nicht damit aufhören wird, mich gegen eine Wand zu werfen. Eines Tages wird ein

Fenster offen stehen und er wird mich direkt hinauswerfen.

Aber trotz all der Schmerzen, die mich den ganzen Tag über begleiten, fühle ich mich, als die Nacht in den Morgen übergeht, wieder gut, als würde sich mein Körper selbst heilen. Nicht zum ersten Mal frage ich mich, was es mit dieser Schule auf sich hat, das in mir eine neue Magie erweckt. Ich würde mit Lilith darüber reden, aber sie ist in ihrer eigenen kleinen Welt gefangen. Ganz zu schweigen davon, dass sie genauso wütend über die Explosionen der Macht ist, die ihre Existenz stören.

Meine Nächte sind gefüllt mit Stößen und Stacheln. Ich kann Slade in meinem Kopf spüren, wenn ich schlafe. In der ersten Nacht erkannte ich nicht, was vor sich ging, aber als ich es Lilith gegenüber auf dem Weg zum Frühstück beiläufig erwähnte, warnte sie mich, dass er wahrscheinlich der Grund dafür sei, dass meine Albträume schlimmer wurden. "Was für Albträume?" frage ich sie. Ich habe nur von Gestalten in der Ferne geträumt. Ich scheine immer auf sie zuzugehen, aber ich erreiche sie nie.

In der dritten Nacht sehe ich Slade aus dem Augenwinkel, aber als ich mich umdrehe, ist er nirgends zu sehen. Er versteckt sich in den Schatten meiner Träume und streckt seinen Kopf nur kurz heraus, um zu sehen, was vor sich geht. Er ist harmlos, aber es ist unheimlich, dass er immer in der Nähe ist.

Wenn er mich nicht verfolgt, während ich schlafe, verfolgt mich sein Bruder, wenn ich wach bin. Lilith hat mir gesagt, dass er ein Shadow Walker ist. Ich sehe ihn erst, wenn die Sonne unterzugehen beginnt. Seine langen Beine folgen mir, treten von Schatten zu Schatten, während ich über den Campus laufe. Kann er mich hören, wenn er sich in meinen Schatten versteckt? Weiß er, dass ich ihn sehe? Ist es ihm egal?

Am meisten erschrecke ich über Nikodemus. Wenn ich auf dem Flur an ihm vorbeigehe, lächelt er mich an. Er ist höflich, sogar herzlich. Eines Tages fragt er mich, wie die Dinge laufen, und ich beginne zu glauben, dass dies der Wendepunkt sein könnte. Bis mir klar wird, dass er sich mit mir anlegt.

Seine Magie verstärkt meine Gefühle von Depression und Einsamkeit. Ich merke es erst, wenn wir weit genug weg sind, dass er mich nicht mehr erreichen kann. Es ist, als würden die Ranken seiner Macht mich befreien und ich habe keine Lust mehr, das alles hinter mir zu lassen. Vale mag mich körperlich verletzen, aber Nicodemus ist derjenige, vor dem ich Angst habe. Die Chemikalien, mit denen er meinen Körper durchflutet, reichen aus, um mich in den Wahnsinn zu treiben. Ich weiß, dass es nur eine Frage der Zeit ist, bis seine Magie mich in ein so dunkles Loch stürzt, dass ich mich nicht mehr herausziehen kann.

Wissen Sie, was mich ankotzt? Leute, die sich nicht beherrschen können.

Die Blackwood Five, zum Beispiel.

Wenn ich nicht so viel Zeit auf dem Campus verbracht hätte, wie ich es tat, weil meine Eltern rund um die Uhr arbeiten, würde ich sie nicht von Adam unterscheiden. Aber zwischen den Semestern, in denen ich in einer High School nach menschlichem Vorbild die Grundlagen der Mathematik und des Englischen lernte, fand ich mich in Blackwood wieder. Es war das Zuhause meiner Jugend, das Zuhause meiner Adoleszenz. In Blackwood hatte ich meinen ersten Kuss mit einem zweiundzwanzigjährigen Jungen, der ein fünfzehnjähriges Mädchen wahrscheinlich nicht hätte küssen sollen. Ich sah Paare, die im Wald Sex hatten und dabei Beschwörungsformeln flüsterten. Ich verbrachte Halloween, Thanksgiving und Weihnachten in der Akademie, wo meine Eltern Feste und Partys für ihre Schüler veranstalteten. Während ich in ihrem Quartier festsaß, hatten sie die beste Zeit ihres Lebens.

Die Blackwood Five waren früher als das Dämonenpack bekannt. Ich bin auf derselben Seite von Meira'mor aufgewachsen wie sie, und ich erinnere mich an die Zeit, als sie noch jünger waren. Sie streiften Tag und Nacht durch die Straßen und suchten nach Ärger. Erst als die Bloodstone-Zwillinge der Party in Blackwood beitraten, bekamen sie einen Ruf. Und ehrlich gesagt, waren sie die perfekte Bande.

Vale führte sie an, obwohl er nicht der Älteste war. Er hatte die Kraft, die Macht, den Antrieb. Seine Arroganz und seine Unfähigkeit, sich zu zügeln, sind legendär. Jeder weiß, wenn es um die Blackwood Five geht, ist Vale Nightshade derjenige, den man fürchten muss.

Nicodemus nahm eine bequeme Position als zweiter Kommandant ein. Insgeheim nannte er sich selbst den Vollstrecker, denn er brauchte nur jemanden zu berühren, und schon war er im Besitz der Biochemie desjenigen. Er brachte Menschen dazu, Dinge zu tun, indem er sie einfach mit Serotonin füllte, sobald sie daran dachten. Sein Charme macht mich krank. Ich weiß, wozu er fähig ist; ich habe gehört, was er getan hat.

Zephyrus verbrachte seine Zeit mit Lesen. Seine Magie fühlte sich im Vergleich zu den anderen verkümmert an. Er mochte älter und weiser sein, aber seine ruhige, bescheidene Art hielt ihn zurück. Er glänzte im Klassenzimmer, nicht auf dem Schlachtfeld. Meine Mutter sprach oft von ihm. Sie sagte mir, dass er ein außergewöhnliches Gehirn für die Wissenschaft hatte. Sie wollte, dass er sich ihr anschloss, aber leider kam ihm der Schulleiter zuvor.

Ares lebte im Verborgenen. Er und sein Bruder verfügten über dunkle Magie, die Hand in Hand ging, aber Ares nutzte seine Kräfte zum Spaß. Er lauschte den Gesprächen seiner Professoren und verfolgte die Dramen von Schülern, die er noch nie zuvor gesehen hatte. Er war der Dummkopf der Gruppe, der es nicht schaffte, seine Schattengänge für sich zu behalten.

Slade wurde dunkler. Als er erkannte, dass er Albträume kontrollieren und die Träume anderer Menschen zur Realität machen konnte, geriet er in eine gefährliche Lage. Es war sein tägliches Brot, im Warrior Center die größten Ängste der Menschen auszupeitschen. Warum im Nahkampf kämpfen, wenn man den Gegner psychologisch zu Tode quälen kann?

Einzeln werde ich mit ihnen fertig. Aber wenn sie in einer Gruppe sind, sind sie ein Orchester des Chaos und richten bei jedem, der ihnen begegnet, Verwüstung an. Mir war nicht klar, dass meine Mitbewohnerin genauso sein würde.

Ich habe nichts gegen Hexen. Entgegen der landläufigen Meinung glaube ich nicht, dass sie machtlos sind. Ich verdanke es einer Hexe, dass ich noch lebe. Als ich sieben Jahre alt war, lernte ich gerade, wie man sich von der Drachenform in eine akzeptable Alltagsform verwandelt. Eines Tages habe ich nicht aufgepasst und bin mitten in der Verwandlung stecken geblieben. Das hätte nicht passieren dürfen. Ich hätte darüber nachdenken sollen, was ich tat, und es noch einmal versuchen sollen. Aber ich war sieben und anstatt mich zu konzentrieren, bin ich ausgeflippt.

Einige Stunden später kamen meine Eltern nach Hause. Ich hatte hohes Fieber und mein Kopf schwirrte vor lauter Dehydrierung herum. Sie behandelten mich vorsichtig und brachten mich ins nächste Krankenhaus. Eine freundliche Hexe brachte ein Dutzend selbstgebrauter Tränke mit. Einen, um meinen Herzschlag zu beruhigen. Einen, um mein Fieber loszuwerden. Einer, um mir Flüssigkeit zuzuführen. Und noch mehr. Als ich sieben Jahre alt war, hielt ich sie für einen Engel. Sie hat mir das Leben gerettet. Ich erinnere mich nicht mehr an viel, aber ich erinnere mich an den kühlen Geschmack von Pfefferminz, als ich aus ihren kleinen Fläschchen trank.

Jede Rasse hat einen Platz in Meira'mor. Ohne einen von ihnen würden wir auseinanderfallen. Das ist nicht das, was jeder glaubt, aber es ist das, was ich glaube.

Das heißt nicht, dass ich begeistert war, mit Marilyn gepaart zu werden. Ihr Geruch, als sie am ersten Tag in unser Zimmer kam, war ein eindeutiges Zeichen. Als ich hörte, wie sie die verfluchten Worte sagte, dass sie eine Hexe sei, überlegte ich, zum Büro des Schulleiters zu marschieren und zu verlangen, dass er mir eine neue Zimmergenossin gab. Schließlich war meine Mutter eine Professorin in Blackwood. Hatte das nicht ein gewisses Gewicht?

Aber ich habe mich zurückgehalten. Ich beschloss, der Sache etwas Zeit zu geben. Ich bin ein gelassener Mensch. Ich kann mit einem Curveball umgehen. Aber als der Curveball anfing, links und rechts ohne jede Erklärung Magie zu verbreiten, hatte ich die Nase voll davon.

Seit meiner Ankunft vor über einer Woche habe ich nicht eine Nacht durchgeschlafen. In der ersten Nacht lauschte ich Marilyns unregelmäßigem Atem. Es war, als könnte ich ihr Herz vom anderen Ende des Zimmers aus schlagen hören. Kühle 102 Schläge pro Minute.

Die nächsten paar Nächte waren bizarr. Entweder wachte ich eiskalt auf oder mir lief der Schweiß vom Körper. Eines Nachts wachte ich auf und wusste nicht, was passiert war. Ich konnte mich selbst sprechen hören, aber irgendetwas fühlte sich komisch an. Es war, als hätte jemand seine Hände um meinen Hals gelegt und drückte zu. Die Angst trieb mich auf Marilyns Seite des Zimmers, weil ich mir sicher war, dass dies wieder einer ihrer verdammten Tricks war. Das war es auch, aber sie schwor mir, dass sie nicht wüsste, was die Ursache sei.

Alle ihre Erklärungen waren so. Sie hatte keine Entschuldigung oder einen Grund, sie sah mich nur entsetzt an und entschuldigte sich, während sie sagte, dass es ihr leid täte, dass so etwas passiert sei. Ich versuchte, die unkontrollierbaren Kräfte meiner Mitbewohnerin zu akzeptieren, aber es wurde von Tag zu Tag schwieriger.

Wenn jemand eine neue Form der Magie entwickelt, kommt sie in Wellen von undefinierbarer Energie. Zumindest hat mir das meine Mutter erzählt. Ich wuchs mit zwei Fähigkeiten auf: Eine verwandelte mich in einen Drachen, und die andere war etwas, das meine Mutter Allwissenheit nannte. Sie sagte, sie habe jahrelang geglaubt, ich hätte keine Magie, aber eines Tages hat es Klick gemacht.

"Du hast die unheimliche Fähigkeit zu wissen, was, wann und wie du Dinge tun kannst, die du noch nie zuvor getan hast. Du kannst jeder Situation entkommen, jede Herausforderung meistern, und du schaffst es, immer die beste Entscheidung zu treffen, selbst wenn du vor zwei Entscheidungen stehst, die eigentlich kein gutes Ergebnis bringen sollten. Stellen Sie sich das so vor", sagte sie, als sie sich zu mir setzte, "wenn wir anderen jeden Tag 10 % unseres Gehirns benutzen, benutzen Sie 100 %. Sie sind in der Lage, sich aus allem heraus, in alles hinein und um alles herum zu denken, was Ihnen in den Weg kommt.

Das ist keine magische Fähigkeit. Zumindest bin ich nie auf die Idee gekommen, dass es sich dabei um Magie handelt. Zu wissen, wie man für einen Kurs lernt oder sich an Informationen zu erinnern, die ich vor drei Jahren für zwei Sekunden gesehen habe, fühlt sich nicht magisch an. Es fühlt sich einfach so an, als ob die Götter bei der Verteilung der Kräfte gesagt hätten, dass ich als Wandler, der etwas mehr Verstand hat als die meisten anderen, gut zurechtkommen würde.

Aber ich muss sagen, wenn Allwissenheit eine Sache ist, dann ist sie nützlich.

Ich habe mehr Zeit in der Warnack-Bibliothek verbracht als die meisten. Ich weiß, wo die ruhigen kleinen Ecken und Winkel sind. Ich weiß, wo man mit jemandem rummachen kann, ohne erwischt zu werden. Ich weiß, wo der geheime Raum ist, in dem die Fünftklässler für ihre Abschlussprüfungen lernen.

Ich habe Stunden zwischen den staubigen Seiten dieses Gebäudes verbracht. Zwischen meinem zehnten und vierzehnten Lebensjahr habe ich Bücher in Windeseile verschlungen. Ich habe Informationen über Magie und Praktiken aufbewahrt, die ich nie anwenden werde. Ich habe jeden Zentimeter dieses Ortes auf der Suche nach Antworten auf Fragen durchkämmt, von denen ich dachte, dass ich sie eines Tages haben würde.

Vielleicht ist es die ganze Zeit, die ich in der Bibliothek verbracht habe, die mich direkt zu einem alten, zerfledderten Buch führt. Wenn man meine Mutter fragen würde, würde sie weise nicken und sagen, dass es Magie ist, die mich in den richtigen Gang führt. Vielleicht ist es beides.

Aber als ich den Buchrücken berühre, spüre ich ein Kribbeln in meiner Brust. Ich ziehe das Buch aus dem Regal und entstaube den Einband. Es ist von den vergangenen Jahrhunderten verblasst, die Worte sind in einer Sprache geschrieben, die ich nicht verstehen kann. Aber irgendetwas sagt mir, dass die Antwort auf die Probleme meiner Mitbewohnerin darin zu finden ist.

Ich blättere von Seite zu Seite und lasse meinen Blick über die abgenutzte Tinte schweifen. Die Hälfte der Wörter fehlt oder ist unleserlich. Dieses Buch gehört nicht mehr in die Regale. Aus seinen Seiten ist nichts zu gewinnen.

Doch gerade als ich es zuklappen und zurücklegen will, begegnet mir ein überraschendes Bild. Den Text mit seinen seltsamen Symbolen kann ich nicht verstehen, aber das Foto spricht zu mir. Eine Frau steht mit einem geschwollenen Bauch vor einem Feuer. In ihren Armen liegt ein blutiges Baby, das Hörner und einen Schwanz trägt. Trotz der verblassten Seiten ist sein Körper unverkennbar rot. Ein Schauer läuft mir über den Rücken.

Ich blättere ein paar Seiten weiter und beobachte, wie die Kreatur durch die Bilder wächst. Es ist ein Ungeheuer mit Schuppen als Haut. Es folgt seiner Mutter dicht auf den Fersen. Ungeahnte Magie liegt in den Funken, die der Künstler zur Darstellung seiner Kräfte gezeichnet hat. Ich wünschte, ich könnte verstehen, was das alles bedeutet.

Ich überlege, ob ich das Buch zur Bibliothekarin bringe und sie frage, ob sie mir vielleicht helfen kann, herauszufinden, in welcher Sprache es geschrieben ist, aber die Antwort trifft mich mitten ins Herz. Ich brauche die Worte nicht zu verstehen. Ich muss nicht wissen, was der Text sagt. Plötzlich ergibt alles einen Sinn.

Die von meiner Mitbewohnerin gezeigten Kräfte sind nicht ihre eigenen. Sie weiß nicht, woher sie kommen, weil sie nicht weiß, was mit ihr geschieht. Irgendwie ist tief in ihrem Bauch ein Baby. Ein kleines, dämonisches, gekreuztes Baby.

Das Buch fällt zu Boden und wirbelt beim Aufprall Staub von seinen Seiten auf. Die Erkenntnis ist eine Schlampe.

Marilyn ist schwanger von den Blackwood Five. Sie wird ein verdrehtes Kind bekommen, halb Hexe, halb Dämon. Gott helfe uns allen.

Als ich vom Unterricht zurückkomme, finde ich einen weißen Umschlag an unserer Schlafsaaltür. In krakeliger Schreibschrift stehen unsere Namen: Marilyn Bayard und Lilith Valentine. Mein Magen dreht sich um, als ich den Umschlag aufreiße.

Marilyn Bayard & Lilith Valentine
Ihr seid herzlich eingeladen, am
Donnerstag, den 25. August um 20:00
Uhr ins Warrior Center zu kommen.
Ziehen Sie bequeme Kleidung an.

*Mit freundlichen Grüßen, Schulleiter
Merryweather*

Die Vorladung ist in schöner Kalligrafie auf dickem, reinweißem Karton geschrieben. Ich hasse jedes Wort davon. Es kostet mich alles, was ich in mir habe, um mich nicht zu übergeben, als ich die Einladung auf Liliths Schreibtisch ablege. Sie sticht wie ein wunder Daumen zwischen ihren Kleidern und Schuhen hervor. Obwohl sie einen Schrank für ihre Sachen hat, stapeln sich diese auf den Büchern und Papieren, die wir vielleicht nie wieder sehen werden. Ich habe sie noch nie lernen oder Hausaufgaben machen sehen. Wir haben keinen gemeinsamen Unterricht; ich frage mich, ob sie nicht nach dem Unterricht Übungen und Aufsätze anordnet.

Theoretisch habe ich kein Problem mit dem Warrior Center. Ich dachte nur, dass ich etwas länger Zeit hätte, bevor ich dort lande. Vielleicht könnte ich einen Blick auf jemand anderen während eines Kampfes werfen, oder ich würde erfahren, was von mir erwartet wird. Ich wäre nicht die erste Person, die sich ohne Wissen und Vorstellung von dem, was auf mich zukommt, auf den Weg macht.

Die Abendglocke läutet und drei scharfe Glockenschläge hallen von den Gebäuden wider. Ich schaue auf die Uhr an meinem Handgelenk und stelle fest, dass ich mehr Zeit mit Professor Estes verbracht habe, als ich dachte. Es ist sechs Uhr abends, und die Sonne sieht aus, als würde sie gleich vom Himmel verschwinden. Genauso schnell wie ich mein Zimmer betreten habe, verlasse ich es auch wieder und trage das Gewicht der Welt auf meinen Schultern.

Die Flure sind an diesem Abend leer. Entweder sind die Schüler schon in der Mensa oder sie haben sich in ihren Zimmern verkrochen. Die erste Woche ist vorbei und damit auch die Arbeit, die unsere Professoren uns in den ersten Tagen auferlegt haben. Jetzt sind wir in unser Studium vertieft und versuchen, einer Handvoll Lehrer zu beweisen, dass wir nicht wertlos sind. Die nächsten drei Monate werden entscheiden, welche Kurse wir für den Rest unserer Zeit in Blackwood belegen werden. Bis Weihnachten werde ich genau wissen, worauf ich mich konzentrieren werde. Vorausgesetzt, ich lebe so lange. Ich bin nicht überzeugt, dass ich den Rest des Jahres überleben werde. Zwischen all den Leuten, die mich hassen, dem Schulleiter, der mich zweifellos loswerden will, und den Blackwood Five wäre es ein Wunder, wenn ich es bis Silvester schaffen würde.

Ich frage mich, ob wir unsere Gegner für das Warrior Center schon vorher kennenlernen. Ich habe Lilith nicht viel darüber gefragt. Zumindest ein paar Tage lang dachte ich, es sei ein großer Scherz. Niemand hat je über die Kämpfe gesprochen, nicht einmal die Professoren. Aber ich schätze, sie müssten schon mit mir reden, um mir zu sagen, was mich erwartet.

"Sieh mal an, wen wir hier haben." Seine Stimme löst den Kampf-oder-Flucht-Instinkt in mir aus. Ich muss nicht einmal aufschauen, um zu wissen, dass ich direkt in Vale hineingeraten bin.

Aber ich schaue auf. Ich könnte wegrennen, aber ich bin zu müde. Mein Körper sagt mir, dass ich kämpfen soll, auch wenn ich im Grunde unvorbereitet bin. "Wenn man bedenkt, dass dieser Ort voller Magie und magischer Wesen ist, sollte man meinen, dass jemand einen Weg gefunden hat, den Müll zu entsorgen."

Vale schaut eine Sekunde lang fassungslos, bevor er zu lachen beginnt. Aber die Wut in seinem Kichern lässt mir eine Gänsehaut über den Rücken laufen. "Oh, jetzt bist du also witzig, was?" Er macht einen Schritt auf mich zu, seine Gestalt wirkt plötzlich bedrohlich. Vor ein paar Wochen fand ich diesen Mann noch attraktiv. Das ist er ehrlich gesagt immer noch, aber jetzt stößt mich alles, was er tut, ab, anstatt mich anzutörnen.

Ich sehe mich nach Verstärkung um, oder zumindest nach jemandem, der aufpasst, um seine Magie in Schach zu halten, aber das Gelände ist merkwürdigerweise leer. Natürlich habe ich an dem einzigen Tag, an dem ich jemanden brauche, der mir den Rücken freihält, niemanden. "So etwas in der Art", antworte ich mit einem Seufzer. "Können wir das ein anderes Mal machen? Vielleicht auf morgen verschieben?"

Seine Stirn runzelt sich vor Vergnügen. Zwischen uns liegen drei Meter, aber Vale zieht es vor, so nah zu sein, dass er mir seinen heißen, ekelerregenden Atem anhauchen kann. "Warum? Hast du heute Abend ein heißes Date?"

Sein Ton ist neckisch, aber auf eine quälende Art und Weise. Er sagt es nicht, wie ein Freund es zu einem Freund sagen würde, er sagt es, als wolle er, dass ich mir einen Stich ins Herz setze und das Messer drehe. "Ja. Ich treffe mich mit einem anderen

Dämon. Du weißt, dass ich von euch Hitzköpfen nicht genug kriegen kann."

Noch bevor ich meinen Satz beenden kann, hat Vale seine Hand um meinen Hals gelegt und ich weiß sofort, dass seine Muskeln nicht nur zur Schau gestellt werden. Die Kraft, mit der seine Fingerspitzen auf meine Luftröhre drücken, sagt mir, dass ich nur Sekunden davon entfernt bin, zu Tode gewürgt zu werden. "Gott, du bist so eine Fotze", sagt er mit einem starren Blick. "Du warst ein guter Fick für eine dreckige Schlampe, die es in einer Gasse treiben wollte, aber das war auch schon alles. Ich kann es kaum erwarten, bis Christiana und Eden dich in die Finger bekommen."

Ich kenne die Namen nicht. Ich greife nach seinem Handgelenk, schlinge beide Hände darum und versuche, mich von ihm loszureißen, aber sein Griff wird nur noch fester.

"Glaubst du, ich weiß nicht, mit wem du es im Center zu tun hast?" Fragt er mit einem Schnauben. "Wer, glaubst du, hat Zephyrus überredet, mit dem Direktor zu sprechen? Deine Mitbewohnerin hat Müllmagie, abgesehen von der ganzen Verwandlungssache. Du bist sogar noch schlechter dran. Ehrlich gesagt, sie könnten einfach Eden reinschicken und ihr beide wärt in weniger als einer Minute erledigt. Wie hört sich das an? Ein leckeres, zerhacktes Marilyn-Lilith-Sandwich."

Mein Blut kocht. Ich weiß nicht, ob es der Sauerstoffmangel ist oder die Wut, die an die Oberfläche steigt, aber in der einen Sekunde ist mir schwindelig, und in der nächsten springt Vale mit einem Brüllen zurück. Rote Striemen durchziehen seine Arme und reichen bis zu seinem Bizeps. Ich greife mir an die Kehle und huste, als ich endlich wieder atmen kann.

"Was zum Teufel ist los mit dir?" schreit Vale. Er blickt unruhig von mir zu seinen Armen.

Ich schaue auf und sehe seine Augen flackern. Das tiefe Blau vermischt sich mit Rot, das Zeichen eines Dämons, der im Begriff ist, sich zu verwandeln. "Fassen Sie mich nie wieder an", stoße ich hervor. Es würde mich nicht wundern, wenn ich morgen früh mit einem blauen Fleck aufwachte, der die Form seiner Hand um meinen Hals hat.

Vales Stimme senkt sich um ein paar Oktaven und seine Haut beginnt sich zu verfärben. Ein leuchtendes Rot kommt an die Oberfläche und macht es schwer, die Spuren zu sehen, die ich gerade auf ihm hinterlassen habe. "Du dummes kleines Mädchen. Denkst du, ein bisschen Feuer kann mir etwas anhaben?"

Feuer? Ist er deshalb zurückgesprungen, als ob er sich verbrüht hätte? "Ich will nicht...", beginne ich zu sagen, aber er unterbricht mich mit einem Brüllen.

"Ich tue, was mir verdammt noch mal gefällt." Seine dämonische Gestalt kommt zum Vorschein. Der wütende, gutaussehende Mann, der mich hasst, ist verschwunden. Vor mir steht ein schwerfälliges Biest, dessen Muskeln in dämonischer Form noch kräftiger sind und vor Intensität kräuseln. "Du erbärmliche kleine Schlampe. Du glaubst, du kannst mir sagen, was ich tun soll?" Flammen lecken an seiner Haut; er sieht aus wie eine wandelnde Fackel.

Ich ziehe mich auf die Beine und bin entschlossen, mich in meinen letzten Momenten zu behaupten. Wenn er mich tötet, ist wenigstens das alles vorbei. Ich muss mich nicht mehr in Klassen durchsetzen, für die ich nicht geeignet bin. Ich werde nicht mehr so tun müssen, als würde ich nicht hören, wie man mich auf den Fluren dumm und schwach nennt. Ich werde mir keine Sorgen mehr darüber machen müssen, dass mein Mitbewohner mir mitten in der Nacht droht, mich umzubringen, weil wieder einmal ein Anfall von Magie aus mir herausgesprungen ist wie ein verdammter Springteufel aus der Schachtel. Das Leben nach dem Tod könnte im Vergleich zum Leben in der Akademie tatsächlich ganz nett sein. "Tu dein Schlimmstes." Ich kann die Erschöpfung in meinem Tonfall deutlich hören.

"Nein!" Auf der anderen Seite des Campus höre ich jemanden schreien, und ein lila Blitz erregt unsere Aufmerksamkeit. Lilith rennt über das Gelände auf uns zu, ihr goldener Blick ist auf Vale gerichtet. "Tut ihr nicht weh!" schreit sie. "Tut dem Baby nicht weh!"

In Actionfilmen gibt es immer einen Moment, in dem es so aussieht, als würde der Held gleich besiegt werden. Jemand schießt auf ihn, oder eine Mauer stürzt ein und begräbt den Helden unter tausend Pfund Ziegelsteinen und Trümmern. Die Musik schwillt zu einem Höhepunkt an, alle Bewegungen verlangsamen sich, und man beobachtet, wie dem Helden ein Licht aufgeht. Er denkt darüber nach, wie er sich aus seiner Lage befreien und retten kann.

Bei mir ist es genauso. Alles bleibt stehen, und Verwirrung macht sich in meinen Zügen breit. Ich bemerke, wie sich Vales Gestalt zu verändern beginnt. Die Flammen verschwinden und er wird wieder er selbst. Seine dunkelblauen Augen bohren sich in mich, als er einen Blick zurück in meine

Richtung wirft. "Was?" fragt er schroff. "Welches Baby?"

Das Licht, das in meinem Kopf aufleuchtet, ist jedoch keine Antwort auf meine Probleme; es rettet mich nicht aus der Situation, in der ich mich befinde. Das Licht, das sich anschaltet, ist eine Offenbarung.

Die Explosionen der Macht. Die seltsamen Erscheinungen der Magie. Sie stammen überhaupt nicht von mir.

Das Abendessen ist im Zuge der Nachrichten längst vergessen. "Ich muss mich hinsetzen." Obwohl sich Vale und Lilith nähern, die eine verwirrt, die andere besorgt, kann ich keinen von ihnen ansehen. Die Welt fühlt sich an, als ob sie sich drehen würde. Dreht sie sich tatsächlich? Ich weiß, dass wir uns um die Sonne drehen, aber können alle anderen auch sehen, dass sich die Gebäude wie auf einem Karussell drehen?

"Marilyn", Lilith hockt sich hin, "Marilyn, bist du okay?"

Sie hört sich an, als ob sie sieben Meilen unter dem Meer wäre. Dunkle Flecken trüben meine Sicht. "Ich muss mich hinlegen", murmle ich vor mich hin.

Genau dort auf dem Rasen falle ich rückwärts. Das Gras sticht mir in die Arme und juckt mich, aber die kühle Berührung der Halme ist beruhigend. "So ist es besser."

Vale schwebt über mir, mit einem Blick, der sich in seine Züge eingebrannt hat. "Bist du schwanger?" Die Frage klingt eher wie eine Forderung, als ob meine Schwangerschaft sein Verhalten mir gegenüber irgendwie ändern würde.

Lilith stößt ihn weg. "Lass sie in Ruhe. Sie hat es nicht gewusst."

Nein, nein, hat sie nicht. Als die "sie" in dieser Gleichung wusste ich nur, dass mich alle hassen und ich meine Magie nicht mehr kontrollieren konnte. Ich war mir sicher, dass es eine Reaktion auf all die Reize war, denen ich an der Akademie ausgesetzt war, und dass es irgendwann aufhören würde. "Das war ein dummer Gedanke", kichere ich vor mich hin.

"Toll, schwanger und verrückt", verkündet Vale und verschränkt die Arme vor der Brust.

Ich sehe den Blick, den Lilith Vale zuwirft, nicht, aber ich wette, es ist ein guter. Er zieht sich aus meinem Blickfeld zurück und murrt vor sich hin über zickige Frauen, die ihm sagen, was er tun soll.

Lilith legt ihren Handrücken auf meine Stirn, um zu prüfen, ob ich Fieber habe. "Hör zu, ich war vor ein paar Minuten in der Bibliothek und habe nach einer Erklärung für das gesucht, was hier passiert ist."

"Warte", unterbricht Vale sofort, "was ist denn passiert?"

Sie zieht ihre Hand mit einem ungeduldigen Seufzer zurück. "Gott, bist du nervig." Lilith macht es sich neben mir auf dem Boden bequem, schlägt die Beine unter sich übereinander und drückt zwei Finger auf mein Handgelenk, um meinen Puls zu überwachen. "Marilyn hat neue Kräfte manifestiert, aber sie hatte keine Ahnung, woher sie kamen. Es war, als wüsste sie nicht, was sie tat."

Ich war mir dessen nicht bewusst. Ich füge einen Kommentar in meinem Kopf hinzu. Ich versuche, meinen Mund zu öffnen, um zu antworten, aber meine Antwort ist tonlos.

"Ich habe ein Buch in einer alten Sprache über Kreuzungen gefunden. Im Nachhinein denke ich, ich hätte mir den Abschnitt über Kreuzungen ansehen sollen", sinniert sie. "Ich konnte kein bisschen von dem Buch lesen. Aber ich wusste nicht, dass sie gekreuzt hat, bis ich die Bilder sah."

Vale schnaubt noch ungeduldiger als zuvor. "Komm endlich zur Sache, ja? Ich habe nicht den ganzen verdammten Tag Zeit. Manche von uns wollen essen gehen und mit Leuten abhängen, die wir wirklich mögen."

Ich nicht. Ich wäre froh, wenn ich den Rest der Nacht hier liegen bleiben könnte. Wenn die Sonne in ein oder zwei Stunden untergeht, wird es hier draußen schön kühl sein. Da sich mein Körper anfühlt, als stünde er in Flammen, genieße ich die natürliche Luft.

Lilith redet weiter. "Nun, ich glaube, sie ist schwanger. Die Magie, die sie manifestiert hat, ist nicht ihre. Oder vielleicht ist sie es doch. Kreuzungsbabys sind ihren Müttern sehr ähnlich. Es scheint, als ob, was auch immer seine Kräfte sind, es Marilyn als Gefäß benutzt. Oder, ich weiß nicht", fügt sie hinzu, "vielleicht usurpiert sie die Magie des Kindes."

Ich höre Vales Schritte auf dem Rasen; es klingt, als würde er auf und ab gehen. "Du willst mir also sagen, dass diese kleine Hexe sich nicht nur von einer anderen Rasse schwängern ließ, sondern sich auch die Kräfte ihres Babys zunutze macht? Gott, Hexen sind ein seltsamer Menschenschlag."

Von einer anderen Rasse geschwängert? Die Einzigen, mit denen ich in einem Fenster geschlafen habe, das diese Schwangerschaft begünstigt hätte, waren diese verdammten Dämonen. Es ist ja nicht so, dass ich für die halbe Akademie die Beine breit gemacht hätte.

Lilith weiß das entweder oder sie nimmt es an. Sie wirft Vale einen finsteren Blick zu und fragt ihn, wer wohl der Vater ist.

"Ich weiß es nicht." Vale wirft die Hände in die Luft. "Ich weiß nicht, was sie in ihrer Freizeit macht. Vielleicht fickt sie Werwölfe im Wald oder so einen Scheiß."

Wut treibt mich in eine sitzende Position. Meine Arme jucken wie verrückt von dem Gras. "Entschuldige", spotte ich, "ich glaube, wenn mich jemand geschwängert hat, dann du und deine kleine Truppe von verrückten Dämonen. Ich habe mit niemandem mehr geschlafen, seit ihr fünf mich unter Drogen gesetzt und besinnungslos gevögelt habt." Komisch, im Eifer des Gefechts vergesse ich, dass es mir gefallen hat, wie die fünf mich besinnungslos gefickt haben.

Vale fällt die Kinnlade herunter und er hört auf zu laufen. Zum ersten Mal, seit ich ihn kenne, ist er sprachlos. Er sieht aus, als wolle er etwas sagen, aber dann klappt er den Mund zu und macht auf dem Absatz kehrt. Ich beobachte, wie er sich in den Speisesaal zurückzieht. "Gut, dass ich ihn los bin", rufe ich ihm hinterher. "Blöde Dämonen, die mein Leben ruinieren."

Lilith ist so freundlich, mich eine Minute lang schimpfen zu lassen, ohne mich zu unterbrechen. Ihre Hand wandert wieder zu meiner Stirn und sie nickt anerkennend mit dem Kopf. "Du bist jetzt cooler", sagt sie lächelnd, "ich habe mir einen Moment lang Sorgen gemacht. Nicht, dass ich ein Arzt wäre", sagt sie stirnrunzelnd.

Ich schlage ihre Hand weg, während ich meine Füße unter mich ziehe und ihre Position nachahme. "Ich kann nicht schwanger sein, Lilith. Ich weiß nicht, was du in der Bibliothek gelesen oder angeschaut hast, aber ich bin nicht schwanger." Ich weiß, dass sie sich Sorgen um die Explosionen der Magie macht, aber die haben nichts mit einem Baby zu tun. Dessen bin ich mir sicher. Erstens nehme ich die Pille.

Aber es dämmert mir fast sofort, dass meine Eltern auch verhütet haben. Sie hatten sogar einen Zauber eingesetzt, um eine Schwangerschaft zu verhindern, aber ich sitze hier. Ich habe mich auf eine kleine Pille verlassen, die von den Ärzten in Meira'mor chemisch speziell für meinen Körper entwickelt wurde. Könnte es sein, dass sie versagt hat? Und wenn ja, muss ich einen eindringlichen Brief an meinen Arzt schreiben.

"Sicher", stimmt Lilith nach einigen Augenblicken zu, wobei Skepsis in ihrem Ton mitschwingt, "es besteht die Möglichkeit, dass du nicht schwanger bist. Aber Marilyn, wie erklärst du dir die Kraft, die du an den Tag gelegt hast? Wir können an der Akademie unter den richtigen Umständen neue Magie entwickeln, aber deine ist aus dem Nichts aufgetaucht. Wie erklärst du dir das?"

Ich zähle die Wochen. Vor vier Wochen war ich auf der irdischen Seite des Portals. Hätte ich meinen Eisprung gehabt? Ich schätze, ich hatte meine Periode ein paar Wochen davor, aber ich müsste in meinem Kalender nachsehen, um sicher zu sein. Ich schreibe ihn jeden Monat auf, obwohl er immer ungefähr zur gleichen Zeit im Monat stattfindet.

"Hallo?" Lilith wedelt mit der Hand vor meinem Gesicht. "Hörst du mir eigentlich zu? Du bist immer in deiner eigenen kleinen Welt unterwegs."

Ich bringe sie zum Schweigen. "Ich zähle", sage ich und schüttle den Kopf. Wenn ich meine Periode zwei Wochen vor dem Durchschreiten des Portals hatte, dann bin ich im Grunde genommen schon in der sechsten Woche. "Wann zeigen sich bei Frauen die ersten Anzeichen einer Schwangerschaft?" Mit zwanzig Jahren kennen weder Lilith noch ich die Antwort darauf. Sie zuckt mit den Schultern, und ich frage mich, ob die sprunghafte Magie der letzten Woche meine eigene war oder die des Babys in mir. "Warum sollte ein Baby überhaupt Magie benutzen?" frage ich laut mit einem nervösen Kichern.

Aber ich weiß es schon. Lilith hat gesagt, dass Mischlingsbabys ihren Müttern sehr nahe sind. Sie hat mich beschützt. In jeder Situation hat es mich beruhigt. In den Nächten, in denen mir heiß war, machte es das Zimmer kühler. Wenn Lilith schnarchte, erkannte es, dass ich Ruhe zum Schlafen brauchte. An den Tagen, an denen sich Schüler über mich lustig machten, schob es sie weg.

Ich lege eine Hand auf meinen Bauch, um zu sehen, ob ich mich anders fühle. Mein Bauch ist nicht größer als gestern oder letzte Woche. Ich spüre nicht, dass eine fremde Kraft in mir herumwirbelt. Vielleicht weiß Lilith nicht, wovon sie spricht. Vielleicht versuche ich, alles mit einer bequemen Antwort zu rechtfertigen. Aber ein Baby zu haben, das halb Hexe, halb Dämon ist, ist nicht bequem. "Ich habe mich definitiv geschützt." Ich bin nicht meine Mutter. Ich bin keine Frau, die aus Versehen geschwängert wurde und keine Mutter sein will. "Na ja, es war eine Pille", füge ich unsicher hinzu. "Es ist ja nicht so, dass die Pille nicht gewirkt hätte. Sie soll solche Dinge verhindern."

Lilith beginnt, mit den Grashalmen unter ihr zu spielen, ohne mir in die Augen sehen zu können. "Ich weiß es nicht. Wer sagt denn, dass sie zwischen Hexen und Dämonen funktionieren? Habt ihr ein Kondom benutzt? Rausgezogen? Einen Zauberspruch gesprochen? Irgendetwas, außer sich auf diese eine kleine Pille zu verlassen?"

Ich werfe mich wieder auf den Boden und schlage mit einem dumpfen Aufprall auf dem Gras auf. "Oh Gott, Lilith, ich kann nicht schwanger sein, nur weil ich so dumm war zu glauben, eine einzige Pille würde alles lösen."

Sie seufzt schwer und legt sich neben mich. Ich spüre, wie sich ihr Arm an meinen schmiegt, und das ist in diesem chaotischen Moment seltsam beruhigend. "Es war klar, dass meine Mitbewohnerin Sex mit einem Haufen Dämonen hatte und eine verbotene Praxis mitbrachte. Der Schulleiter wird darüber nicht glücklich sein."

"Apropos Schulleiter", stöhne ich, "wir wurden Ende der Woche ins Warrior Center gerufen."

Lilith holt tief Luft und ich sehe aus dem Augenwinkel, wie sie den Kopf schüttelt. "Natürlich, wir wurden ins Warrior Center gerufen."

Sie hat ja recht. Wenn es regnet, schüttet es. Und im Moment werden wir klitschnass.

ARES

Als ich sah, wie Vale auf der anderen Seite des Rasens mit Marilyn kämpfte, stellte ich mich in den Schatten. Es schien einfacher, den Kampf zu beobachten, ohne Vale unterstützen zu müssen. Ich weiß, dass das silberhaarige Mädchen jemand ist, den wir hassen sollen, aber ich habe kein Problem mit ihr. Sie gehört wahrscheinlich nicht nach Blackwood, aber ich werde nicht derjenige sein, der sie zum Packen schickt.

Ich springe von Schatten zu Schatten über den Rasen und stehe sogar einen Moment lang in Vales Schatten. Die Grausamkeit seiner Worte und Taten lässt mich zu einem Baum rennen. In den Schatten des Unbelebten herrscht Frieden. In Vales Schatten gibt es nur Kälte.

Ich erwarte nicht, dass Marilyns Mitbewohnerin mit einem Geständnis angerannt kommt. Ich erwarte auch nicht, dass Vale das Gesicht verzieht, wenn er die Worte hört. Ich stehe in der Dunkelheit und habe einen ähnlichen Schock, selbst nachdem Vale weggegangen ist.

Marilyn und Lilith unterhalten sich noch ein paar Augenblicke miteinander. Ich schleiche näher heran und verschwinde in Liliths Schatten. Sie ist warm und tröstlich, eine wohltuende Abwechslung zu den kalten und dunklen Schatten, die die meisten Schüler verfolgen.

Ich antworte fast, als Marilyn fragt, ab wann Frauen Anzeichen einer Schwangerschaft zeigen. Vor ein paar Jahren, als mein Bruder und ich nach Blackwood kamen, vermissten meine Mutter und mein Vater ein Kind im Haus. In den Weihnachtsferien kehrten wir nach Hause zurück und fanden sie mit unserem kleinen Bruder vor. Slade war das egal, aber ich war neugierig. Ich fragte sie nach dem Vorgang und danach, was mit dem Körper einer Frau passiert; sie erzählte mir gerne alles, was sie wusste.

Als Marilyn verkündet, dass sie sich nur auf eine kleine Pille verlassen hat, erinnere ich mich an die Nacht im Club. Vale und Nikodemus kamen in sie.

Ich erinnere mich, denn ich kniete vor ihr in einer schäbigen Toilette und leckte sie sauber. Ich habe die Säfte meiner Kumpels geschmeckt und trotzdem weiter geleckt. Dann tat ich genau das, was sie taten, und folgte meinem Bruder, als wir uns in ihren Schoß ergossen. Wir dachten, sie sei ein Mensch. Wir dachten, dass alle Spermien, die es auf ihre Eier abgesehen hatten, vor der Einnistung verglühen würden. Es stellte sich heraus, dass wir uns geirrt hatten.

Schnell verlasse ich den Ort des Geschehens und schleiche durch die Schatten, bis ich weit genug von ihnen entfernt bin, dass sie mich nicht bemerken. Ein letzter Blick auf Marilyn macht mich wütend auf mich und die Männer. Was haben wir nur getan? Wie konnten wir es nur so sehr vermasseln?

Ich gehe in den Speisesaal, um nach den Jungs zu suchen, aber sie sind nirgends zu finden. Als ich sehe, dass Zephyrus' Platz am Tisch des Personals leer ist, nehme ich an, dass er bei ihnen sein muss. Ich gehe zu den Schlafsälen, um sie zu suchen, aber auch hier finde ich nichts. Wo könnten sie sein? Dieser Campus ist nicht sehr groß.

Ein letzter Versuch zeigt mir die Antwort. Mein letzter Ausweg ist, in Latham Hall nachzusehen, aber dort sind sie. Zephyrus' Tür ist geschlossen, aber durch das Fenster scheint ein Licht. Ich werfe einen Blick hinein und sehe die anderen Jungs herumsitzen. Slade sitzt auf einem Schreibtisch und wippt mürrisch mit den Beinen hin und her. Vale lehnt an der Wand, die Arme wütend vor der Brust verschränkt. Nikodemus sitzt, die Füße auf einen Schreibtisch gestützt - er sucht immer nach Bequemlichkeit. Zephyrus sitzt hinter seinem Schreibtisch, die Hände vor sich verschränkt, mit einem konzentrierten Gesichtsausdruck.

Ich schrecke sie mit einem leisen Klopfen auf, bevor ich die Türklinke umdrehe und mir selbst Einlass verschaffe. "Hey", begrüße ich leise, "wir müssen reden."

Zephyrus deutet mir an, die Tür hinter mir zu schließen. "Vale hat dir etwas zu sagen."

Bevor er mir die Neuigkeiten mitteilen kann, hebe ich die Hand und sage, dass ich es bereits weiß. "Ich habe zugesehen", gebe ich mit einem Zucken zu. "Ich wollte nicht stören."

Vales Schultern spannen sich an. Er denkt wahrscheinlich, dass ich ihm nicht geholfen habe und das ein Verrat war. Ich hätte ihn die Nachricht überbringen lassen und so tun sollen, als wäre ich überrascht. "Ist irgendetwas passiert, nachdem ich gegangen bin?" murrt er nach ein paar Momenten des Schweigens.

Ich zucke mit den Schultern und suche mir einen Platz in der Nähe von Slade; ich fühle mich immer sicherer, wenn ich in der Nähe meines Zwillings bin. "Nicht wirklich. Sie haben noch ein paar Minuten über die Schwangerschaft geredet, während Marilyn versucht hat, herauszufinden, ob alles einen Sinn ergibt. Ich glaube, sie glaubt es jetzt." Ich weiß, dass ich es glaube.

Mein Bruder seufzt schwer und lenkt die Aufmerksamkeit auf sich. "Leute, ich muss euch etwas gestehen." Oh, Gott. Nicht schon wieder. Ich kann heute nicht noch mehr Wahrheiten verkraften. "Als ich sagte, dass ich sah, dass sie etwas hatte, das wie zwei Träume aussah, hätte ich es bemerken müssen. In einem der Träume wird sie immer von einem Heiligenschein aus Energie begleitet. Der andere Traum bestand immer nur aus Farben und Stimmen. Ich habe es nie wirklich verstanden, aber ich hatte es schon einmal gesehen."

Zephyrus fragt ihn, wo, und mein Magen sinkt, als ich es herausfinde, bevor Slade es sagt. In all den Wochen, die wir zu Hause bei unseren Eltern verbrachten, dachte ich, es sei ihm egal, dass meine Mutter schwanger war. "Meine Mutter, vor ein paar

Jahren", antwortet er laut, was ich in meinem Kopf denke. "Sie war mit unserem kleinen Bruder schwanger. Manchmal träumte er, manchmal nicht. Aber in ihren Träumen hatte sie nie einen Heiligenschein aus Energie, der sie umgab. Also dachte ich mir, dass es nicht dasselbe sein kann."

Der Witz geht auf unsere Kosten, es ist dasselbe. "Was glaubst du, warum sie von diesem kleinen Heiligenschein verfolgt wird?" fragt Zephyrus.

Slade zuckt mit den Schultern und tritt ein bisschen fester mit den Beinen. "Ich weiß es nicht, ehrlich gesagt. Die Traumwissenschaft ist schwer zu verstehen." Seine einzige Leidenschaft ist zu verstehen, wie er seine Gabe besser nutzen kann. Er liest viel und versucht, Träume und Albträume zu verstehen. Magische Forschung, menschliche Forschung, ausländische Forschung, es spielt keine Rolle. Wenn es etwas mit dem Unterbewusstsein im Schlaf zu tun hat, liest Slade es.

"Es könnte etwas damit zu tun haben, dass sie gekreuzt wurde." Vale reißt seine Augen nicht vom Boden, als er diese Ankündigung murmelt. "Sie hat sich nicht mit einem Zauberer fortgepflanzt."

Mein Bruder notiert sich diese Information. "Ich werde mich mit Kreuzungen und ihren Auswirkungen auf die Psyche befassen müssen."

"Die Mitbewohnerin sagte, dass gekreuzte Babys ihren Müttern sehr nahe stehen. Vielleicht folgen sie ihr, um sie zu beschützen." Wir sind die schlechtesten Wissenschaftler der Welt, um das zu diskutieren. Wir wissen nichts über Frauen, Hexen oder Babys. Wir tappen mit unseren Theorien im Dunkeln und hoffen, dass wir über die Antwort stolpern.

Zephyrus erhebt sich von seinem Platz und stellt eine Frage, auf die nur Vale und ich die Antwort kennen. Die Angst in seiner Stimme verleiht seinen Worten einen Beigeschmack. "Wissen wir denn, mit wem sie sich fortpflanzt?"

Vale nimmt Augenkontakt mit mir auf. Für eine Sekunde sieht er verletzlich aus. Er war immer der fähigste von uns allen, aber in diesem Moment sieht er verängstigt aus. Also sage ich ihnen, was sie alle hören wollen. "Sie sagt, dass sie seit uns fünf mit niemandem mehr geschlafen hat."

Stille weht durch den Raum, als ich die Bombe platzen lasse. Zephyrus und Slade beginnen mit dem Kopf zu nicken, während sie sich erklären, was das bedeutet. Aber Nikodemus fragt laut, was noch keiner von uns zugeben will. "Wessen Baby ist es dann?" Die Frage lenkt alle Blicke im Raum auf ihn. "Es muss doch einer von uns sein, oder? Wie finden wir das heraus?" Er hält inne und wird ein wenig nachdenklicher. "Was ist, wenn wir es nie herausfinden?"

Seine Fragen werden mit noch mehr Schweigen beantwortet. Niemand weiß so recht, was er darauf antworten soll. Wir sind alle in unseren Zwanzigern. Keiner von uns konnte sich vorstellen, so jung ein Kind zu bekommen.

Ich schaue zu Vale und sehe, wie sich sein Brustkorb dramatisch hebt und senkt. Er atmet tief durch, um sich zu beruhigen, während er über alles nachdenkt, was in der letzten Stunde passiert ist. Er weicht meinem Blick aus, lässt die Arme auf die Seiten sinken und stößt sich von der Wand ab. "Ich muss nachdenken", sagt er nach ein paar Augenblicken.

Da das Schweigen tatsächlich gebrochen ist, folgt Slade ihm schnell. "Ja, ich auch." Er springt vom Schreibtisch auf und stößt fast mit Vale zusammen, als er aus dem Raum flieht.

Als er merkt, dass er eine Frage aufgeworfen hat, auf die selbst er keine Antwort weiß, nimmt Nicodemus langsam seine Füße vom Schreibtisch. "Ich gehe zum Abendessen", sagt er und räuspert sich. "Etwas Essen wird mir gut tun." Als er den

Raum verlässt, sind nur noch Zephyrus und ich übrig.

"Gehst du mit?" fragt er nach einer Minute. Wir müssen alle darüber nachdenken und abwägen, was es bedeutet, selbst die klügste Person unter uns.

Ich denke, ich muss mir keine Ausrede einfallen lassen. Ich nicke nur mit dem Kopf und zeige mit dem Daumen auf die Tür. "Soll ich sie hinter mir schließen?"

Er schließt die Augen und nickt. "Oh, ja. Ich schließe sie hinter dir ab." Ich beobachte, wie sich seine Finger gegen die Stirn pressen. Der Stress, den er empfinden muss, die Angst, die wir alle empfinden, ist mit Händen zu greifen.

Mit einem mitleidigen Schnäuzen auf den Lippen gehe ich hinaus. "Tut mir leid, Zeph", entschuldige ich mich, als ich die Tür hinter mir zuziehen will. Ich sehe, wie sich sein Mund bewegt, aber ich höre seine Antwort nicht. Ich denke bereits darüber nach, wie die nächsten Wochen aussehen werden.

Worauf haben wir uns da bloß eingelassen? Und was machen wir als nächstes?

ZEPHYRUS

Als ich aufwuchs, hatte ich die perfekte Familie. Ich war das jüngste von fünf Kindern und wir wurden alle gleich behandelt. Mit zwei älteren Brüdern und zwei älteren Schwestern dachte ich, dass die Kindheit von niemandem besser war als meine.

Meine Mutter nahm uns überallhin mit. Wir besuchten jede Ecke von Meira'mor, von den Spielplätzen bis zu den Museen. Sie gab uns Zugang zu jedem Musikinstrument, das sie in die Finger bekam. Sie war eine begnadete Musikerin, die ein Lied einmal hören und es kurz darauf perfekt spielen konnte. Manchmal hörte ich meine Großeltern in den Ecken über ihre Vorliebe für Musik flüstern. Sie wussten nie zu schätzen, was sie mit einer Gitarre oder einer Geige anstellen konnte, und beklagten sich nur darüber, dass sie während ihrer Jahre an der Ridgeview Academy nicht genug Zeit mit dem Studium der Magie verbracht hatte. Aber es machte mir nichts aus, dass die größten Gaben meiner Mutter darin bestanden, Kinder großzuziehen und ein perfektes Gehör zu haben. Mit meinen Geschwistern und mir konnten wir alles machen, was sie brauchte.

Ich erinnere mich, dass mein Vater ein fröhlicher Mann war. Er hatte einen Bauch wie der Weihnachtsmann und das dazugehörige graue Haar. Jeden Winter ging er mit der Familie auf die Jagd. Es war ein einwöchiger Campingausflug auf die andere Seite des Portals, bei dem er uns fünf lehrte, wie man ethisch korrekt jagt. "Wenn die Welten jemals zur Hölle gehen, möchte ich, dass ihr alle in der Lage seid, ohne Magie für euch selbst zu sorgen."

Das waren noch Zeiten. Wir badeten in Bächen und Seen und versuchten mit lautem Gebrüll den ganzen Tag lang, uns vor Erfrierungen zu schützen. Die Menschen hatten die Pfadfinder, wir hatten unseren Vater. Er zeigte uns, wie man ein Feuer macht und es am Leben erhält. Er brachte uns bei, wie man essbare Beeren, Blätter und Käfer erkennt. Er brachte uns bei, wie wir den Weg nach Hause finden, falls wir uns einmal verirren sollten. Er gab uns alle Werkzeuge, die wir zum Überleben auf dem Land brauchten.

Meine Kindheit war perfekt. Ich träumte davon, eines Tages erwachsen zu werden und die gleichen Praktiken in meinem eigenen Haus nachzubilden. Aber es hat sich nicht ganz so ergeben.

Anstatt es wie meine Mutter nach Ridgeview oder wie mein Vater nach Brookhaven zu schaffen, schickte mich der Rat auf die Blackwood Academy. Meine Eltern haben mich nicht verstoßen, als sie die Nachricht hörten, aber da ich der einzige Storm war, der nicht zum Erbe wurde, waren sie besorgt. Ich glaube, sie suchten wochenlang nach der Dunkelheit in mir. Es gab etwas in mir, das mich für die Schule der dunklen Magie geeignet machte. Was könnte das sein? Diese Frage quälte sie jeden Moment und jeden Tag.

Sie trieb einen Keil zwischen die Familie und mich. Ich wurde immer nachdenklicher und versuchte herauszufinden, was es war, das mich in die Hallen einer Schule trieb, die traditionell für magische Wesen mit dunklen Seelen gedacht war. Sie versuchten, mich in die Familientraditionen einzubeziehen, aber ich versank so tief in eine Depression, dass ich mich an Feiertagen oder Geburtstagen nicht mehr daraus befreien konnte.

Während ich in Blackwood war, habe ich die Magie verloren. Niemand spricht je darüber. An manchen Tagen scheint es, als hätten die Jungs vergessen, was ich einst konnte. Als ich die Akademie betrat, versuchte ich, die Kunst des Schwebens zu erlernen. Mir wurde gesagt, dass ich, wenn ich es richtig mache, fliegen lernen könnte. Aber das Schicksal ist eine grausame Gebieterin.

Während meiner ersten Wochen in Blackwood zeigte ich eine Begabung für Alchemie. Die anderen Schüler lachten mich aus und sagten, wenn ich die Wissenschaft so sehr liebe, sollte ich auf die andere Seite des Portals gehen. Aber so einfach war es nicht. Ich war von der Alchemie so angetan wie Vale von der Aggression als erste Verteidigungslinie. Ich konnte im Schlaf erschaffen und verwandeln. Und je länger ich mich mit der verlorenen Kunst der Alchemie beschäftigte, desto weniger Interesse hatte ich daran, zu lernen, wie ich meine Levitation steuern konnte.

Das war der Punkt, an dem alles bergab ging. Ich wollte keine Familie mehr gründen, mein Studium war mir wichtiger. Mein Professor sagte mir, dass ich mit Fähigkeiten wie meinen die Welt verändern könnte. "Du musst allerdings die Dinge loslassen, die dich belasten", mahnte er. Er wollte, dass ich die Sorgen um meine Familie hinter mir lasse. Er wollte, dass ich die Beziehungen loslasse, die Platz in meinem Kopf beanspruchten. Er wollte, dass ich aufhöre, mit meinen Freunden herumzuhängen, und meine Zeit ausschließlich auf unsere gemeinsame Arbeit konzentriere. Mit den ersten beiden Punkten war ich einverstanden, aber was meine Freunde betraf, konnte ich sie nicht loslassen. Ich brauchte mehr als ein abgeschlossenes Labor und alle Materialien, die ich mir nur wünschen konnte. Das Zusammensein mit Nikodemus, Vale und den Zwillingen hielt mich bei Verstand.

Ich weiß nicht, wann sich die Dinge änderten, wann es im Leben um mehr ging als um die Schöpfung. Ich machte meinen Abschluss und verbrachte einige Zeit damit, die weiten Länder von Meira'mor und das, was jenseits des Portals lag, zu bereisen. Ich besuchte die Labore bekannter Alchemisten und versuchte, von ihnen zu lernen. Aber die Abwesenheit von den Menschen, die mir etwas bedeuteten, ließ mich schließlich einsam werden. Ich kehrte mit der Hoffnung zurück, eine Arbeit zu finden, die mir gefiel, meine Familie wiederzufinden und die

Freundschaften, die ich hinter mir gelassen hatte, wieder aufzunehmen.

Darüber hinaus habe ich nicht nachgedacht. Es kam mir nicht in den Sinn, dass die Wiedervereinigung mit meinen Blackwood-Freunden bedeutete, einige der Dinge zu tun, die wir früher getan hatten. Ich fühlte mich weiser als meine Jahre, bis wir fünf zusammenkamen. Dann verbrachten wir unsere Zeit gemeinsam auf der anderen Seite des Portals oder hackten auf Leuten herum, die wir nicht mochten. Irgendwie schien das ganz natürlich zu sein, also habe ich es nicht in Frage gestellt.

Hinterher ist man immer schlauer. Hätte ich mir die Frage gestellt: "Ist das etwas, was wir tun sollten?" Dann wären wir vielleicht nicht in dieser Situation. Marilyn würde nicht ein Bastardbaby austragen, das zu einem von uns gehört hätte. Ich würde nicht auf meinem Büroboden liegen und darüber nachdenken, was das für meine Zukunft bedeutet.

Es ist schlimm genug, dass wir Sex mit einer Hexe hatten und uns nicht geschützt haben. Es ist Pech, dass sie schwanger geworden ist. Aber es überschreitet eine Grenze, wenn man bedenkt, was wir füreinander sind. Ich bin Marilyns Professor, zumindest im Moment. Sie hat keine Begabung für

Alchemie, und ich werde sie wahrscheinlich schon bald aus meinem Vorlesungsverzeichnis streichen. Aber die Machtdynamik besteht immer noch. Wir sind zwar alle erwachsen, aber es gibt immer noch eine feste Akademie-Regel, dass Professoren nicht mit ihren Schülern ausgehen dürfen.

Wird mich der Rektor feuern oder werde ich nur einen Klaps auf die Finger bekommen? Das Labor der Akademie erhält eine Menge Geld für die Forschung, die ich betreibe. Ist er ein risikofreudiger Mann? Ist er bereit, die Anfragen und Fragen zu akzeptieren, die sich daraus ergeben könnten, dass ein Professor angestellt ist, der eine Studentin geschwängert hat?

Aber bin ich auch bereit, mich dem zu stellen, was das alles bedeutet? Ich habe vor fünf Jahren aufgegeben, so sein zu wollen wie meine Eltern. Ich dachte, dass ich vielleicht eines Tages lieben würde, aber eine Familie kam für mich nicht in Frage. Ich würde nicht die Zeit haben, ihnen die Aufmerksamkeit zu schenken, die sie verdienen. Warum also überhaupt Kinder haben?

Ich mache mir Vorwürfe, weil ich das erst jetzt erkannt habe. Ich hätte mich immer schützen müssen, ob ich nun auf dieser Seite des Portals war oder nicht. Dass ich auf der Erde war, hätte mich nicht davon abhalten dürfen, ein Kondom zu benutzen. Was, wenn ich mir eine Krankheit eingefangen hätte? Oder was, wenn ich mich mit einem Menschen gekreuzt hätte? Die Wahrscheinlichkeit, dass so etwas passiert, ist unglaublich gering, aber nicht unmöglich.

Wenn meine Mutter hier wäre, würde sie mich dafür bestrafen, dass ich das überhaupt in Betracht ziehe. Ich kann sie jetzt hören; ich kann praktisch sehen, wie sie vor Scham den Kopf schüttelt. "Da gibt es nichts zu überlegen, Zeph. Du musst das Richtige tun. Sei für sie da, beschütze sie, und bringe mein Enkelkind so oft wie möglich nach Hause."

Mein Vater würde wütend sein. Er hatte sich mehr für sein Leben erträumt als fünf Kinder, aber er liebte uns von ganzem Herzen. Er ließ uns nie erkennen, dass eine Horde von Dämonenbabys bedeutete, dass er sich seine Träume nicht erfüllen konnte. In meinem Ohr kann ich ihn schreien hören. "Reiß dich zusammen, Zephyrus. Ich habe dich nicht dazu erzogen, ein Versager zu sein. Das war vielleicht nicht das, was du dir für deine Zukunft vorgestellt hast, aber so ist es nun mal. Reiß dich zusammen und fang an, dich darauf vorzubereiten, Vater zu werden. Vater zu sein ist hart, aber ich habe dich so erzogen, dass du damit umgehen kannst."

Ihre Worte sind die Motivation, die ich brauche, um mich vom Boden zu erheben. Mein Rücken tut weh, weil ich auf dem Marmor liege, aber es ist die Art von Schmerz, die einen Menschen zentriert.

Ja, das wird hart werden. Es wird jede Faser meines Wesens auf die Probe stellen. Ich werde den Zorn des Schulleiters und des Rates auf mich ziehen müssen, und vielleicht werden sie mich feuern. Aber wer weiß, ob es am Ende nicht doch ein Happy End geben wird?

Marilyn ist eine wunderschöne Frau. Und die paar Minuten, die ich in ihrem Hotel verbracht habe, waren praktisch lebensverändernd. Also warum lasse ich die Tatsache, dass sie eine Hexe ist, zwischen uns kommen? Weil Vale gesagt hat, dass er sie nicht mag? Es ist an der Zeit, dass ich etwas unternehme und das Richtige tue.

Ich gehe zur Tür, mit der Absicht, zu Marilyns Schlafsaal zu marschieren und ihr zu sagen, dass sie die Richtige für mich ist. Ich werde aufstehen und der Vater sein, den ihr Baby braucht. Ich werde der Mann sein, den sie sich wünscht. Ich werde alles für sie tun.

Bis mir einfällt, dass ich vielleicht nicht der Vater bin und dass ich vielleicht nicht der Einzige bin, der die Verantwortung übernehmen will.

Was passiert, wenn einer oder mehrere der anderen Männer am Leben des Babys teilhaben wollen? Sollen wir sie bitten, herauszufinden, wer der Vater ist? Oder kann ich akzeptieren, dass ich nie erfahren werde, ob das Baby in ihrem Bauch von mir ist?

Vater zu werden, steht auf meiner To-Do-Liste. Ich dachte nur, dass ich in meinen Dreißigern sein würde, bevor es passiert. Und es würde mit jemandem sein, den ich liebe.

Marilyn ist in Ordnung. Ich kenne sie nicht gut, aber ich glaube, das tut keiner von uns. Es ist nicht so, dass wir uns mit ihr hingesetzt und ihre Theorien über Magie, das Leben und das Streben nach Glück diskutiert hätten. Sie sollte ein One-Night-Stand auf der anderen Seite des Portals sein. Wir sollten sie ficken und nie wieder sehen. Sie sollte nicht mit einem Kind in der Blackwood Academy auftauchen.

Wenn ich ehrlich bin, glaube ich nicht, dass das für einen von uns gut ausgeht. Wenn der Direktor herausfindet, dass sie schwanger ist - und irgendwann wird er es herausfinden - wird es für uns alle die Hölle geben.

Merryweather hat die Blackwood Five nie gemocht, mit Ausnahme von Zephyrus. Zephyrus zeigte eine einzigartige Fähigkeit, die Merryweather zu seinem eigenen sadistischen Vergnügen nutzen konnte. Der Rest von uns war ihm ein Dorn im Auge, den er am liebsten losgeworden wäre, wenn er könnte.

Er hasste mich seit dem Tag, an dem ich seine Träume durchwühlte und seine größte Angst fand. Ich habe Wochen damit verbracht, ihn zu verarschen und die süße, jungfräuliche Frau aus seinen Träumen in eine buchstäbliche Killermaschine zu verwandeln. Sie jagte ihn auf mein Geheiß durch die Wälder, eine geladene Waffe in der Tasche und einen Spott auf den Lippen. "Wenn ich dich finde, Clarence Merryweather, dann werde ich dich nicht töten. Ich werde dir nur ein bisschen wehtun."

Ich nehme an, es ist meine Schuld, dass er wegen Mordes vor Gericht kam. Als er eines Tages die Straße entlangging, sah er die Frau aus seinen Träumen aus einem Laden kommen. Er folgte ihr wochenlang, so kam es zumindest im Prozess heraus. Merryweather bestritt die Behauptung, er habe ihr nachgestellt, und sagte, er habe diese Frau noch nie in seinem Leben gesehen. Er bestritt auch, dass er in einer Nacht, als er in seiner Werwolfsgestalt bei ihr auftauchte und sie in Stücke riss.

Er kam mit einem Klaps auf die Hand davon. Er durfte sogar seinen prestigeträchtigen Job bei Blackwood behalten. Aber jeder wird bestätigen, dass er nach dem Vorfall mit der Frau noch kälter und böser wurde. Er war bereits von der Dunkelheit durchdrungen, aber Merryweather ist nach seinem Prozess völlig ausgerastet.

Er wusste nicht, dass es meine Schuld war, bis er ein paar Wochen später in die Schule zurückkehrte. Ich war jung und dumm, ein frischgebackener Zwanzigjähriger, der nur sein Glück mit dem großen bösen Wolf auf dem Campus versuchen wollte. Ich fragte ihn, ob seine Träume besser geworden seien, seit die Galionsfigur, die ihn jede Nacht umbringen wollte, tot sei. Er brauchte weniger als einen Tag, um in meinen Akten zu wühlen und zu sehen, wozu ich fähig war.

Merryweather bedrohte mich in der Mensa, wo alle anwesend waren. Die Studenten aßen an ihren Tischen, und die Professoren saßen auf erhöhten Plattformen in den Fluren. Mit einem freundlichen Lächeln im Gesicht riss er mich von meinem Platz und bat mich um ein Gespräch. Einen Arm um meine Schulter gelegt, flüsterte er mir ins Ohr. "Wenn du noch einmal in meinen Träumen herumpfuschst, bist du der nächste Mensch, den ich vor Gericht stelle, weil ich ihn getötet habe. Hast du mich verstanden?"

Ich würde lügen, wenn ich behaupten würde, dass mir nicht ein Schauer über den Rücken lief. Mit zwanzig Jahren fühlte ich mich immer noch wie ein Baby. "Ich verstehe sehr wohl, Sir", murmelte ich mit all dem Selbstvertrauen, das ich aufbringen konnte, was nicht viel war, wenn ich einem Mann gegenüberstand, der einen Meter größer war als ich.

Er klopfte mir mit der Hand auf die Schulter und stieß ein falsches, tiefes Lachen aus, das durch den Flur hallte. "Das ist ein guter kleiner Dämon", kicherte Merryweather. "Glaub ja nicht, dass du mich übers Ohr hauen kannst. Ich werde dein verdammtes Leben ruinieren, Bloodstone."

Ich werde der Erste sein, den er suspendiert, wenn er von Marilyn erfährt. Er mag vielleicht Ares, Nicodemus oder Vale nicht, aber mich wird er im Handumdrehen loswerden.

Das könnte es aber wert sein. Ich bin in meinem dritten Jahr auf Blackwood, und so sehr ich den Unterricht und die Kameradschaft mit meinen Freunden auch genieße, ich habe in diesen Hallen nichts gelernt, was ich nicht auch in einem Buch hätte nachlesen können. Die Bibliothek hat eine ziemliche Auswahl zum Thema Traumzauber, Manipulation und Materialisierung, aber die Hälfte der Bücher ist veraltet. Ich denke, wenn ich von der Akademie verwiesen würde, hätte ich genug Zeit, um so viel zu recherchieren, wie ich will. Ich könnte sogar ein paar Kurse auf der anderen Seite des Portals belegen und mir einen Job in der Wissenschaft des Träumens ergaunern.

Aber wenn ich das täte, würde ich Marilyn zurücklassen. Die Möglichkeit, dass sie mein Baby in sich trägt, ist das Einzige, was mich davon abhält, jetzt in Merryweathers Büro zu marschieren und ihm zu sagen, er soll mich rauswerfen. Ich will es einfach nur hinter mich bringen, aber die Ehre hält mich fest im Griff.

Wir alle haben in dieser Nacht etwas falsch gemacht. Nikodemus kontrollierte die Art und Weise, wie sie auf uns reagierte, und steigerte ihr sexuelles Interesse für unsere egoistischen Zwecke. Vale war der erste, der in ihr gekommen ist, und hat damit dem Rest von uns den Weg geebnet, damit wir denken, dass es in Ordnung ist. Ares und ich waren schmutzig und verdorben und nahmen sie mit ins Badezimmer, weil wir nicht länger warten konnten. Zephyrus nahm sie mit in ein Hotel und hatte noch Sex mit ihr, als sie schon ohnmächtig war. Keiner von uns ist unschuldig.

Wir wissen auch nicht, wer der Vater des Babys ist. Ich könnte damit umgehen, wenn es Ares wäre. Er ist mein Zwillingsbruder; wir teilen ein Band, das niemals gebrochen werden kann. Vom Mutterleib bis zum Grab, sagen wir immer. Aber will ich den Kopf hinhalten, wenn sich herausstellt, dass das Baby zu Nico gehört? Oder noch schlimmer, Vale?

Ich möchte eines Tages Vater werden, aber ich glaube, die Art und Weise, wie ich ein Kind großziehen möchte, wird mit Vales Erziehungsstil kollidieren. Ich mag ihn als Freund, aber wenn wir versuchen würden, gemeinsam zu erziehen, würden wir uns gegenseitig umbringen. Ich möchte, dass mein Sohn oder meine Tochter anders aufwächst, als ich es getan habe. Mit meinen Eltern oder meiner Kindheit war alles in Ordnung, ich möchte nur, dass er oder sie über ihren Zauber hinauswächst. Ich möchte, dass sie wissen, dass es da draußen eine ganze Welt voller Möglichkeiten und Wahlmöglichkeiten gibt.

Ich habe so viele Jahre damit verbracht, in mir selbst eingesperrt herauszufinden, wie ich meine Magie einsetzen kann, dass ich nicht alles erlebt habe, was die Welt zu bieten hat. Das will ich für mein Kind nicht. Ich möchte das für niemanden.

Es kommt mir in den Sinn, dass Marilyn vielleicht nicht in der Lage ist, den Vater herauszufinden. Mischlingsbabys sind anders als reinrassige Babys. Ihre Magie ist chaotisch und schwer zu kontrollieren. Das ist einer der Gründe, warum sie vor einem Jahrhundert aus Meira'mor verbannt wurden. Der Rat stellte fest, dass er die magische Welt nicht vor Kindern mit unberechenbaren Kräften schützen konnte. Ein paar Jahrzehnte später wurde ein Gesetz erlassen, wonach die Eltern von Mischlingskindern gezwungen werden, die Schwangerschaft abzubrechen oder den Rest ihres Lebens im Gefängnis zu verbringen. Dies war die einzige Möglichkeit, das Verbot von Mischlingskindern durchzusetzen, das unser Universum bedrohte. Die Menschen vermehrten sich in der Dunkelheit und bauten eine Armee von unbesiegbaren Kindern auf, und der Rat musste alles tun, um diesen Wahnsinn zu stoppen.

Der Gedanke, dass Marilyn gezwungen wurde, ihre Schwangerschaft abzubrechen, macht mich wütend. Es war ein Unfall. Sollte sie für einen Unfall bestraft werden? Sollte der Rest von uns für diesen

Unfall bestraft werden? Würden sie uns alle bestrafen? So viele unbeantwortete Fragen, so wenig Zeit.

Vales Eltern haben hohe Positionen in der Regierung von Meira'mor. Zephyrus' Vater ist ein kleiner Richter. Nicodemus' Mutter arbeitet für den Bürgermeister einer der größten Gemeinden. Sicherlich können sie uns nicht alle wegen eines Fehlers hinter Gitter bringen. Es wäre die Hölle los, wenn unsere Eltern sich nacheinander melden würden, um uns zu verteidigen.

Aber vielleicht ist das unsere Antwort. Anstatt dass sich einer von uns meldet, um die Abstammung des Kindes geltend zu machen, müssen wir vielleicht alle vortreten. In der Menge liegt die Kraft.

Ich fahre zurück nach McCabe Village und habe einen Plan. Vielleicht will ich kein Baby mit Vale großziehen. Vielleicht ist das Baby gar nicht von mir. Aber wenn wir alle die Konsequenzen vermeiden wollen, ist die Antwort einfach.

Wir alle müssen die Schuld für das, was passiert ist, auf uns nehmen.

Es gehört zum Leben dazu, dass man erwachsen wird, heiratet und Kinder bekommt. Diese Werte werden einem schon in jungen Jahren eingeflößt. Aber was passiert, wenn man von diesem Weg abweichen will?

An dem Tag, an dem ich sechzehn wurde, nahm meine Mutter mein Gesicht in die Hand und weinte. "Du wirst so schnell erwachsen, Nico", sagte sie unter Tränen. "Eines Tages wirst du anfangen, dich zu verabreden. Du wirst ein nettes Mädchen finden und sesshaft werden. Dann kannst du mir Enkelkinder schenken."

Ich war erst sechzehn. Sie und mein Vater hatten Jahre damit verbracht, den Prozess der Fortpflanzung immer wieder zu wiederholen, bis ich einen Wurf Geschwister hatte. Meine jüngste Schwester war erst drei Jahre alt, und ich konnte nicht sagen, ob die beiden mit der Fortpflanzung fertig waren oder ob sie noch ein paar Jahre mit dem Kinderkriegen vor sich hatten.

Ich hatte schon so manche schlaflose Nacht erlebt, weil einer meiner Brüder oder Schwestern weinend wach blieb. Ich hatte gesehen, wie meine Mutter zusammenbrach, wenn der Stress der Kindererziehung zu groß wurde. Vielleicht würde ich meine Meinung eines Tages ändern, aber zumindest im zarten Alter von sechzehn Jahren wollte ich keine Kinder haben, wenn ich älter wurde. Es schien mir eine Last zu sein, die ich nicht tragen wollte.

Zunächst einmal habe ich keine Fähigkeiten, die ich an ein Kind weitergeben könnte. Mein Vater hat mir vielleicht beigebracht, wie man kocht, aber diese Fähigkeiten sind schon lange verloren gegangen. Als meine Mutter auf alle Kinder aufpasste, blieben die Aufgaben in der Küche meinem Vater und mir überlassen. Er zeigte mir, wie man ein Huhn brät, Rührei macht und den perfekten Kuchen backt. Wir verbrachten stundenlang gemeinsam in der Küche, experimentierten mit Rezepten und nahmen subtile Änderungen vor, die niemandem gefielen, weil er keinen sensiblen Gaumen hatte. Als ich bei Blackwood anfing, war ich nicht mehr oft da. Ich kochte nicht mehr, weil wir Köche hatten, die das für uns taten. Die Sommer zu Hause wurden immer weniger zu einem verbindenden Erlebnis zwischen meinem Vater und mir, da ich feststellte, dass meine Interessen eher in Richtung Frauen gingen als in die Küche. Ich bin mir sicher, dass ich immer noch ein Huhn braten könnte, wenn es nötig wäre, aber ich glaube nicht, dass es so gelingen würde, wie es sein sollte.

Kochen ist eine nützliche Fähigkeit, aber nicht, wenn das Wissen nur halbherzig ist. Ich werde meinem Kind beibringen können, wie man Nudelwasser salzt, aber was ist mit den wichtigen Dingen? Wie man mit Rüpeln umgeht oder einen Sinn für Recht und Unrecht entwickelt? Ich musste diese Dinge nie tun. Ich war der Tyrann. Und ehrlich gesagt, glaube ich nicht, dass ich jemals gelernt habe, das Richtige vom Falschen zu unterscheiden. Ich habe einfach das getan, was mich glücklich gemacht hat, und meistens hat es jemand anderen verletzt. Wie wird so ein Typ zu einem guten Elternteil?

Ich habe den Jungs gesagt, dass ich etwas zu essen brauche, aber in die Mensa zu gehen, klingt jetzt nach der am wenigsten verlockenden Option. Der Gedanke ans Essen verdirbt mir den Magen, also gehe ich in eine andere Richtung. Der schwache Duft von herzhaftem Hühnerfleisch wird durch Blumen ersetzt, die aus dem Garten hereinwehen. Unbewusst lasse ich mich von meinen Füßen dorthin tragen.

Wie oft habe ich schon mit jemandem geschlafen? Ich kann die Anzahl der Partner, die ich hatte, nicht an meinen Händen abzählen. Allein in diese Gärten habe ich mindestens vier Frauen mitgebracht, eine für jedes meiner früheren Jahre in Blackwood. Ich bin ein Frauenheld. Und manchmal, unter dem Deckmantel der Dunkelheit, ein Gentleman. Ich hatte eine ganze Reihe von Partnern aus dem gesamten Spektrum der Geschlechter und habe mich in allem ein wenig ausprobiert. Wenn ich mich dabei gut fühlte, wollte ich mehr davon.

Wie kann jemand wie ich seine Lebensweise ändern und Vater werden? Wie soll ich alles aufgeben, woran ich glaube, um mich um ein Baby zu kümmern, das ich nie haben wollte?

Im Schein des Mondes steht eine Bank, und ich gehe hinüber, um mich zu setzen. Ich habe mich auf Blackwood noch nie einsam gefühlt. Als ich anfing, war Zephyrus mir ein paar Jahre voraus. Er nahm mich unter seine Fittiche und lehrte mich alles, was ich wissen musste. Er zeigte mir die geheimen Orte auf dem Campus, an denen man mit einem Kuss oder einem Schlag davonkommen konnte. Er brachte mir bei, welche Professoren mir den Kopf abreißen würden, wenn ich in ihrer Vorlesung abhaue. Er hat mir beigebracht, wie ich mit dem Schuldirektor reden muss, wenn ich bei etwas erwischt werde, das ich nicht tun sollte. Zephyrus ist eine Vaterfigur.

Ich bin einfach... ich.

Ich spiele mit den Emotionen und Gefühlen der Leute herum, ohne jeden Grund. Ich setze meine Magie zu meinem Vorteil ein, auch um die Lust einer Frau zu steigern, bis sie mir zu Füßen fällt. Ich bringe Menschen dazu, sich schlecht zu fühlen, weil es mich zum Kichern bringt. Ich bin kein guter Mensch. Ich bin nicht dazu bestimmt, ein Vater zu sein.

Die kühle Abendbrise lässt die Blätter auf dem Boden rascheln; der Herbst beginnt, sich einzunisten. Die Bäume verfärben sich und legen ihre Kleider ab, um sich auf einen langen Winterschlaf vorzubereiten. Im Frühling werden sie wiedergeboren. Ihre Schönheit wird zurückkehren, zusammen mit ihren

Blättern, und sie werden wieder in Pracht und Würde gekleidet sein.

Ebenfalls im Frühling wird Marilyn bereit sein, zu platzen. Ich kann rechnen wie jeder andere auch. Neun Monate nach dem Tag, an dem wir uns kennengelernt haben, ist es irgendwann im April. Wenn die Blumen wieder zu blühen beginnen und die Sonne länger am Himmel bleibt, wird sie sich darauf vorbereiten, ein Kind zu bekommen.

Es besteht die Möglichkeit, dass es nicht meins sein wird. Vielleicht bringt sie ein wütendes kleines Dämonenbaby zur Welt, das Menschen wie Schachfiguren umherschieben kann. Ich könnte das Kind als das von Vale abschreiben und ihn damit fertig werden lassen. Es sind nur noch ein paar Wochen bis zum Abschluss und ich muss mich auf meine Prüfungen konzentrieren.

Aber was ist, wenn es nicht Vales Baby ist? Was, wenn es einen grausamen, verdrehten Gott gibt, der es lustig findet, mich in die Fußstapfen meiner Eltern treten zu lassen? Sie wären stolz auf mich, weil ich so jung eine Familie gründe. Fünfundzwanzig ist ihrer Meinung nach das perfekte Alter für Kinder. Ich bin jung genug, um mit den Gefahren eines Neugeborenen fertig zu werden, aber alt genug, um einen Job zu finden und meine Familie zu unterstützen.

Lavendel kitzelt meine Nasenlöcher und setzt eine wichtige Erinnerung frei. Es fühlt sich an, als wäre es eine Million Jahre her. Meine Mutter legte mir meinen kleinen Bruder in den Arm und bat mich, auf ihn aufzupassen, während sie einkaufen ging. Ich war dreizehn Jahre alt und mein Magen krampfte sich zusammen wie eine Faust. Aber in der Stunde, in der sie weg war, wachte er kein einziges Mal auf. Ich saß auf der Couch, hielt ihn im Arm und wartete darauf, dass er anfing zu schreien, aber er war still. Und, wie ich mich erinnere, der süße Duft seines Kopfes.

Bei meinen anderen Geschwistern ist mir das nie so richtig aufgefallen, aber meine Mutter hat mich auch nie gezwungen, sie zu halten, wenn ich es nicht wollte. Bei Malachi hatte ich keine andere Wahl. Ich drückte meine Nase an seine Stirn und atmete tief ein. Er roch warm und süß, wie frisch gebackenes Brot. Von da an war ich süchtig. In den folgenden Monaten nahm ich ihn in die Hand und schnupperte an seinem Köpfchen, wann immer sich mir die Gelegenheit bot. Für mich als Teenager war das eine seltsame Sache, aber ich konnte mir nicht erklären, was ich dabei fühlte.

Jetzt, all diese Jahre später, werde ich an diesen Duft erinnert. Ich weiß noch, wie meine Mutter mit Malachi im Arm aus dem Krankenhaus nach Hause kam. Er war in eine weiß-blaue Babydecke eingewickelt. Immer, wenn er seine Augen öffnete, waren sie von einem dunklen Blauton. Wenn er wütend war, zog sich seine Stirn in Falten und man konnte sehen, wie er sich zu bewegen begann. Seine Haut färbte sich schuppig rot, und obwohl er nicht wusste, was er tat, veränderte sich sein Körper. Er war ein winzig kleines Dämonenbaby, das seine Handlungen nicht kontrollieren konnte. Und wenn er schlief, war er ein perfekter kleiner Engel.

Ich habe nie ein Kind gewollt. Sie sind laut und lärmend, und wenn ich meine Geschwister richtig einschätze, stinken sie auch. Aber was, wenn mein eigenes Kind anders ist?

Die Chance, dass das Baby in Marilyns Bauch meins ist, liegt bei 1:5. Wenn ich bis zur Geburt warte, um herauszufinden, ob ich der Vater bin, wie werde ich mich dann fühlen, wenn ich all die Monate verpasse, die ich mit Marilyn hätte verbringen können?

Außerdem besteht eine 80%ige Chance, dass das Baby nicht von mir ist. Wenn ich jetzt einsteige, wie werde ich mich fühlen, wenn sich herausstellt, dass das Kind von Slade oder Zeph ist?

Vielleicht gibt es keine richtige Antwort. Vielleicht muss ich nur die richtige Antwort für mich herausfinden.

Mein Vater hat sich immer um meine Mutter gekümmert. Wenn sie mit den Kindern überfordert war, fuhr er mit uns für eine Woche weg, um ihr eine dringend benötigte Pause zu gönnen. Wenn sie Hilfe beim Baden brauchte, brachte er die Hälfte der Kinder in ein anderes Bad und machte sie fertig. An manchen Tagen brachte er uns zur Schule, an anderen holte er uns ab. Er machte das Abendessen. Er half im Haus mit. Er war ein Vater. Er hat sich an die Aufgaben herangewagt und alles gegeben.

Ich brauche mich nicht zu fragen, was er tun würde, denn ich weiß, dass er unabhängig vom Ergebnis das Richtige für meine Mutter tun würde. Ob das Baby nun von ihm oder von seinem besten Freund ist, er wäre da.

Ein guter Mann zu sein, kann schwierig sein, aber er hat mir immer gesagt, dass es das wert ist. "Eltern zu sein bedeutet, mit Lachen und Erinnerungen bezahlt zu werden", sagte er einmal mit einem Augenzwinkern zu mir, "das klingt vielleicht nicht nach viel, aber es ist genug, um mich durch den Rest meines Lebens zu tragen."

Ich bin in meinem Leben schon oft beschimpft worden. Bösewicht. Dämon. Manipulator. Playboy. Herzensbrecher. Das habe ich alles schon gehört, außer Daddy. Vielleicht ist das ein neuer Titel für mich, den ich ausprobieren kann. Und wenn ich ihn eine Weile trage und es sich herausstellt, dass ich doch nicht der Vater bin, ist das auch okay. Einer meiner engsten Freunde wird Vater, und er wird alle Unterstützung brauchen, die er bekommen kann.

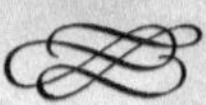

Die Schatten sind ein kalter Ort zum Leben. Die Wärme liegt in einer Frau.

Eden Hightower ist meine Wärme. Ich lernte sie letztes Jahr während ihrer ersten Tage an der Blackwood-Akademie kennen. Sie war ein süßer kleiner Bärenwandler mit einem Wutproblem. Ich habe gesehen, wie sie einmal auf ihre Zimmergenossin losging und ihre Nägel durch Christianas Fleisch riss, bis sie wie eine Stoffpuppe aussah. Christiana heilte sich selbst und sagte Eden, sie solle es noch einmal tun. Mir war lange Zeit nicht klar, dass die beiden das oft taten, dass es ein Bewältigungsmechanismus für sie beide war. Ich sah nur eine bösartige junge Frau, deren innere Bestie zu mir sprach.

Ich war nicht der Typ, der auf Menschen einschlug, aber ich wollte es sein. Vale war immer derjenige von uns, der das Kommando übernahm. Er war der Typ, der auf andere Leute einschlug. Ich stellte mich hinten hin und wartete, bis sie weggingen, dann schlich ich mich in ihren Schatten und hörte ihren Gesprächen zu. Eden und Vale waren die aggressiven Typen; ich war nur passiv.

Aber es war ihre Aggressivität, die mich ansprach. Eines Tages ging ich auf sie zu und fragte sie nach einem Date. Ich weiß noch, wie ihr hübsches kleines Gesicht zu mir aufschaute, als sie ihre Hand an meine Wange legte und sie kräftig tätschelte. "Das musst du schon besser machen, Schatz." Sie entfachte ein Feuer in mir.

Trotz allem, was seither passiert ist, ist Eden immer noch nicht meine Freundin, sondern nur eine Frau, mit der ich schlafe. Ich schleiche mich mit ihr in mein Zimmer im Dorf und halte sie so lange fest, wie sie mich lässt. An manchen Tagen taucht sie nur mit einem einzigen Ziel auf: abspritzen. Ich erforsche ihr Innerstes, bis sie sich die Hand vor den Mund hält, um Slade nicht zu belästigen. Dann geht sie, ohne sich zu verabschieden. Ich habe meinen kalten Körper fast ein Jahr lang in ihrem vergraben. Und doch hat mich nichts jemals so sehr erwärmt wie der Gedanke, ein Kind zu bekommen.

Ich bin nicht in Eden Hightower verliebt, so sehr ich mir das auch wünsche. Wir sind Gewohnheiten füreinander - harte, unumstößliche Gewohnheiten. Aber ein Baby ist genau das, was ich brauche, um aufzuhören.

Als alle aus Zephyrus' Klassenzimmer huschen und in verschiedene Richtungen davonstürmen, bleibe ich in den Fluren zurück. Während die vier wahrscheinlich darüber nachdenken, wie sie sich vor ihren Pflichten als Elternteil drücken und es jemand anderem in die Schuhe schieben können, überlege ich, was für ein Vater ich sein werde.

Ich will dieses Baby. Ich glaube, es wird mir das geben, wonach ich mich mein Leben lang gesehnt habe. Ich habe meine Jahre im Schatten anderer Leute verbracht, aber dieses Baby wird mich ins Licht bringen. Und so dunkel, wie der Rat denkt, dass mein Herz ist, bin ich mehr als das.

Wenn ich Latham Hall verlasse, dann nicht, um darüber nachzudenken, ob ich Vater werden will oder nicht, sondern um zu überlegen, wie der Rest meines Lebens aussehen wird. Mit Marilyn an meiner Seite, denke ich, könnte ich weniger Zeit damit verbringen, im Schatten anderer Leute zu versinken. Sie ist temperamentvoll und warmherzig, eine Abkehr von meiner kaltherzigen Eden. Marilyn trägt mein Baby in ihrem Bauch, ein Kunststück, für das Eden lieber sterben würde. Ich könnte mich in Marilyn Bayard verlieben; ich weiß, dass ich es kann. Ich kann mich dazu bringen, sie zu lieben, wenn das bedeutet, alles zu haben, was ich je wollte.

Sicher, ich sollte über die Möglichkeit nachdenken, dass das Baby nicht von mir ist, aber die Wahrheit ist, dass ich nicht weiß, ob die anderen Jungs den Vater spielen würden, den dieses Kind braucht. Es ist teils Hexe, teils Dämon, und es wird in der Gesellschaft verpönt sein. Ich weiß, wie das ist; ich weiß, wie es sich anfühlt. Ich kann ihm zeigen, wie man es überwindet. Ich bin erst im dritten Jahr in Blackwood, aber ich kann lernen, wie ich meine Kurse unter einen Hut bringe und ein Baby großziehe.

"Pass auf", sagt jemand, der mich von hinten anrempelt und aus der Tür der Latham Hall stößt. Ich werde aus meinen Gedanken gerissen und in die Realität zurückgebracht. Der Mond geht auf, und vier andere Dämonen sind gerade auf dem Schulgelände und überlegen, wie es wäre, Vater zu werden.

Vale hasst wahrscheinlich jede Sekunde davon. Er mag Marilyn nicht; ich kann mir nicht vorstellen, dass er akzeptieren würde, dass er der Vater ihres Babys sein könnte. Er ist irgendwo hier draußen und wirft mit Sachen um sich oder zündet sie an. Er ist jähzornig, und wahrscheinlich hat er ihn nicht gut unter Kontrolle, nachdem was wir gerade herausgefunden haben.

Zephyrus würde einen guten Vater abgeben. Er ist freundlich und geduldig, und er war immer jemand, dem ich mich anvertrauen konnte, wenn es zwischen Slade und mir brenzlig wurde. Aber er ist ein Lehrer und sie ist eine Schülerin. Diese Art von Beziehung würde ihn seinen Job kosten. Wenn Zeph die Vaterrolle übernimmt, kann er sich von seinem Leben verabschieden.

Nikodemus hat nicht einen väterlichen Knochen in seinem Körper. Er wird wahrscheinlich der Erste sein, der sagt, dass er damit nichts zu tun haben will. Er wird sich langsam aus dem Raum zurückziehen, bis er weg ist, und wir müssen herausfinden, wer derjenige sein muss, der sich als Schläger zur Verfügung stellt.

Slade ist vielleicht mein Zwilling, aber ich bezweifle, dass er dasselbe denkt wie ich. Er lebt in einer Traumwelt, in der er Albträume heraufbeschwört und die Ängste der Menschen zum Leben erweckt. Ich glaube nicht, dass er das für ein Kind aufgeben müsste, aber er würde denken, dass er sich zum Wohle seines Kindes bessern müsste. Und wäre er dazu überhaupt in der Lage? Seine Magie ist dunkel und von Rachegefühlen durchdrungen. Könnte ein solcher Mann ein Vater sein, selbst wenn er es wollte?

Ich kenne die Antwort; sie ist so klar wie der Tag. Ich trete vor und werde der Vater, den das Baby braucht. Im Gegenzug gibt es mir, was ich brauche: Wärme. Ich werde mich nicht in seinem Schatten verstecken, wie ich es bei so vielen anderen Menschen getan habe. Ich werde mein Leben der Pflege des Kindes widmen und dafür sorgen, dass es besser aufwächst, als ich es getan habe. Er oder sie wird Liebe und Geduld, Freundlichkeit und Freude und Leichtigkeit in Hülle und Fülle erfahren. Sie werden so gut versorgt sein, dass sie, selbst wenn sie die gleiche Art von Magie entwickeln wie ich, nicht das Bedürfnis haben werden, im Schatten zu leben.

Ich muss die Sache mit Eden beenden. So viel Freude und Wärme ich auch in ihr gefunden habe, unsere gemeinsame Zeit neigt sich dem Ende zu. Wir wollen nicht mehr die gleichen Dinge. Ich hoffe nur, dass sie mir nicht das Gesicht abreißt, wie sie es bei Christiana getan hat; ich kann mich nicht selbst heilen.

VALE

Am Rande von Meira'mor gibt es ein Badehaus, das mit allen möglichen Kreaturen gefüllt ist. Die Männer, Frauen und Leute dazwischen bieten ihren zahlenden Kunden eine Reihe von Dienstleistungen an. Die Dunkelheit, die diese Hallen heimsucht, würde die Menschen erschrecken, wenn sie wüssten, was dort vor sich geht.

Ich habe meine erste Hexe im Badehaus getroffen. Ich tauchte in einer dunklen und wolkenverhangenen Nacht auf, auf der Suche nach etwas, das ich nicht genau benennen konnte. Eine Verbindung, eine Rolle im Heu, ich war mir nicht sicher. Ich fragte den Wärter nach einer kleinen Hexe, die biegsam war und nichts dagegen hatte, ein wenig grob umworben zu werden. Er schickte mich zu Isabella.

Ich erinnere mich an ihre dunkelbraunen, mandelförmigen Augen und daran, wie ihre Wimpern im Wind flatterten, so unglaublich lang, dass ich schwor, sie könne nicht sehen. Ich erinnere mich an ihren geschmeidigen Körper und ihr dürftiges Aussehen, als ob sie keine Nahrung bekommen hätte, um die Löcher zu füllen, die der Hunger in sie gerissen hatte. Ich war mir sicher, dass sie unter mir wie ein Zweig brechen würde.

"Magst du Dämonen, kleines Mädchen?" fragte ich. Sie konnte nicht älter als zwanzig Jahre sein, aber das war in Ordnung, denn ich war es auch. Isabellas Zunge glitt langsam aus ihrem Mund und streichelte ihre Unterlippe. Sie sprach langsam, und ich wusste nicht, ob das Absicht war oder weil sie nicht ganz bei der Sache war. "Ich war noch nie mit einem Dämon zusammen", gab sie mit leiser Stimme zu.

Ich veränderte mich vor ihren Augen. Meine menschliche Gestalt war verschwunden, und an ihrer Stelle war eine knurrende dämonische Kreatur getreten. Die Haut war kastanienbraun, die Augen feuerrot. Die Kleider, die ich getragen hatte, waren in Fetzen gerissen und hingen wie Fetzen von meiner Figur. Mein Schwanz pochte, als ich mich ihr näherte. "Ich werde dich in zwei Teile reißen, kleines Mädchen."

Ich drang mit meinem gerippten Glied in sie ein und sah, wie sie sich vor meinen Augen öffnete. Ihre Kinnlade fiel herunter und ihre langen Wimpern strichen über ihre Wangen, als sie in der Fantasie verschwand. Ich spürte ihre Nägel an meinen Handgelenken, als ich in sie eindrang. Ich beobachtete, wie sich ihre süßen, porzellanartigen Züge vor Lust verzogen, als ich sie fickte. Ich wartete darauf, dass sie schrie, ich solle aufhören. Ich wollte sie bis zum Äußersten treiben und dann zusehen, wie sie weinte, während ich meinen Monsterschwanz immer und immer wieder in sie stieß. Aber stattdessen cremte sie mich voll und markierte mich mit ihrer Lust.

Ein kleiner Teil von mir veränderte sich an diesem Tag. Ich war in einem rassistischen Haushalt aufgewachsen, mit Eltern, die andere Spezies in Meira'mor oft herabsetzten. Ich erinnere mich an ihre Worte; ich höre sie oft in meinem Kopf herumschwirren.

Die Sukkubi sind in Ordnung, aber ihre Magie ist dumm. Sie sind wütende kleine Mädchen, die die Macht haben, die Lust eines Mannes zu kontrollieren. Stecken Sie niemals Ihren Schwanz in eine von ihnen, denn am Ende werden Sie wahrscheinlich einen Stummel herausziehen.

Die Shifter halten sich für furchterregend, aber ihre größte Macht ist eine andere Form. Viele von ihnen verfügen über Selbstheilungsmagie; gib ihnen einen Grund, sie zu benutzen.

Die Werwölfe halten sich für die Rüpel auf dem Spielplatz, aber niemand schlägt einen Dämon. Der Schlüssel zum Umgang mit einem bösen Hund ist, ihn zu fesseln und ihm ein paar Tritte zu verpassen, bis er sich benimmt.

Die Hexen gehören kaum in Meira'mor; sie sind verherrlichte Magier. Kräuterkundige und Zaubertrankmeister? Eher Wissenschaftler, die sich beweisen müssen. Sie sind Bürger zweiter Klasse für den Rest von uns.

Ich bin mit anderen Rassen zur Schule gegangen. Ich lernte Mathe neben einem Drachenwandler, der kaum lesen konnte. Ich lernte die Grundprinzipien der Wissenschaft mit einem Sukkubus als Laborpartner. Ich habe während des Sportunterrichts mit Werwölfen unter der Tribüne geknutscht. Aber von den Hexen hielt ich mich fern, bis zu meiner Nacht im Badehaus.

Ich hatte erwartet, dass Isabella unter mir

zusammenbrechen würde. Ich wählte sie, weil ich wollte, dass sie sich gedemütigt fühlte; ich wollte, dass sie vor Schmerz aufschrie, wegen dem, was ich mit ihr machte. Ich wollte, dass sie sich wie die Bürgerin zweiter Klasse fühlt, von der meine Eltern sagten, sie sei es.

Aber nichts von alledem geschah. Das einzige Schreien, das ich hörte, waren Isabellas Lustschreie. Es war ihr nicht peinlich, als ich sie aus Frustration auf den Bauch drehte und sie von hinten wie einen Hund fickte. Ich beobachtete, wie sich ihre langen, schlanken Fingernägel in die Decken gruben, während sie ihren Arsch nach hinten schob und um mehr bettelte.

Ich verließ das Badehaus mit einem Gefühl der Entgleisung. Warum konnte ich sie nicht meinen Hass und meine Wut spüren lassen? Warum war sie dagegen immun?

An der Blackwood Academy hatte ich nie mit Hexen zu tun. Dort gab es niemanden, den ich in eine Ecke drängen und Antworten verlangen konnte. Ich musste meine Fragen in Nächten, in denen ich wusste, dass niemand meine Abwesenheit bemerken würde, an Isabella richten. Wenn die halbe Schule im Warrior Center ihr Lieblingsteam anfeuerte, stellte ich Isabella

Fragen, die ich mich nicht an meine Eltern zu stellen traute.

"Ich fühle mich nicht als Bürger zweiter Klasse, aber viele Leute behandeln mich wie einen solchen", gab sie bei einer Tasse Tee und Gewürzen zu. "Das war auch so, als ich in einem Geschäftsanzug durch die Straßen lief und für die Regierung von Meira'mor arbeitete. Hexen und Zauberer haben geholfen, Meira'mor aufzubauen, und doch werden wir behandelt, als gehörten wir nicht dazu. Viele von uns haben uraltes Blut in den Adern, aber es sind die Wandler, die über uns herrschen, es sind die Dämonen, die denken, sie wüssten es besser. Ohne die Hexen würdet ihr immer noch existieren, aber eure Existenz wäre auf die Schatten jenseits des Portals beschränkt. Wir sind diejenigen, die daran dachten, eine Heimat für die Magie zu schaffen."

An dem Tag, an dem ich erfuhr, was Marilyn war, erinnerte ich mich an nichts davon. Ich kehrte zu meinen rassistischen, bereits bestehenden Vorstellungen zurück. Hexen waren schmutzig. Hexen besaßen keine echte Magie. Hexen konnten nicht mit uns mithalten. Es war erschütternd, diese Worte zu denken und gleichzeitig von Marilyn zu träumen. In meinen Träumen versuchte ich, sie zu demütigen, so wie ich versucht hatte, Isabella zu demütigen. Aber es endete immer damit, dass wir beide miteinander schliefen. Ich schien immer neben ihr in einem Bett zu liegen oder unter den Strahlen der Sonne an einem warmen Frühlingstag.

Meine Träume waren, gelinde gesagt, beunruhigend. Und jede Nacht, wenn sie von einer Szene in die nächste abschweiften, wurde ich noch wütender. Ich war damit aufgewachsen, Hexen zu hassen, und zwar aus keinem anderen Grund als dem, dass meine Eltern sagten, ich solle das tun. Zu wissen, dass ich mich auf die menschliche Seite des Portals begeben hatte, um in den Tiefen eines nichtmagischen Wesens Trost zu finden, und zu realisieren, dass ich den besten Fick meines Lebens mit einer Hexe gehabt hatte, hat meine Wut auf die Probe gestellt wie nichts anderes.

Meine Eltern würden es nie verstehen, wenn ich mit einer schwangeren Hexe auftauchen würde. Sie würden mich nicht mit offenen Armen empfangen und Marilyn so akzeptieren, wie sie war. Sie würden mich fragen, ob ich verrückt geworden bin und erwägen, mich von einem Arzt untersuchen zu lassen.

Ich kann auf keinen Fall der Vater ihres Babys sein. Ich kann nur hoffen, dass die 80%ige Chance, dass es nicht von mir ist, überwiegt. Zephyrus wäre ein toller Vater; ich hoffe, er ist der Vater. Er müsste seinen Eltern nicht erklären, was passiert ist, und die Schande ertragen, die damit verbunden ist. Seine Eltern sind nett; sie würden versuchen, ihn zu unterstützen.

Aber wenn das Baby von mir ist, wenn Marilyn mit meinem kleinen Dämon in ihrem Bauch herumläuft, muss ich mich vorbereiten. Der Schulleiter wird sie wahrscheinlich von der Schule verweisen und sie dem Rat ausliefern. Das Leben des Babys wird bedroht sein und damit auch unsere Freiheit. Sie muss sich entscheiden, ob sie das Leben ihres Kindes rettet und den Rest ihrer Tage im Gefängnis verbringt oder ob sie das Leben des Babys auslöscht.

Ich habe gesehen, was dieses Baby tun kann. Ich wurde durch seine Berührung verbrannt. Was auch immer in Marilyn ist, hat Kräfte, von denen der Rest von uns nur träumen kann. Und wenn es meinen Lenden entsprungen ist, möchte ich dabei sein, wenn es aufwächst.

Ist es das, wie es ist, ein Elternteil zu sein? In der einen Minute zu denken, dass man das nicht tun kann, und in der nächsten zu denken, dass es das Einzige ist, was man will?

Meine Füße bewegen mich in Richtung McCabe Village, und ich bin nicht die Einzige. Vielleicht ist es nur ein Zufall, dass Ares in diese Richtung geht. Schließlich leben wir alle dort. Aber da ist ein Funkeln in seinen Augen, das mich dazu bringt, mein Tempo zu erhöhen. An der Art, wie er sich bewegt, kann ich erkennen, dass er zu Marilyn geht. Macht er auch eine Erklärung für das Baby?

MARILYN

"Meine Eltern hassen mich jetzt schon, weißt du. Ich werde von der Schule fliegen und sie werden mich rausschmeißen und dann bin ich obdachlos, schwanger und trage ein illegales Baby in mir." Ich liege auf dem kleinsten Teil meines Bettes, die Füße an die Wand gelehnt, und mein Kopf hängt über die Kante. Das ganze Blut schießt mir in den Kopf. "Ein illegales Baby, das von einem von fünf Typen sein könnte. Weißt du, wie sich das anhört? Ich weiß nicht, wer mein Kindsvater ist. Ich bin ein verdammtes Klischee, Lilith."

Lilith sitzt vor ihrem Schreibtisch und hat die Füße auf ihrem Kleiderstapel hochgeklappt. Sie sieht gelangweilt aus, während sie in einem Buch blättert. "Oh nein", sagt sie in einem drolligen Ton, "du hattest tollen Sex mit fünf Kerlen. Das tut mir so leid für dich."

In dieser Position steht sie auf dem Kopf, aber egal wie man es dreht und wendet, sie sieht nicht interessiert aus. "Lilith, das ist schlecht. Wenn der Direktor das erfährt, fliege ich von der Schule."

"Je nachdem, wen sie mir als Ersatz-Zimmergenossen geben, könnte mir das im Zentrum helfen. Meinst du, du könntest den Rauswurf beschleunigen, damit mir vor Donnerstag jemand zugewiesen wird?" Lilith blättert weiter.

"Ich glaube, du liest das gar nicht", werfe ich ein und bin plötzlich frustriert, dass sie mir keine Aufmerksamkeit schenkt. Seit ich hier angefangen habe, habe ich mich nicht darüber beschwert, dass ich gemobbt oder belästigt werde. Ich habe meine Probleme größtenteils für mich behalten. Alles, was ich will, sind ein paar Minuten Mitgefühl, bevor ich mich aufraffe und mir eine Lösung einfallen lasse.

Lilith klappt das Buch zu und wirft es auf ihren Schreibtisch. In ein paar Tagen wird es unter einer weiteren Welle von Klamotten verschwinden. "Das ist ein Statistikbuch von den Kämpfen im Warrior

Center in den letzten Jahren, wenn du es wissen willst, und ich habe es schon ein Dutzend Mal gelesen. Ich versuche, mich auf unseren Kampf vorzubereiten, denn ob schwanger oder nicht, wir werden trotzdem in diese Grube gehen und gegen zwei Individuen antreten, die wahrscheinlich viel stärker sind als wir. Also verzeih mir, dass ich nicht an deiner Mitleidsparty teilnehme, wenn ich hier meine eigene schmeiße. Meine Mutter wird wahrscheinlich dabei sein, und mir dabei zuzusehen, wie ich in den Arsch getreten werde, ist nicht das, was ich mir für meinen ersten Kampf im Warrior Center vorgestellt habe."

Bin ich ein Arschloch? Denn ich habe das Gefühl, dass ich ein Arschloch sein könnte. Ich habe die letzten paar Stunden damit verbracht, über mich und meine Probleme nachzudenken. Und auch wenn sie einen Teil von Liliths Leben beeinflussen, hat sie immer noch mit ihrem eigenen Scheiß zu kämpfen.

Ich erinnere mich daran, wie ich an manchen Tagen nach der Schule nach Hause kam und mich darüber beschwerte, was für einen harten Tag ich gehabt hatte. Mein Vater seufzte dann immer verärgert und sagte mir, dass meine Probleme nur vorübergehend seien und ich mir keine Sorgen machen solle. Dann schwafelte er davon, dass er sich um einen Fall kümmern müsse, bei dem ein Fünfzehnjähriger seiner Magie beraubt würde, und dass das viel wichtiger sei.

Aber die Sache war die, dass ich wusste, dass meine Probleme im Großen und Ganzen klein waren. Was ich brauchte, war seine Zusicherung, dass das, was heute geschah, nächste Woche schon vergessen sein würde, dass er sich aber trotzdem Sorgen machte. Seine Probleme waren ernster, aber das machte meine nicht kleiner.

In den letzten Stunden habe ich Liliths Sorgen heruntergespielt, weil ich dachte, dass nur meine wichtig wären. Ich tat ihr das an, was mein Vater mir angetan hatte.

Die Erkenntnis trifft mich wie ein Mack Truck und ich fühle mich sofort schlecht. "Kann ich irgendetwas tun, um zu helfen? biete ich mit einem Zusammenzucken an. "Du bist ein Drachenwandler, richtig? Du kannst dich verwandeln, Feuer speien und Leute umhauen. Ich kann Dinge abwehren und anziehen", füge ich mit einem schwachen Lächeln hinzu. "Das könnte doch nützlich sein, oder?"

Lilith verschränkt die Arme und richtet ihren Blick nach vorne. "Vielleicht. Kommt darauf an, was man anzieht und abstößt. Aber du sagtest, wir haben es mit einem Bärenwandler zu tun?"

Ich nicke mit dem Kopf, so gut ich es in dieser umgekehrten Position kann. "Daran erinnere ich mich, dass Vale das gesagt hat." Allein die Erwähnung seines Namens löst eine Welle der Wut in mir aus. Für den Bruchteil einer Sekunde werde ich von meinen Gefühlen zurückgeworfen.

"Ich bin in meiner veränderten Form nicht sehr groß. Ich wachse, aber nicht schnell genug." Lilith führt ihre perfekt manikürte Hand zum Mund und beginnt an den Nägeln zu kauen. "Ich bin wahrscheinlich zwei, vielleicht drei Größen größer als ein Bär. Das ist nicht viel, je nachdem, was ihre Mitbewohnerin kann."

Ich kann mir die Namen, die Vale mir gesagt hat, nicht merken, sonst würde ich sie Lilith mitteilen und sie unsere Konkurrenz auskundschaften lassen. "Wird es wirklich so ernst sein?"

Sie nickt geistesabwesend mit dem Kopf. "Es gibt eine Reihe von kleineren Kämpfen, die in den nächsten Wochen stattfinden werden. Sobald Oktober ist, wird Merryweather eine Idee haben, wer gegen wen antritt. Bei den größeren Kämpfen sind Menschen schwer verletzt worden. Bei diesen Kämpfen geht es immer um Menschen mit zerstörerischer Magie, was bedeutet, dass wir wahrschein-lich nicht zur Teilnahme eingeladen werden, aber wir müssen uns in der Zwischenzeit trotzdem beweisen."

Ich lege meine Hand auf meinen Bauch, als wolle ich das kleine Kind darin beschützen. "Ich werde tun, was ich kann, Lilith. Das verspreche ich dir. Ich will nicht der Grund dafür sein, dass einem von uns beiden etwas passiert."

Bevor sie antworten kann, klopft es an unsere Schlafzimmertür, gefolgt von Fußgetrappel und Stimmengewirr im Flur. Lilith sieht mich an und hebt eine Augenbraue. "Glaubst du, es ist deine kleine Dämonenhorde, die dir das Baby aus dem Bauch schneiden will?"

Ein Schauer läuft mir über den Rücken. "Das hoffe ich nicht."

"Es ist offen", verkündet Lilith laut. "Vielleicht peppen sie unseren Abend auf. Es war noch nicht chaotisch genug."

Die Tür öffnet sich und ich sehe Vale und Ares, die versuchen, sich in den Raum zu kämpfen. "Geh mir aus dem Weg, Vale. Ich will zuerst mit ihr reden."

Vale schlingt einen Arm um Ares' Hals und hält

ihn zurück. "Du machst dich lächerlich. Du weißt doch gar nicht, was du willst."

Lilith und ich sehen uns an und versuchen, uns ein Lachen zu verkneifen. Als sie sich Schritt für Schritt auf den Weg nach drinnen machen, kommt Zephyrus hinter ihnen auf. "Was zum Teufel", murmelt er, "was ist denn hier los?"

"Keine Ahnung", verkündet Lilith, während sie aufsteht. "Aber wenn ihr nicht bald aufhört, werde ich den Sicherheitsdienst rufen."

Ares und Vale halten lange genug inne, um sie anzustarren. "Welchen Sicherheitsdienst?" fragt Vale verwirrt.

Sie zeigt auf mich. "Das kleine dämonische Liebeskind in Marilyns Bauch. Du solltest sehen, was passiert, wenn es merkt, dass sie in Gefahr ist."

Vale wickelt seinen Arm um Ares' Hals und richtet sich auf. Ares beginnt, sein Hemd zu glätten und sich zu räuspern. "Hör zu, wir wollten nicht...", beginnt er zu sagen.

"Herrgott noch mal", sagt jemand hinter ihnen. Alle Köpfe drehen sich zur Tür, als der hübsche, charmante Nikodemus hereinspaziert. "Das ist eine Party hier drin und niemand hat mich eingeladen?"

"Du hast es geschafft, oder?", stöhnt Vale.

Ehrlich gesagt, bin ich von der Abwechslung fasziniert. Statt Trübsal zu blasen, bin ich jetzt der Mittel-
punkt der Party. "Möchte jemand erklären, warum er
hier ist?" Das war die falsche Frage, denn alle fangen
auf einmal an zu reden. Sogar Lilith mischt sich in das
Gespräch ein und schreit, dass sie alle ein Haufen
Idioten sind, aber ich glaube, sie macht nur Spaß.

Als sie anfangen, lauter zu werden und sich
gegenseitig anzuschreien, spüre ich, wie meine
Fingerspitzen zu kribbeln beginnen. Das ist fast
jedes Mal passiert, wenn Magie aus mir herausgesprungen ist, und wenn wir das dem Baby zuschrei-
ben, wette ich, dass wir nur Sekunden von einem
weiteren Unfall entfernt sind. "Leute", versuche ich
über sie hinweg zu reden und fuchtle mit den
Händen in der Luft, um ihre Aufmerksamkeit zu
bekommen, "Leute! Haltet die Klappe!"

Damit hört das Geschrei auf, aber nicht freiwil-
lig. Ich sehe, wie sich ihre Münder öffnen und
schließen, aber es kommen keine Worte heraus.
"Toll", murmle ich, "ich habe es schon wieder
getan." Oder das Baby hat es getan, denke ich. Es
war zu laut und hat alles um mich herum zum
Schweigen gebracht. "Den Trick musst du mir unbedingt beibringen", sage ich zu dem Fötus und lege
eine Hand auf meinen Bauch.

"Was zum...", durchbricht eine Stimme die Stille und ich sehe Slade in den Raum schreiten. "Äh, was ist denn hier los?" Er sieht seine Freunde an, die versuchen, zu reden. Vale zeigt mit dem Finger wütend auf mich, und Zephyrus steht mit verschränkten Armen und einem mürrischen Gesichtsausdruck da.

Es ist wohl an der Zeit, dass ich aufstehe und mir den Schaden ansehe. Oder zumindest versuchen, die Kaulquappe in meinem Bauch davon zu überzeugen, die Dinge wieder in Ordnung zu bringen. "Manchmal, wenn er Gefahr wittert, löst er das Problem", sage ich zu Slade, während ich versuche, mich umzudrehen und aus dem Bett zu klettern. "Das ist Lilith einmal passiert, als sie geschnarcht hat, und sie hat sich sehr aufgeregt. Vielleicht sollte ich sie einfach so lassen. Aber ehrlich gesagt, habe ich keine Kontrolle darüber." Wenn ich mir die Magie dieses Babys zunutze machen könnte, wären alle unsere Probleme gelöst.

Slade nickt langsam zustimmend mit dem Kopf. "Richtig", sagt er. "Nun, ich denke, wenn sie nicht sprechen können, werde ich euch sagen, warum ich hierher gekommen bin. Wenn du dem Schulleiter sagst, dass du schwanger bist, oder wenn er es herausfindet, oder was auch immer du vorhast, sollten wir alle die Verantwortung übernehmen. Sie können uns nicht alle rausschmeißen. Und Vales Eltern werden sich mit Händen und Füßen wehren, bevor sie ihr einziges Kind hinter Gittern landen lassen."

Die Idee ist gut, obwohl ich glaube, dass der Schulleiter mehr als bereit wäre, mich ohne ein Wort des Abschieds aus Blackwood zu werfen. Er würde vielleicht die Blackwood Five behalten, aber nicht die Hexe, die allen Widrigkeiten getrotzt hat und an seiner Schule gelandet ist. "Ja, aber wird er nicht wissen wollen, wer der Vater ist?"

Die Münder unserer Gesellschaft bewegen sich langsam nicht mehr, als sich alle Augen auf uns richten. "Wahrscheinlich", zuckt Slade zusammen, "aber ich weiß nicht, ob Vaterschaftstests bei Mischlingsbabys im Mutterleib genauso funktionieren. Es besteht zwar die Möglichkeit, dass man den Vater herausfinden kann, aber die Wahrscheinlichkeit ist größer, dass man es erst nach der Geburt erfährt. Da ich bezweifle, dass der Schulleiter bereit ist, bis dahin zu warten, bevor er etwas unternimmt, schlage ich vor, dass wir alle die Vaterschaft geltend machen und uns weigern, einen Rückzieher zu machen."

Mit dem Blut, das durch das Liegen auf dem

Kopf wieder in meinen Körper strömt, fühle ich mich plötzlich ein wenig benommen. Vielleicht bin ich aber auch nur etwas überrascht von dieser plötzlichen Erklärung, dass all diese Männer bereit sind, ihr Leben für mich aufs Spiel zu setzen. "Warte", sage ich stirnrunzelnd zu ihm. "Was ist mit der tatsächlichen Vaterschaft? Tut, tut, na ja", ich ringe nach den richtigen Worten und stottere Sätze, die keinen Sinn ergeben. "Es ist ja schön, dass du jeden davor bewahren willst, von der Schule verwiesen oder ins Gefängnis gesteckt zu werden, aber was ist mit dem, was danach kommt? Letztendlich muss jemand dieses Kind erziehen. Ich bin zwanzig Jahre alt und habe kein gutes Vorbild dafür, was ein Elternteil sein sollte. Ich soll nur um das Leben dieses Babys kämpfen und was dann?"

"Wir werden gemeinsam Eltern." Zephyrus' Stimme durchbricht die Magie. Ein aufrichtiger Blick erscheint auf seinem Gesicht, als er einen Schritt von der Meute weggeht. "Ich weiß nicht, wie es euch geht", sagt er zu den anderen Dämonen, "aber wir machen schon seit Jahren alles zusammen. Wir sind die besten Freunde. Selbst wenn wir uns streiten, sind wir die, an die wir uns wenden, wenn wir Hilfe brauchen."

Der Bann muss gebrochen sein, denn Nikodemus fügt dem hinzu, was Zephyrus gesagt hat. "Meine Mutter war mit den Kindern überfordert, wahrscheinlich ist sie es immer noch. Selbst mit meinem Vater in der Nähe war es ein Vollzeitjob, uns aufzuziehen. Wenn wir zusammenhalten, könnte das allen helfen. Elternschaft ist schwer, und ich bin sicher, dass keiner von uns weiß, was es braucht."

Ares blickt zu seinem Bruder und ich sehe, wie die beiden einen tiefen Blick austauschen. Slade nickt feierlich mit dem Kopf, ja. "Wir hätten nichts dagegen", verkündet Ares. "Wir teilen wirklich alles. Ich meine, deshalb sind wir ja hier." Er hat den Anstand, bei dieser Bemerkung beschämt dreinzuschauen.

Vale ist der Joker. Er schaut die anderen Männer an und zieht die Augenbrauen konzentriert zusammen. Niemand weiß, was er denkt, und einen Moment lang glaube ich, dass er gleich in die Luft geht. Sein Kiefer krampft sich zusammen und seine Fäuste ballen sich in der Taille. "Ihr habt zu mir gehalten, durch dick und dünn. Ich habe Dinge getan, die ich nie jemandem außer euch gestehen würde. Wenn ihr das zusammen machen wollt, werde ich nicht nein sagen."

Lilith klatscht in die Hände und löst die Spannung. "Wow. Wunderbar. Ich liebe das für euch alle.

Also, Vale, Marilyn sagte, du wüsstest, gegen wen wir im Warrior Center antreten werden. Würdest du mir diese Information mitteilen, damit ich ein paar Nachforschungen anstellen kann? Wenn wir deine kleine Ausgeburt des Satans beschützen sollen, möchte ich wissen, worauf ich mich vorbereiten muss."

Das ist die perfekte Überleitung. Während sie untereinander diskutieren, mit wem wir es zu tun haben werden, nehme ich mir einen Moment Zeit, um zu verarbeiten, was gerade passiert ist. Jetzt habe ich nicht mehr fünf mögliche Baby-Daddys, sondern fünf Männer, die sich bereit erklären, uns vor dem Gefängnis zu bewahren. Stunden zuvor haben sie mich alle gehasst, und jetzt reden sie darüber, wie sie mich am besten beschützen können.

Das Blut, das aus meinem Kopf strömt, hatte genug Zeit, wieder in meine Gliedmaßen zu sickern, aber mir ist immer noch schwindelig. "Ich muss mich hinsetzen", murmle ich vor mich hin. Keiner von ihnen hört mich; sie hängen an jedem Wort von Ares, der ihnen erzählt, wozu Eden fähig ist.

Ich werde die Mutter eines illegalen, gekreuzten Babys sein. Und die Männer, die mich geschwängert haben, legen ihre Differenzen beiseite und stellen sich auf meine Seite.

Habe ich das Portal aus Versehen durchquert? Bin ich in einem alternativen Universum? Denn das ist die einzige Erklärung dafür, dass eine Hexe und fünf Dämonen nebeneinander existieren und Eltern werden.

Es fühlt sich fast so an, als wäre das von Anfang an so geplant gewesen.

Nachdem die Männer am Montagabend endlich abgereist waren und ich die Kontrolle über meinen Verstand wiedererlangt hatte, fiel ich in einen glückseligen Schlaf. Ich sah zu, wie sich meine Träume entfalteten und mir zeigten, wie das Leben aussehen könnte. Vor dem Hintergrund eines weißen Lattenzauns und eines hellblauen Hauses sah ich, wie die fünf Dämonen zu Vätern wurden.

Vale verhielt sich gegenüber dem kleinen Mädchen mit den silbernen Augen und den langen, dunklen Haaren wie ein überfürsorglicher Vater. Er warnte sie vor Slade und Ares, die sie immer wieder zu fragwürdigen Abenteuern mitnahmen. Zephyrus saß auf der

Veranda und las ihr vor, als die Nacht über das Feld hereinbrach. Er beantwortete all ihre Fragen: Warum ist der Himmel blau? Warum gibt es uns? Warum hat sie fünf Väter? Zephyrus erklärte ihr das alles geduldig. Nikodemus lehrte sie, wie sie sich und ihr Herz vor Jungs schützen konnte. Es war ein seltsames Gefühl, aufzuwachen und festzustellen, dass das idyllische Haus auf dem Land nur ein Hirngespinst von mir war.

Am nächsten Morgen schaffte ich es nicht weiter als ein paar Meter vor die Tür meines Schlafsaals, bevor ich Nikodemus begegnete. Er lehnte mit ein paar Tassen in der Hand an der Wand und sah sich mit vagem Interesse um, während die anderen Studenten aufstanden und herumliefen. "Heiße Schokolade?" bot er mir an, als ich mich ihm näherte. "Ich hätte dir ja Kaffee geholt, aber ich erinnere mich, dass meine Mutter sich auf eine Tasse pro Tag beschränkt hat, als sie schwanger war. Ich dachte mir, vielleicht verträgst du ihn nicht oder so."

Ich nahm ihm die warme Tasse aus der Hand und nahm einen Schluck, um den explosiven Geschmack auf meiner Zunge zu genießen. "Wie viele Brüder und Schwestern hast du denn?" Wenn diese Männer zu meinem Leben gehören sollten, war es wichtig, dass ich sie kennen lernte.

Nikodemus informierte mich über seinen Stammbaum, während wir zum Speisesaal gingen. Auf halbem Weg gesellte sich Ares zu uns. Er tauchte aus dem Nichts auf und entschuldigte sich sofort. "Schattenwanderung", murmelte er, als wäre das der Grund, warum er seinen Bruder zurückgelassen hatte.

Slade holte nach ein paar langen Schritten auf, und ich fühlte mich wie das beliebteste Mädchen der Schule. Ich wurde von drei unverkennbar attraktiven Männern in den Speisesaal eskortiert, die mir zur Seite standen. Ich fand ihre Unterstützung ganz nett, aber damit war es noch nicht getan. In den nächsten drei Tagen merkte ich, dass sich alles verändert hatte.

Vale hörte auf, mich wütend durch die Gänge zu schleudern und gegen Wände zu knallen. Wenn wir uns im vierten Stock von Latham Hall begegneten, als er den Raum von Professor Estes verließ und ich eintrat, verspottete er mich nicht mehr und zog mich nicht mehr auf. "Wie geht es dir heute?" fragte er besorgt und hüpfte dann praktisch auf den Zehen, während er auf die Antwort wartete. Mehr als einmal sah ich, wie sein Blick zu meinem Bauch wanderte. Ich war nicht zu sehen, aber das machte nichts. Ich konnte die Inbrunst in seinen Augen sehen, als er mich beobachtete.

Zephyrus zog mich nach der Stunde am Dienstag zur Seite. "Ich werde dich aus meiner Klasse streichen", sagte er mit ernster Miene. "Zunächst einmal scheint das nichts zu sein, in dem du dich auszeichnen wirst." Er hatte Recht. Ich hatte keine Begabung für Schöpfung oder Zerstörung. Ich verstand die Prinzipien nicht, die er mit uns teilte, und die Idee, eine Sache in etwas anderes zu verwandeln, schien mir fremd zu sein. "Aber noch wichtiger ist, dass ich, wenn der Schulleiter von all dem erfährt, nicht beschuldigt werden möchte, einen meiner Schüler auszunutzen."

Ich würde ihn weniger sehen. Zephyrus war immer der netteste der Dämonen, aber ich verstand, was er brauchte. Je mehr Abstand er zwischen uns brachte, desto größer waren die Chancen, dass er seinen Job behielt. "Ich verstehe. So habe ich sowieso mehr Zeit für andere praktische Kurse."

"Ich weiß nicht, ob das ein Problem sein wird, aber wenn ein Teil der Magie, die du zeigst, von dem Baby stammt", er schaute sich schnell um, um sicherzugehen, dass niemand lauschte, "dann werden einige der Dinge, die du in diesem Jahr zeigst, dich für Kurse vorbereiten, die du im nächsten Jahr nicht abschließen kannst. Wenn es erst einmal geboren ist, wissen wir nicht, ob du die Magie verlierst oder ob das, was das Baby durch dich getan hat, deine Kräfte erweitert hat."

Das ließ mich über die Zukunft nachdenken. Während ich langsam zu meinem nächsten Kurs trieb, fragte ich mich, was diese Enthüllung bedeutete. Würde ich mein erstes Jahr wiederholen müssen? Würde ich alle meine Kurse im zweiten Jahr nicht bestehen? Was passierte, wenn ein Schüler nicht mehr die Fähigkeiten zeigte, die ihn in bestimmte Klassen brachten? Diese Frage quälte mich, während ich dem Geschichtsprofessor zuhörte, der davon sprach, dass Träger herausfinden müssten, woher ihre Magie käme, falls sie ihren Gegenstand einmal verlieren sollten.

Das Dämonenrudel umgab mich zwischen den Unterrichtsstunden und während der Mahlzeiten. Ares und Slade begleiteten mich zum Unterricht. Ares erzählte mir, dass er mit Eden Schluss gemacht hatte. "Ich habe ihr nicht gesagt, warum, nur, dass es für mich nicht mehr funktioniert." Ich wusste immer noch nicht, wer sie war. Sie hätte neben mir sitzen können und ich hätte es nicht gewusst. Slade hatte nicht viel zu sagen, also starrte er jeden an, der uns ansah. Egal, ob groß oder klein, wenn sie uns einen Seitenblick zuwarfen, ballte er die Fäuste und ließ sie wissen, dass er zum Kampf bereit war, wenn sie es waren.

Nikodemus erwies sich als unglaublich rücksichtsvoll. Den ganzen Tag über brachte er mir Wasser oder Snacks, immer mit einem fröhlichen Lächeln und einem Auge auf meinen Bauch. "Meine Mutter liebte es, schwanger zu sein. Sie sagte, das sei der beste Teil der Kindererziehung."

Ich merkte noch nicht viel von dem Unterschied. Das Baby war noch nicht groß genug, um zu treten oder sich zu wälzen. Ich merkte kaum, dass es in mir war, bis ich Zaubereien vollführte, an die ich nicht gewöhnt war. Ich schätze, ich hatte Heißhunger, aber es war eher ein gesteigerter Genuss von Roastbeef beim Abendessen oder zwei Schinkensandwiches zum Mittagessen statt einem. Wenn ich nicht gewusst hätte, dass jemand in mir meine Reaktion auf das, was ich aß, kontrollierte, hätte ich es vielleicht als Hungergefühl abgetan, weil ich härter arbeitete.

Liliths Einstellung mir gegenüber änderte sich nie. Sie ermutigte mich, herauszufinden, wie ich die Energie des Babys für den Kampf am Donnerstag nutzbar machen konnte. In ihrer Freizeit holte sie heimlich jedes Buch über Hexen, Schwangerschaft und Kreuzung heraus, das sie finden konnte. Ein Buch nach dem anderen tauchte den ganzen Tag über auf meinem Bett auf; ich hatte genug Lesestoff für ein ganzes Leben. Ich fing an, die Lehrbücher unter meinem Bett zu verstecken, für den Fall, dass jemand hereinkam und sah, was ich lernte.

Nach diesem explosiven Montagnachmittag schien alles anders zu sein. Ich hatte eine Freundin in Lilith. Ich hatte Menschen, die sich um mich sorgten. Ich dachte fast, dass sich alles zum Guten wenden würde. Ich würde doch noch meine Traum-Akademieerfahrung machen.

Dann kam der Donnerstag, und als der Unterricht zu Ende war, riss mich Lilith von Professor Estes weg und verlangte, dass wir über den bevorstehenden Kampf sprechen.

"Es sieht so aus, als ob Christiana so gut wie nutzlos ist, wie es nur geht. Sie kann heilen, aber sie hat keine andere Magie. Wenn sie welche hat, wurde sie noch nicht enthüllt, weil niemand, mit dem ich gesprochen habe, Informationen über sie hatte." Lilith spricht so schnell, wie sie geht. Wir scheinen kein bestimmtes Ziel zu haben, aber Lilith scheint darauf zu bestehen, dass wir schnell ankommen. "Eden wird diejenige sein, um die wir uns Sorgen machen müssen. Bevor sie hier ankam, war sie eine erfahrene Shifterin. Letztes Jahr hat sie sich im Warrior Center gegen andere Shifter durchgesetzt und-"

Ich unterbreche sie. "Letztes Jahr? Sie ist nicht im ersten Jahr? Sie lassen uns gegen ein etabliertes Team antreten?"

Lilith seufzt ungeduldig und erklärt, dass dieser spezielle Kampf wahrscheinlich manipuliert ist. "Wahrscheinlich sollen wir gedemütigt werden, wenn wir in Stücke gerissen werden und uns auf der Krankenstation erholen. Passt auf. Eden ist dafür bekannt, dass sie Knochen in zwei Hälften bricht, nur weil es ihr Spaß macht, sie brechen zu hören. Haltet euch von ihr fern und überlasst es mir."

Das Abendessen beginnt in ein paar Minuten, aber mein Magen fühlt sich mulmig an. In den Schwangerschaftsbüchern, die Lilith mir ans Herz gelegt hat, ist immer von morgendlicher Übelkeit im ersten Trimester die Rede, aber das ist das erste Mal, dass mir akut übel wird. Ich bin mir nicht sicher, ob es am Baby liegt oder an dem bevorstehenden Kampf. Aber was auch immer es ist, ich beschließe, nichts zu essen. In meinem Zimmer habe ich Snacks für später, vorausgesetzt, ich überlebe.

Was reißt nicht so leicht unter den Krallen eines Bären? Ich entscheide mich für Leder.

Marilyn trägt Jeans und ein T-Shirt. "Was?" Sie runzelt die Stirn, als ich sie in den Wald führe. "Auf dem Zettel stand, ich solle etwas Bequemes anziehen. Du siehst aber nicht bequem aus."

Meine Kleidung ist Motorradclub-schick. Ich habe ein Paar schwarze Chaps und eine Lederweste an. Nichts davon wird eine Schicht überleben, deshalb habe ich auch eine Tasche mit Kleidung zum Wechseln dabei. Aber für den Fall, dass Eden mich vor der Schicht angreift, möchte ich geschützt sein.

Wir hören ein dumpfes Brüllen, als wir den Wald betreten. Wie ich vermutet habe, ist das Publikum größer als sonst. "Diese kleineren Kämpfe sind normalerweise nicht so gut besucht", sage ich zu Marilyn, "zumindest in den ersten Wochen. Die Leute interessieren sich nicht wirklich für Shifter, die gegen Shifter kämpfen, oder Werwölfe, die gegen Succubi kämpfen." Die unausgesprochene Wahrheit liegt zwischen uns: Sie sind hier, um zu sehen, was die Hexe kann. Gehört sie hierher oder wurde sie falsch platziert?

Die Gerüchte über ihre Magie haben sich verbreitet. Ich habe gehört, wie Leute darüber sprachen, was sie bei ihr gesehen haben. Ich mag meine Mitbewohnerin, das tue ich wirklich, aber wenn sie wüssten, dass die Hälfte ihrer Kraft das Ergebnis einer ungewollten Schwangerschaft ist, wären sie nicht so neugierig. "Lass dich nicht von der Menge ablenken. Geh nicht auf die Wünsche der Menge ein", weise ich sie an. Ich fühle mich wie eine Mutter, aber jemand muss die Zügel in die Hand nehmen. Sie hat sich pausenlos auf den Fötus in ihrem Bauch konzentriert, aber heute Abend muss sie das hinter sich lassen. Wenn wir nicht aufpassen, lässt der Schulleiter vielleicht zu, dass Eden einen von uns tötet.

Als wir das Warrior Center erreichen, sehen wir uns einer Lichtung von der Größe eines Fußballfeldes gegenüber. Auf beiden Seiten befinden sich Tribünen, und beide sind mit lautstarken Schülern gefüllt, die bereits unsere Gegner anfeuern. Ich kann nicht sagen, wer hier ist, um Eden und Christiana zu unterstützen, und wer hier ist, um zu sehen, ob Marilyn von einem Bären gefressen wird.

An unserer Ecke des Spielfelds steht Marilyns Männerschar. Sogar Zephyrus hält sich in der Nähe des Rudels auf, sehr zum missbilligenden Blick von Schulleiter Merryweather. "Wenigstens haben wir etwas Unterstützung", murmle ich, als wir auf sie zugehen.

Vale hat einen strengen Gesichtsausdruck, als er uns zu ihnen führt. "Sie haben die Unterstützung der Menge und den Heimvorteil. Sie haben das schon einmal gemacht und waren dabei erfolgreich", bekräftigt er.

Marilyn nickt zustimmend mit dem Kopf und blickt auf den Boden. Ich hätte sie mehr darüber aufklären sollen, was sie zu erwarten hat. Es wäre nicht fair gewesen, wenn wir gegen ein anderes Paar Erstklässler angetreten wären, aber der Schulleiter hat dafür gesorgt, dass wir gegen einen Bären mit einer Heilerin antreten, die sie ewig auf Trab halten kann.

"Sie haben euch mit Sachen ausgestattet, die ihr werfen könnt", sagt Nikodemus direkt zu Marilyn. Er hat Recht. An den Seiten des Feldes stehen Schlackensteine, Fässer und Ziegelsteine. Es ist nicht viel, aber es reicht, um zu sehen, wozu sie fähig ist. "Aber ich denke, sie erwarten, dass der Großteil des Kampfes zwischen Lilith und Eden stattfinden wird."

Ich habe keine Angst vor ihr. Das hatte ich, als ich nicht wusste, wozu ihre Mitbewohnerin fähig ist, aber jetzt, wo ich weiß, dass Christiana nur Eden heilen kann, besteht der Trick darin, sie mit so vielen Schnitt- und Bisswunden zurückzulassen, dass nicht alles auf einmal geheilt werden kann.

Merryweather lässt uns nicht viel Zeit, uns vorzubereiten. Sobald wir hier sind und er uns mit den Blackwood Five plaudern sieht, ruft er das Feld zur Ordnung. Ich weiß nicht, wer seine Stimme verstärkt, aber man kann ihn auf dem halben Campus hören. Wenn es noch jemanden in den Schlafsälen gibt, der auch nur das geringste Interesse an diesem Kampf hat, werden sie ihn hören und in diese Richtung gehen. "Guten Abend und willkommen zum ersten Warrior Center Kampf des

Jahres. Heute treten Marilyn Bayard und Lilith Valentine gegen Christiana Baptiste und Eden Hightower an. Marilyn ist eine Hexe und Lilith ist eine Drachenwandlerin. Christiana ist ein Sukkubus und Eden ist eine Bärenwandlerin. Der Kampf heute Abend dürfte interessant werden. Ich bitte die Kämpferinnen, sich zu Wort zu melden."

Wir überqueren das Feld in gefühlter Zeitlupe. Ich schaue mir unsere Konkurrentinnen an und versuche, sie einzuschätzen. Christiana ist groß und schlank mit Wangenknochen wie ein Model. Sie läuft so, dass alle Augen auf dem Spielfeld in ihre Richtung schauen. Eden ist muskulös für eine Frau von einundzwanzig Jahren. Während viele der Frauen hier versuchen, schlank zu werden und wie die Succubus Squad auszusehen, scheint sie zu ihrem muskulösen Körperbau zu stehen.

"Gebt euch alle die Hand", verkündet der Schulleiter mit einem Grinsen auf den Lippen. Ich bemerke, wie sich seine Augen verfinstern, als er Marilyn ansieht. Ich muss keine Gedanken lesen können, um zu wissen, dass er sich vorstellt, wie Eden ihr schweren Schaden zufügt.

Christiana lächelt uns hübsch an, als sie uns sanft die Hand schüttelt. Eden hält meine Finger in ihrer Hand wie in einem Schraubstock fest. "Darauf habe ich mich schon die ganze Woche gefreut", sagt sie mit einem teuflischen Kichern.

Zu Marilyns Ehrenrettung sei gesagt, dass sie weder lächelt noch ängstlich aussieht. Sie starrt durch unsere beiden Kontrahenten hindurch, als wären sie nichts weiter als Fenster.

"In zehn Sekunden wird die Glocke läuten. Du kämpfst weiter, bis es wieder klingelt. Wenn du nicht mehr aufstehen kannst, muss dein Partner weitermachen. Wenn ihr beide am Boden liegt, läutet die Glocke früher. Die Punkte werden nach Können und Leistung vergeben, neben anderen Faktoren, die die Kampfrichter berücksichtigen werden." Merryweather dreht sich um, als er fertig ist, geht weg und überlässt uns vieren die Entscheidung, wie es weitergehen soll.

Marilyn und ich gehen einige Schritte zurück, Eden und Christiana machen es uns nach. Der Sukkubus macht sich auf den Weg zum Rand des Feldes, um sich so weit wie möglich vom Kampf zu distanzieren. Wenn sie nicht in der Lage ist, ihre Aufgaben zu erfüllen, wird Eden nicht in der Lage sein, weiter über unser Team herzufallen, wenn sie verletzt ist. Letztes Jahr waren sie mit dieser Strategie ein hervorragender Gegner, und ich weiß, dass sie schwer zu schlagen sein werden.

Als die Glocke läutet, verwandelt sich Eden innerhalb von zwei Sekunden. Ich merke es kaum, bis ich sehe, wie sie mit offenem Mund und fliegendem Speichel auf mich zustürmt. Marilyn ist die erste, die das Feuer erwidert. Sie testet ihre Magie, indem sie einen Ziegelstein aufhebt und ihn in Christianas Richtung schleudert. Er verfehlt sie um ein paar Meter, was den Sukkubus zu einem Gackern veranlasst.

Eden ist nicht hinter mir her. Ihr Kurs ändert sich um einen Bruchteil, als sie sich nähert, und ich kann sehen, dass sie auf Marilyn zusteuert. Edens Heilerin ist in Gefahr und sie wird alles tun, um Christiana in Sicherheit zu bringen.

Das reicht mir als Beobachtung. Bevor Eden es zu Marilyn schafft, verwandle ich mich in meine Drachenform. Lila Schuppen schimmern unter den Halogenlampen, die das Feld beleuchten. Ich höre, wie das Publikum mit "Oohs" und "Aahs" reagiert, als es mich in meiner reinsten Form sieht. Ich bin doppelt so groß wie Eden und schlage sie mit einem Flügel weg wie eine Fliege.

Eden landet dreißig Meter weiter hinten auf ihrem Hintern. Sie schüttelt den Kopf und brüllt so laut, dass es das ganze Warrior Center erschüttert, dann nimmt sie mich ins Visier.

Aus den Augenwinkeln sehe ich Marilyn. Sie hebt die Hände, und als Reaktion darauf erwachen Schlackenblöcke an der Seitenlinie zum Leben. Sie stößt sie mit mehr Kraft als zuvor in Christianas Richtung, aber dieses Mal weicht der Sukkubus den Angriffen mit flinker Anmut aus. Sie hüpft von einem Fuß auf den anderen, lacht Marilyn aus und ruft ihr Spott zu.

Mein eigener Kampf beginnt, als Eden mich unvorbereitet erwischt. Ich habe Marilyn zu lange angestarrt und mich dadurch angreifbar gemacht. Der Bär stürzt sich auf meinen Hals und ich brülle vor Schmerz auf, als er seine Zähne in meine lederne Haut bohrt. Der Kampf ist eröffnet.

Unser Blut vermischt sich, als ich sie in die Pfote beiße. Ich will sie nicht zerfleischen und ich bin auch nicht der Typ, der ihr an die Kehle geht, aber der Biss tut seine Wirkung. Sie weicht zurück und krallt sich blindlings mit ihrer unverletzten Pfote nach mir. Ich spieße sie mit meinem Schwanz auf und versetze ihr einen Schlag in den Magen, der sie nach hinten schleudert. Sie prallt gegen ein Fass, das Marilyn hilfsbereit in ihre Richtung schleudert.

Die Menge ist außer sich. Ich mache mir ein Bild von meinen Verletzungen, während Eden aufsteht und den Sturz abschüttelt. Mein Hals blutet und mein Schwanz fühlt sich geprellt an, weil ich mit Eden zusammengestoßen bin. Aber es ist nicht so schlimm, wie es sein könnte, und auch nicht so schlimm, wie ich es mir vorgestellt habe.

Marilyn ist wirklich in den Kampf vertieft. Ich sehe, wie sie mit mehreren Gegenständen gleichzeitig hantiert, die sie in Richtung von Edens Heilerin schickt. Christiana hat ihre Hände hoch erhoben und trägt ein goldenes Band, das dem von Marilyn ähnlich sieht; sie muss ebenfalls eine Trägerin sein. Sie kanalisiert ihre Magie in Richtung Eden, während sie Marilyns Angriffen ausweicht. Im Handumdrehen ist die Bärin wieder auf den Beinen, als wäre nie etwas passiert.

So geht es mehrere Minuten lang weiter. Erst werde ich getroffen, dann Eden. Ich blute ein wenig, Eden blutet stark. Christiana heilt Edens Wunden und Marilyn versucht, sie abzulenken. Meine Partnerin schafft es, einen guten Treffer zu landen, aber mit einem Ziegelstein. Christiana ist kurzzeitig aus dem Konzept, als der Gegenstand in ihren Magen fliegt und sie zu Boden sinkt. Aber als Eden und ich noch ein paar Schläge austeilen, ist sie schon wieder auf den Beinen.

Der Moment, in dem sich alles ändert, ist der, in dem Eden mir einen tiefen Schnitt in den Hals versetzt. Wir haben die ganze Zeit Schläge hin und her ausgetauscht, aber sie bohrt ihre Nägel noch ein bisschen tiefer, als sie mir in den Hals schlägt. Ich werde vor Schmerz nach hinten geschleudert und ein ersticktes Heulen entweicht meinem Mund. Das Publikum beginnt zu schreien und zu jubeln, als Eden sich Marilyn nähert. Da ich aus dem Weg bin, hat sie ungehinderten Zugang zu der Hexe.

Marilyns Hauptaugenmerk liegt auf Christiana, und einige Sekunden lang bemerkt sie nicht einmal, dass Eden sich an sie heranpirscht. Aber als das Gebrüll der Menge lauter wird und die Leute Edens Namen schreien, richtet Marilyn ihre Aufmerksamkeit auf den speichelnden Bären, der nur dreißig Meter entfernt ist.

Ich stehe auf, um ihr zu helfen, aber der Blutverlust macht mich schwindelig. Ich stolpere auf meinen hinteren beiden Füßen und muss mich auf alle Viere stellen, um das Gleichgewicht zu halten. Ich bin in der besten Position, um Feuer auf Eden zu spucken, aber das muss ich nicht.

Für den Bruchteil einer Sekunde sehe ich Angst in Marilyns Augen, sie zittert, als Eden beginnt, die Lücke zwischen ihnen zu schließen, und dann geschieht das Wunder.

Ähnlich wie an ihrem ersten Tag im Unterricht

erzeugt Marilyn eine Art Kraftfeld, das Eden zurückwirft. Nur dass es diesmal eine deutliche Barriere zwischen Marilyn und allen anderen gibt. Eine schillernde Halbkugel umgibt sie und ragt auf allen Seiten zehn Fuß weit heraus. Ihr konzentrierter Gesichtsausdruck ist durch einen Schock ersetzt worden.

Ich schaue zum Schulleiter, um zu sehen, ob er etwas unternehmen wird, aber ich sehe nur Freude in seinen Augen. Er lässt die Schüler seine Wünsche schreien. Als sie schreien, Eden solle aufstehen und Marilyn in Stücke reißen, wird seine Freude nur noch größer.

Egal, ob ich benebelt bin oder nicht, ich muss den Nebel abschütteln, unter dem ich wegen des Blutverlustes stehe. Wenn Schulleiter Merryweather diesen Kampf nicht beenden will, muss ich zurück ins Spiel kommen. Ich kann nicht aufgeben.

Auf der Tribüne sehe ich meine Mutter mit den anderen Professoren sitzen. Sie hat einen entschlossenen Gesichtsausdruck, der mir neuen Mut macht.

Wir werden uns diesen Mädchen nicht geschlagen geben; wir werden die Niederlage nicht akzeptieren.

Gott segne dieses Baby. Das sage ich nicht oft genug. Wenn Eden sich auf mich stürzt, kommt es mir schneller zu Hilfe als Lilith. Wenn Fässer an dem Bären abprallen, als wären sie nichts, ist das Baby das, was mich rettet.

Ich weiß nicht, warum ich meine Hände hochhalte; die Kraftfeldmagie ist nicht von mir. Aber in dem Moment, in dem ich sie an meiner Seite fallen lasse, verschwindet sie. Der durchsichtige Halbkreis zerbricht, und ich werde von einer seltsamen Stille in der Menge empfangen. Eben noch haben sie Eden und Christiana angefeuert, doch jetzt starren sie mich mit heiß diskutierter Verwirrung an.

Ich öffne meinen Mund, um mich zu entschuldigen, aber die Worte bleiben mir im Hals stecken. Es tut mir leid, Eden. Ich wollte das nicht tun. Ich dachte, ich sei in Gefahr, und es war die einzige Möglichkeit, mich zu schützen. Wenn sie meine Gedanken lesen könnte, wäre es einfacher.

Die Menge schreit Eden an, sie soll aufstehen und mich fertig machen. Ich beobachte, wie die Bärin den Kopf schüttelt und ihren Blick auf mich verengt. Hinter den großen braunen Augen ihrer veränderten Gestalt sehe ich Wut. Ich weiß, dass sie mir die Eingeweide herausreißen und zum Abendessen verspeisen wird, wenn sie die Gelegenheit dazu bekommt.

"Oh, Mann", murmle ich vor mich hin und sehe mich um. Wo ist der Schulleiter, der den Kampf ankündigt? Sollte er nicht etwas gegen die Art und Weise unternehmen, wie sie mich anstarrt, als wäre ich ein Stück Dörrfleisch? Aber Merryweather scheint zufrieden mit sich zu sein. Er steht an der Seitenlinie, die Arme vor der Brust verschränkt, und grinst wie eine Grinsekatze auf den Lippen. Er würde mir lieber beim Sterben zusehen, als einzugreifen.

Lilith hat sich wieder zu ihrer vollen Größe aufgerichtet, ihre Augen sind auf Eden gerichtet, als sie ihren Mund öffnet, um Feuer auf den Bären regnen zu lassen. Ich schaue ihr fasziniert zu und wünschte, ich könnte irgendetwas auf ihrem Niveau tun. Sie ist ein wunderschöner, abscheulicher Anblick, als sie Feuer aus ihren Lippen spuckt und verbrannte Erde auf dem Schlachtfeld hinterlässt.

Meine Ablenkung ist mein Verhängnis. Vor lauter Entsetzen und Freude über Liliths Auftritt greift Eden an, als sie meiner feuerspeienden Drachen-Mitbewohnerin ausweicht. Ich werde zu Boden geschleudert, und der Wind wird mir aus den Lungen gerissen. Ich kann das Getöse der Menge vor Edens Gebrüll kaum hören. Sie reißt ihren Kiefer aus den Angeln und dicke, übel riechende Spucke fliegt mir ins Gesicht.

Ich bin sicher, dass der Kampf nur ein paar Sekunden dauert, aber es kommt mir wie eine Ewigkeit vor. Eden hebt eine ihrer massigen Pfoten und streicht mir damit über die Brust. Ihre Nägel graben sich tief in meine Haut und reißen Fetzen in meinen Körper. Einen kurzen Moment lang denke ich daran, was für ein schönes Leben ich hatte.

Einen Vater, der sich mehr um die Flasche kümmerte als um mich. Eine Mutter, die nie da war. Eine Welt, die mich für das hasste, was ich war.

Okay, vielleicht war mein Leben nicht so schön, aber es ist meins. Ich dachte, ich würde ein hohes

Alter erreichen, mit einem Ehemann und vielleicht ein paar Kindern, wenn wir dazu kämen. Ich hatte keine wirklichen Pläne für meine Karriere, aber ich dachte, die Akademie würde mir bei der Entscheidung helfen, was ich tun wollte.

Erst vor ein paar Tagen sagte meine Mutter, ich sei lächerlich, wenn ich daran denke, dass Blackwood mich umbringen könnte. Ich hoffe nur, dass ich lange genug lebe, um ihr sagen zu können: 'Ich habe es dir ja gesagt'.

Der Druck von Edens Körper lässt nach einer gefühlten Ewigkeit nach. Ich liege da und starre in den Nachthimmel, unfähig, mich zu bewegen. Warmes Blut tropft an meiner Brust herunter und kitzelt meine Haut, während es sich unter mir sammelt. Die Menge schreit immer noch, aber sie klingt so weit weg.

"Keine Sorge", ich spüre, wie sich ein Paar Hände unter mich schiebt. Ich öffne meine Augen und Nikodemus schwebt über mir. "Ich habe dich."

Ich erinnere mich nicht daran, die Augen geschlossen zu haben. Was war geschehen? Ich öffne den Mund, um zu fragen, aber die Frage kommt mir nicht über die Lippen. Nikodemus hebt mich auf und beginnt, über das Feld zu joggen. Ich schließe wieder die Augen, die Helligkeit der Halogenlampen tut mir im Kopf weh.

"Merryweather ruft dazu auf, den Kampf zu beenden." Nach gefühlten Sekunden meldet sich eine Stimme, doch als ich mich umdrehe, sehe ich, dass wir uns im Wald befinden und die Lichter des Warrior Centers hinter uns verschwinden.

Ich werde ohnmächtig, denke ich bei mir.

Nikodemus murmelt etwas vor sich hin, das verdächtig nach 'Scheiß auf den Schulleiter' klingt, aber ich bin mir nicht sicher. "Sie verliert eine Menge Blut", fügt er lauter hinzu, "ich nehme sie nicht zurück."

Ich will ihm sagen, dass das gut ist, ich will nicht zurück. Mir ist eiskalt und mein Kopf hämmert. Ich fühle mich, als hätte ich den schlimmsten Kater meines Lebens.

Ich schließe ein letztes Mal die Augen, um den vorbeiziehenden Bäumen über mir zu entgehen; der Anblick macht mich schwindlig. Ich werde in Nikodemus' Griff herumgeschubst, aber das ist in Ordnung. Ich vertraue ihm, dass er sich um mich kümmert. Ich weiß nicht, warum, aber ich habe das Gefühl, dass er mich beschützen wird. Die Erinnerung an die letzten drei Tage wiegt mich in den Schlaf.

Ich weiß nicht, wie lange ich dieses Mal weg bin. Es könnten fünf Minuten oder fünf Stunden sein. Ich erwache mit dem Geruch von Antiseptika und lauten Stimmen. Jemand schwebt über mir und bewegt seine Hände über meinen Körper. Ich bin an eine Infusion angeschlossen, die eine Art Flüssigkeit in mein Handgelenk pumpt.

"Sie muss gehen." Die deutliche Stimme von Schulleiter Merryweather ist das erste, was ich höre. "Sie respektiert unsere Traditionen nicht. Sie gehört nicht hierher." Jemand versucht, ihn zu beruhigen. Eine männliche Stimme, die ich nicht erkenne, besänftigt ihn mit ein paar geflüsterten Worten.

"Was ist hier los?" Ich schaffe es, ein paar Worte zu sagen. Mein Hals tut weh und meine Brust fühlt sich schwer an, aber das kommt von den Verbänden, die fest um die Wunden gewickelt sind, die Eden mir zugefügt hat.

Die Frau, die mit ihren Händen über meinen Körper streicht, hört abrupt auf. "Gott sei Dank", flüstert sie. "Sie sind wach." Sie ist eine Ärztin, denke ich. Ihr ganz weißer Mantel ist blutver-schmiert. Ist das mein Blut? Oder das von jemand anderem? Ein Schauer läuft mir über den Rücken. "Meine Herren", verkündet sie lautstark über den Streit hinweg, "sie ist zurück."

Zurück? Wo bin ich denn nur hin? Ich will mich aufsetzen, weil ich auf dem Rücken liege, aber ich kann meine Arme nicht bewegen. "Was...?" Ich hebe meinen Kopf und schaue an meinem Körper herunter.

Vale ist der erste an meinem Bett und er hat einen zerknirschten Gesichtsausdruck. "Du bist ans Bett gefesselt, Marilyn", er schürzt die Lippen, "sie wissen es." Mit einer feierlichen kleinen Pause und einem Seufzer wiederholt er: "Sie wissen alles."

NICODEMUS

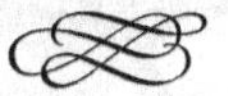

Ich denke gerne, dass das Wesen, das im Himmel existiert, mir keine zerstörerische Magie gegeben hat, weil es wusste, dass ich den Anblick von Blut nicht ertragen kann.

"Ist sie tot?" fragt Zephyrus, nachdem Lilith sich auf Eden stürzt und der Drache den Bären von Marilyn wegstößt. Sein Gesicht ist blassweiß, ohne jede Farbe außer dem leuchtend roten Blut, das sie umgibt.

Ares steht mit auf dem Boden liegendem Kiefer. Er fährt sich mit der Hand durch sein kurzes Haar und öffnet und schließt wiederholt den Mund. Worte entweichen ihm.

Die Arena ist von jedermanns Blut gefärbt, und

wenn ich es sehe, wird mir schwindelig. Doch angesichts der anderen Dämonen, die nur zusehen, muss jemand etwas tun. Noch bevor ich meinen Füßen sagen kann, was sie tun sollen, springe ich in Aktion. Sie bewegen sich von selbst vorwärts und betreten das Feld, während ich meinen Schritt beschleunige.

"Nico!" ruft Slade mir hinterher. "Merryweather hat nicht geklingelt." Er klingt unsicher, als ob er wüsste, dass er mir folgen sollte.

Merryweather kann von mir aus zur Hölle fahren. Marilyn blutet aus, ich spüre es in meinen Knochen. Sie bewegt sich nicht, als ich näher komme, sie registriert den Kampf zwischen dem Drachen und dem Bären nicht, sie zuckt nicht einmal mit der Wimper, als der Schulleiter mich anschreit, ich solle das Spielfeld verlassen.

Als ich Marilyns Leiche erreiche, dreht sich mir der Magen um und dreht sich vor Abscheu um. Sie liegt in einer Lache ihres eigenen Blutes, und das Hemd auf ihrer Brust ist in Fetzen gerissen. Ihre Haut ist mit Schnitten übersät, die so tief aussehen, dass sie nie heilen werden. Ich knie mich neben sie und schlinge meine Arme unter ihren Körper. Marilyns Augen flattern auf und mein Herz bleibt vor lauter Freude fast stehen. "Keine Sorge", versichere ich ihr, während ich sie vom Boden aufhebe, "ich habe dich.

Sie sagt nichts, sondern starrt mich nur mit diesen neugierigen Silberaugen an. Ihre Haarspitzen sind blutverschmiert, und am liebsten würde ich sie baden, aber stattdessen renne ich über die Wiese zur Krankenstation. Marilyns Augen schließen sich, als sie wieder von mir weggleitet.

Ich verlasse das Feld und erreiche die Baumgrenze, bevor einer der Blackwood Five hinter mir her rennt. Vale ist mir dicht auf den Fersen, und als er mich eingeholt hat, greift er nach Marilyns Handgelenk, um ihren Puls zu fühlen. "Merryweather ruft dazu auf, den Kampf zu beenden", sagt er grimmig.

Marilyns Augen flattern noch einmal auf, schwächer als zuvor. "Scheiß auf den Schuldirektor", murmle ich leise. Ich werde nicht zulassen, dass er diese Frau oder das Kind in ihrem Bauch tötet. "Sie verliert eine Menge Blut." Und ich sage Vale unmissverständlich: "Ich bringe sie nicht zurück." Sie zurückzunehmen hieße, sie zu verlieren. Und so schließt sie wieder die Augen und entschlüpft zum letzten Mal.

Wir hinterlassen eine Blutspur auf dem Boden der Krankenstation, als wir ankommen. Eine Krankenschwester sitzt an einem Schreibtisch am Eingang und ihr fällt die Kinnlade herunter, als wir eintreten. "Was ist passiert?" Sie steht auf und bittet uns nach vorne.

Vale knirscht mit den Zähnen und erzählt ihr, dass wir aus dem Warrior Center kommen. Ich höre sie über die Barbarei des Schulleiters schimpfen, der Schüler gegeneinander kämpfen lässt. Sicherlich sieht sie den Ausgang solcher Kämpfe immer wieder. "Legt sie auf das Bett. Ich werde Hilfe holen."

Es widerstrebt mir, sie abzusetzen. In meinen Armen ist sie sicher. Ihr Gesicht ist totenbleich und sie fühlt sich kühl an.

"Setz sie ab", sagt Vale sanft und legt mir eine Hand auf die Schulter. "Der Arzt wird sie heilen. Sie wird wieder gesund werden, Nico."

Gott, ich hoffe es. Ich lege sie auf das Bett und beobachte, wie die weiße Bettwäsche erst rosa und dann rot wird. "Wo sind sie?" frage ich mit einem scharfen Tonfall.

Wie aufs Stichwort erscheinen der Arzt und die Krankenschwester am Ende des Krankenzimmers. Die Krankenschwester sieht fast so blass aus wie Marilyn, während der Arzt entschlossen durch den Flur schreitet. "Wir werden den Rest der Kleidung abschneiden müssen", verkündet sie, als sie an Marilyns Bett anhält. "Wir müssen uns das Ausmaß ihrer Verletzungen ansehen. Bitte, warten Sie hinter dem Vorhang." Eine Sekunde später schiebt uns die Krankenschwester zurück und zieht einen Vorhang um Marilyns Bett.

"Was ist, wenn sie ernsthaft verletzt ist?" frage ich Vale. "Was, wenn das Du-weißt-schon-was verletzt ist?" Ich habe Angst, das Wort Baby auszusprechen, wenn der Arzt nur ein paar Meter entfernt ist.

Vale zuckt mit den Schultern; ihm fehlen die Worte. Wir schleichen ängstlich im Raum umher, während wir die Ärztin Beschwörungsformeln murmeln hören, und sehen, wie die Krankenschwester mit verschiedenen Instrumenten in dem provisorischen Raum ein- und ausgeht.

"Was ist los?" Slade, Ares und Zephyrus kommen schließlich völlig außer Atem und mit zerzaustem Haar an. "Mein Gott, Nico", Ares sieht mich an, "wie viel von ihrem Blut trägst du denn?"

Ich schaue an meiner Brust hinunter und stelle fest, dass ich rot durchtränkt bin. In meiner Eile, sie hierher zu holen, habe ich nicht daran gedacht, dass sie mich vollblutet. Meine Übelkeit über den Anblick von Blut scheint eine ferne Erinnerung zu sein.

Vale beantwortet Ares' erste Frage. "Der Arzt kümmert sich jetzt um sie. Sie wird wieder gesund", fügt er hinzu, aber ich kann nicht sagen, ob er es glaubt.

Die Ärztin reißt den Vorhang zurück und wir alle sehen sie an. Der ehemals weiße Laborkittel ist jetzt blutverschmiert. "Sie heilt nicht. Was hat sie angegriffen?" Zephyrus erzählt kurz und bündig, was im Warrior Center passiert ist, während die Ärztin langsam mit dem Kopf nickt. "Nichts davon sollte die Heilung ihrer Wunden verhindern, es sei denn, der besagte Bärenwandler hat sie mit irgendeinem Gift versetzt."

Slade sieht über die Ärztin hinweg zu Marilyn. Sie liegt entblößt da, ihr Körper ist mit getrocknetem Blut bedeckt. "Ihre Wunden sehen geheilt aus. Was ist das Problem?" fragt er mit einer Haltung.

Der Arzt wirft ihm einen ungeduldigen Blick zu. "Ihre äußeren Wunden sind verheilt, ja", sagt sie spöttisch, "aber sie bricht immer noch zusammen. Wir geben ihr Blut und versuchen, sie zu stabilisieren, aber entweder liegt sie im Sterben, egal was wir tun, oder es gibt etwas, das Sie uns nicht sagen."

"Sag es ihr", sage ich und lasse den Kopf hängen. "Wenn es hilft, sag es ihr." Alle Augen im Raum richten sich auf mich. Ich weiß, was sie denken, dass das ein Fehler ist und wir alle in der Scheiße sitzen, aber welche andere Wahl haben wir? Entweder erzählen wir dem Arzt von dem Baby oder wir sehen zu, wie Marilyn stirbt. Es wäre zwar für uns alle einfacher, wenn wir nicht die Verantwortung für diese Sache übernehmen müssten, aber das hat seinen Preis, den keiner von uns tragen kann.

Vale richtet seinen Rücken auf und rückt seine Schultern zurecht. Ich sehe, wie sein Kiefer kribbelt, während er überlegt, was er sagen will. "Marilyn ist schwanger", sagt er mit ernster Miene. "Sie trägt ein Mischlingsbaby in sich."

Man könnte schwören, dass wir uns in der Zeit der Salemer Hexenprozesse befinden und gerade verkündet haben, dass wir eine Hexe gefunden haben. Die Ärztin bekreuzigt sich, bevor sie eine Reihe von Anweisungen an die Krankenschwester herunterrattert. "Rufen Sie das Krankenhaus an und lassen Sie das Neugeborenen-Team kommen. Setz dich mit dem Rat in Verbindung und sag ihm Bescheid."

"Warum müssen Sie den Rat gerade jetzt infor-mieren?" Zephyrus tritt vor. "Kann das nicht warten?" Die Nervosität in seiner Stimme ist deut-lich zu hören.

Der Arzt wirft ihm einen Blick zu, bevor er zu Marilyns Körper zurückkehrt. Sie hält ihre Hände über ihre blutverschmierte Patientin und schüttelt den Kopf. "Der Rat hat eine spezielle Abteilung für Mischlingsbabys, mit Ärzten und Krankenschwestern, die sich mit einer solchen Situation viel besser auskennen als ich. Ich kann nur versuchen, Ihren Freund am Leben zu erhalten, bis sie eintreffen. Hoffen wir, dass das bald ist."

Ich habe ein flaues Gefühl in der Magengrube. Ich wusste, dass wir es den Leuten irgendwann sagen mussten - Marilyn konnte nicht neun Monate schwanger sein und gebären, ohne dass es jemand mitbekam -, aber dass es so bald sein würde, war mir nicht klar.

"Nur so zum Spaß", seufzt der Arzt, "wissen Sie, welcher Rasse die Eltern des Kindes angehören?"

Ich nehme mit jedem der Männer Augenkontakt auf. Sie fragt nicht direkt, wer der Vater ist, aber diese Frage wird kommen. Von den Ärzten oder dem Schulleiter oder dem Rat, oder vielleicht von allen dreien. Wir müssen uns überlegen, was wir tun, wenn es soweit ist, aber in der Zwischenzeit gebe ich eine ehrliche Antwort. "Sie ist eine Hexe, er ist ein Dämon." Mehr braucht sie nicht zu wissen.

Die Ärztin schließt die Augen und fängt wieder

an, Beschwörungsformeln in einem längst vergessenen Ableger des Lateins zu murmeln. Ich versuche etwas Ähnliches.

Gott, wenn du da oben bist, lass sie leben. Es ist nicht viel, aber die Worte werden in einer Sprache gesprochen, die mir nicht vertraut ist: Angst.

"Wir heben das Bett an." Jemand hinter mir hat Mitleid mit mir und hebt das Kopfende des Bettes an. Plötzlich sehe ich eine Schar von Menschen im Raum.

Die anderen vier Dämonen stehen hinter Vale. In der Ecke kümmert sich eine Krankenschwester um Lilith. An einem anderen Bett hat Eden mehrere Ärzte, die irgendeine Art von Antiseptikum auf ihre verbrannte Haut auftragen. Christiana ist nirgends zu finden, aber ihr Erscheinen ist auch nicht nötig. Ein Dutzend Männer und Frauen in Laborkitteln stehen herum und starren mich an, als wäre ich ein Laborexperiment und kein Mensch.

"Miss Bayard, stimmt es, dass Sie ein Mischlingsbaby in sich tragen?"

Der Mann, der die Frage stellt, ist nicht blutverschmiert, aber er hält ein Klemmbrett in der Hand und ist bereit, sich Notizen zu machen. Er sieht aus, als würde er die Gruppe anführen, während die anderen hinter ihm schweigen und neugierig zusehen. "Ja." Vale sagte, sie wüssten alles; es hat keinen Sinn, jetzt zu lügen.

Der Mann nickt und kritzelt auf dem Klemmbrett herum. "Wie weit sind Sie?"

Obwohl mir der Kopf vor Unbehagen schwirrt, zähle ich die Wochen. "Fünf Wochen seit der Empfängnis, sieben seit meiner letzten Periode." In allen Babybüchern, die Lilith mir geschenkt hat, steht, dass die Schwangerschaft technisch gesehen mit dem Beginn der letzten Menstruation beginnt, also bin ich sieben Wochen mit meinem hüpfenden Baby-Dämon unterwegs.

Der Stift kratzt weiter auf dem Papier. Im Raum ist es seltsam still, sogar Eden hört auf, sich über die Schmerzen zu beschweren, die die Ärzte ihr zufügen, und sieht aufmerksam zu. "Hatten Sie irgendwelche Beschwerden?"

So geht es ein paar Minuten lang weiter mit den Fragen. Ich antworte so schnell ich kann und zähle die seltsamen Erscheinungen der Magie auf, die seit fast zwei Wochen aus mir herausschießen. Die

Ärzte, die um uns herum stehen, schauen mit miss-billigenden Blicken zu. Die Tür der Krankenstation öffnet sich und eine Gruppe von Personen in Anzügen kommt herein. Ich erkenne sie sofort: Der Rat.

"Ich denke, das war's für den Moment", sagt der Arzt und schaut von seinem Klemmbrett auf. "Sie scheinen sich gut zu erholen, nachdem das CBB-Team sich das Kind angesehen und es aus der Notlage befreit hat. Wir werden Sie und den Fötus noch ein paar Tage lang überwachen müssen. Aufgrund des Blutverlustes und des Schocks werden wir Sie vorerst nicht verlegen. Sie müssen hier bleiben und sich ausruhen, während wir Ihre Vital-werte im Auge behalten und sicherstellen, dass nichts weiter schief geht."

Schulleiter Merryweather schmettert die Ankündigung sofort mit einem vehementen Nein ab. "Auf keinen Fall", beharrt er. "Ich will sie nicht hier haben."

Die Ärzte sehen ihn an, als wäre er ein Nichts in ihren Augen. Schließlich ist er ein Akademiedirektor. Seine Position verschafft ihm zwar großen Respekt, aber sein Verhalten macht jede Glaubwürdigkeit zunichte. "Sir", beginnt derselbe Arzt zu sprechen.

"Es heißt Schulleiter", korrigiert Merryweather

mit einem finsteren Blick. Er trägt seinen Titel mit Stolz.

"Herr Direktor", bekräftigt der Arzt mit einem großzügigen Lächeln, "sie wird nicht bewegt werden. Wenn das ein Problem ist, können Sie sich an den Rat wenden, aber aufgrund der Umstände haben wir hier das Sagen."

Merryweather blickt zum Eingang, wo der Rat in Anzügen steht. Jeder von ihnen schaut mit halbherzigem Interesse zu, und einige lächeln schwach, machen aber keine Anstalten, ihm zu Hilfe zu kommen. Er wartet darauf, dass jemand für ihn das Wort ergreift, doch als dies nicht geschieht, wendet er seine Aufmerksamkeit knurrend mir zu. "Dann will ich mit ihr sprechen. Ich will wissen, wie und wo sie das auf meinem Campus getan hat. Ich will wissen, wer der Vater ihres Kindes ist. Ich will, dass sie mit der vollen Härte des Gesetzes bestraft wird."

Der Arzt unterbricht ihn noch einmal mit einer beruhigenden Stimme, die nicht weniger herablassend ist als zuvor. Obwohl er sanft spricht, ist er fest. "Wir werden Ihnen zwar erlauben, ein Gespräch mit Miss Bayard zu führen, aber jetzt ist nicht der richtige Zeitpunkt dafür. Ihr Körper wurde sehr stark beansprucht, und wir müssen vorsichtig vorgehen.

Wir wollen nicht, dass sie oder der Fötus erneut einen Schock erleiden. Verstehen Sie das?"

Es ist das erste Mal, dass ich den Schulleiter aufgeregt sehe. Er schaut alle Anwesenden nacheinander an, auf der Suche nach jemandem, der ihn unterstützen will. Aber als sich niemand auf seine Seite schlägt, als niemand seine Forderung unterstützt, explodiert er vor Wut.

"Du fliegst von der Schule", sagt er und zeigt mit dem Finger auf mich. "Du bist ein Regelbrecher und zeigst nicht die Qualitäten eines Schülers der Blackwood Academy. Du wirst deine Sachen packen und gehen, sobald du dieses Bett verlassen darfst. Hast du mich verstanden?"

Ich habe das kommen sehen, aber es ist trotzdem ein Schock. Ich weiß nicht, was ich darauf antworten soll, und mir bleibt der Mund offen stehen, während ich nach den Worten suche.

Zum Glück kommt mir Zephyrus zu Hilfe. Während der Rat an der Seite steht und darauf wartet, dass er an der Reihe ist, wirft er Merryweather hilfsbereit vor den Bus. "Hör doch auf", sagt er mit einem finsteren Blick, "du hast seit dem Tag ihrer Ankunft nach einem Grund gesucht, sie auszuschließen. Du hast der Entscheidung des Rates, sie hier unterzubringen, nie getraut. Hätte sie einen

Kurs nicht bestanden, hättest du versucht herauszufinden, wie man sie rausschmeißen kann." So mutig habe ich ihn noch nie erlebt. Er bleibt standhaft, und seine Stimme wackelt nicht.

Der Schulleiter kräuselt den Kiefer, aber sein Blick bleibt auf Zephyrus gerichtet. "Es stimmt, dass ich ihre Anwesenheit nicht gutheißen kann, aber ich habe mich immer an die Regeln gehalten", betont Merryweather. "Ich hätte sie nicht ohne Grund von der Schule verwiesen, und das scheint Grund genug zu sein, meinst du nicht?"

Zephyrus öffnet den Mund, um etwas zu erwidern, aber der Schulleiter überredet ihn, bevor er die Gelegenheit dazu hat. "Und ehrlich gesagt", brüllt er, "wenn ich herausfinde, wer der Vater des Babys ist, wird er auch von der Schule verwiesen. Diese Art von Verhalten ist an der Blackwood Academy nicht akzeptabel. Es ist abstoßend und verstößt gegen die Gesetze von Meira'mor. Ich werde keinen Flüchtigen in diesen Hallen beherbergen."

Slade drängt sich durch die Menge der Dämonen und stellt sich an Zephyrus' Seite. Ich sehe seine Fäuste an seiner Hüfte, die er vor Wut geballt hat. "Ich bin der Vater ihres Babys", sagt er ohne zu zögern und fordert Merryweather auf, ihn auf der Stelle hinauszuwerfen.

Doch bevor der Schulleiter auch ihn hinauswerfen kann, tritt Nicodemus vor und legt Slade eine stützende Hand auf die Schulter. "Ich bin der Vater ihres Babys", sagt er selbstbewusst.

Vielleicht sind es die Hormone oder der Blutverlust, aber ich beginne zu weinen. Vor einer Woche haben sich diese Männer so oft wie möglich über mich hergemacht. Ich dachte schon daran, die Schule zu verlassen, weil ich mich schikaniert und allein fühlte. Jetzt stehen sie alle, einer nach dem anderen, für mich ein.

"Ich bin der Vater ihres Babys", sagt Vale als nächstes. Er grinst, um den Schulleiter zu ärgern.

Ares lächelt, als er zu den Dämonen geht und sich zu ihnen gesellt. "Ich bin der Vater ihres Babys."

Das ist genau der Schub an Selbstvertrauen, den Zephyrus braucht. Da seine Karriere auf dem Spiel steht, richtet er sich auf und erhebt seinen Kopf. "Ich bin der Vater ihres Babys."

Schulleiter Merryweather blickt auf die fünf. Zusammen sind sie eine beachtliche Gruppe junger Männer. Ich muss es wissen, ich habe mit ihnen geschlafen und mich mit ihnen gemessen.

Als es so aussieht, als würde niemand mehr etwas sagen, schaut Merryweather wieder zu mir und gibt mir die Schuld. "Du bist eine trügerische kleine Hexe, weißt du das?", blickt er mich an. "Ich hoffe, du bist stolz auf dich. Du hast nicht nur dein Leben ruiniert, sondern auch das Leben von fünf guten Männern."

Ich frage mich, ob er das auch denken würde, wenn er wüsste, dass nichts davon meine Schuld war. Würde er auch so denken, wenn er wüsste, dass es Nikodemus' Magie war, die mich von einem Dämon zum nächsten springen ließ? Würde es eine Rolle spielen, wenn er wüsste, dass keiner von ihnen Schutz benutzt?

"Ich hoffe, der Rat verbrennt dich auf dem Scheiterhaufen." Er knurrt ein letztes Mal, bevor er sich auf dem Absatz umdreht und aus dem Raum stürmt. Wir hören, wie die Tür der Krankenstation aufspringt, und einige Sekunden lang herrscht gebannte Stille, bevor sie krachend zufällt.

"Folgen Sie ihm", sagt der Anführer des Rates leise. "Wir brauchen seine Aussage."

Es herrscht wieder einige Augenblicke lang Stille, während sich alle umsehen. Es muss etwas geschehen, aber niemand will derjenige sein, der den ersten Schritt macht.

Zum Glück verscheucht Lilith die Krankenschwester, die sich an ihr zu schaffen macht, und steht auf. Ich merke, dass sie etwas Scherzhaftes sagen will, um die Spannung zu lösen, aber ein Blick auf den Rat sagt ihr, dass sie es für sich behalten sollte. Stattdessen geht sie mit einem halb nostalgischen Gesichtsausdruck hinüber. "Du hast dich da draußen gut geschlagen, Marilyn, bevor du fast gestorben wärst. Ich wusste, dass es mir gefallen würde, dich als Mitbewohnerin zu haben", sagt sie mit einem Lächeln. "Ich wusste, dass du Scheiße bauen würdest."

Die Worte sind so leise gesprochen, dass nur ich sie hören kann. Sie greift nach meiner Hand, und ich drücke ihre als Antwort. Ich bin immer noch an das Bett gefesselt, aber es fühlt sich gut an, einen anderen Menschen zu berühren. Ich habe das Gefühl, eine außerkörperliche Erfahrung zu machen, und Liliths Berührung erdet mich. "Du warst auch nicht so schlecht, Lilith Valentine."

Das spornt alle an, sich zu bewegen, aber es ist genau das, was ich brauche, um mich in diesem Moment zu verankern. Unser Leben wird sich ändern, und ich habe keine Ahnung, was das bedeutet.

VALE

Lilith und Marilyn durchbrechen den Bann des Unbehagens, den der Schulleiter über uns verhängt hat. Die Ärzte, die sich um Edens Verbrennungen kümmern, flicken sie zu Ende, während die Hektik im Raum wieder einsetzt. Der Rat, der schweigend am Eingang steht, nickt mit dem Kopf in unsere Richtung, bevor er sich mit dem Team der Neugeborenen zusammensetzt. Wir werden fast allein gelassen.

"Entschuldigen Sie", kündigt eine Krankenschwester ihre Anwesenheit an, "aber ich brauche eine Ampulle Blut von den Männern".

"Warum?" Ich starre sie an. Sie macht nur ihre Arbeit und ich sollte mich nicht aufregen, aber ich kann nicht anders. Wir stehen verzweifelt am Rande der Ausweisung und des Gefängnisses, und jeder neue Schritt, den eine medizinische Fachkraft unternimmt, bringt uns dem Absturz näher. Wir wussten, dass dies kommen würde, aber ich glaube, wir alle haben insgeheim gehofft, dass es einfacher sein würde.

Die Krankenschwester gürtet ihre Lenden gegen den Ansturm. Ich sehe, wie sich ihr Rücken aufrichtet, als sie Augenkontakt mit mir aufnimmt. "Sie und Ihre Freunde haben zugegeben, dass Sie möglicherweise der Vater eines gemischtrassigen Kindes sind. Das CBB-Team möchte einige Tests durchführen, um herauszufinden, wer der Vater ist."

Slade legt mir eine Hand auf die Schulter, und der sanfte Druck seiner Finger zähmt mich. "Vale", sagt er leise wie eine Warnung.

Sie macht nur ihre Arbeit, das muss ich mir immer wieder vor Augen führen. Es ist nicht ihre Schuld. "Gut. Wir möchten zuerst mit Marilyn sprechen, aber wir werden Ihnen in ein paar Minuten eine Ampulle geben." Die Resignation in meinem Tonfall lässt mich erschaudern. Das ist der Grund, warum man sich nicht auf Frauen oder Beziehungen einlassen sollte; es endet immer schlecht.

Zum Glück drängt die Krankenschwester nicht

weiter. Als wir uns einig sind, nickt sie zustimmend mit dem Kopf und geht weg.

"Brauchst du etwas Zeit für dich allein?" Lilith legt den Kopf schief. "Weil ich mich gerne an all die schönen Zeiten erinnern würde, die meine Mitbewohnerin und ich miteinander verbracht haben, bevor sie von der Polizei abgeführt wurde."

Marilyn schnaubt, während sie den Kopf schüttelt. "Du meinst die Zeiten, in denen du nicht mit mir gesprochen hast? Oder die Zeiten, in denen du wütend auf mich warst? Oder die Zeiten, in denen du Bücher aus der Bibliothek stehlen musstest, um meine illegalen Entscheidungen zu unterstützen?"

Lilith blickt in die Ferne, bevor sie mit dem Kopf nickt. "Alle", sagt sie mit einem Grinsen.

Wir verteilen uns um Marilyns Bett, jeder von uns nimmt einen Platz neben ihr ein. Zephyrus und Nicodemus stehen auf beiden Seiten neben ihrem Kopf, gefolgt von Ares und Slade. Ich stehe am Ende des Bettes und nehme sie nach und nach in mich auf. Marilyns silberne Locken sind mit Blut verfilzt. Die Ärzte haben ihr vielleicht die blutgetränkten Kleider abgenommen, aber sie haben ihr Haar nicht gewaschen. Sie sieht so klein aus in dem Krankenhausbett mit dem bandagierten Mieder und den vielen Leuten, die um sie herumstehen.

"Es war nicht immer das Beste zwischen uns, aber Marilyn, ich glaube, ich spreche im Namen von uns allen, wenn ich sage, dass wir für dich da sind, egal, was jetzt passiert." Ich wünschte, ich hätte es gesagt, aber Zephyrus ist mir zuvorgekommen. Er beweist einmal mehr, warum er es verdient hat, der Vater dieses Babys zu sein. Er ist sanft und freundlich, und er weiß immer das Richtige zu sagen. Ich weiß nur, wie man Probleme verursacht.

Slade räuspert sich und lenkt Marilyns Aufmerksamkeit auf sich. "Ich weiß, dass ich uns allen die Schuld in die Schuhe geschoben habe," murmelt er, "aber ich möchte wirklich Vater werden. Natürlich nur, wenn ihr mich wollt", fügt er hastig hinzu.

Ein Kloß steigt mir in die Kehle. Wir haben uns vor Tagen darauf geeinigt, aber jetzt, wo wir mit den Konsequenzen unseres Handelns konfrontiert sind, hat die Aussage irgendwie mehr Bedeutung.

"Ich weiß, was die Leute über mich sagen", fährt Slade fort, "aber ich werde ein toller Vater sein. Ich möchte dir helfen, unserem Baby beizubringen, in der Gegenwart zu leben, nicht in Fantasien. Ich habe so viele Jahre in der Dunkelheit verbracht, und das ist meine Chance, die Traumwelt zu verlassen und in die Realität zurückzukehren."

Ares reicht seinem Zwilling über das Bett

hinweg die Hand, damit Slade sie ergreifen kann. Es ist eine vertraute Geste, die sein Bruder schnell erwidert. "Du bist ein guter Kerl, Slade", sagt er mit leiser Bewunderung, du wirst ein toller Vater sein.

Wenn ich an all die Dinge denke, die wir im Laufe der Jahre getan haben, ergibt das keinen guten Lebenslauf. Wir haben Menschen nur deshalb verletzt, um sie zerbrechen zu sehen. Wir haben Dinge getan, die eine schwächere Seele verfolgen würden. Wenn wir heute hier stehen, wissen wir, dass wir Fehler gemacht haben, die den Verlauf unseres Lebens verändern werden. Wir sind seit unserer Kindheit durch verdrehte Überzeugungen, die uns von unseren Eltern und der Gesellschaft auferlegt wurden, aneinander gebunden worden. Der Schmerz, den wir verursacht haben, hatte immer einen Preis, wir mussten ihn nur bis heute nicht bezahlen.

"Wir werden alle gute Väter sein." Es ist schon komisch, wie man in seinen dunklen Momenten nostalgisch wird, aber manchmal führt das zu Offenbarungen. "Denn Zephyrus hat recht: Wir sind für dich da, egal, was als Nächstes passiert." Ich wende meinen Blick nach oben zu den gut geklei- deten Männern und Frauen, die in der Nähe des Eingangs stehen. Der Rat beobachtet uns neugierig, während die Ärzte ihren Befund erläutern. Sie werden entscheiden, wie es weitergeht, sie werden über unser Schicksal bestimmen.

Marilyn sieht auf ihren Bauch hinunter, und zögernde Tränen füllen ihre Augen. "Vielleicht sollten wir abtreiben", flüstert sie, "das wäre für uns alle einfacher. Der Rat würde diese Entscheidung respektieren und keiner von uns müsste mit einer Gefängnisstrafe oder Schlimmerem rechnen." Das unausgesprochene 'Schlimmere': dass uns die Magie genommen wird.

Nikodemus legt eine Hand auf ihren Arm, direkt neben Liliths, und sieht sie mit grimmiger Entschlossenheit an. "Wenn dieses Baby nicht gekreuzt wäre, würdest du es behalten?"

Es ist eine Frage, die Marilyn umtreibt. Sie wendet ihren Blick nicht von ihrem Bauch ab und sieht auch keinen von uns an, sondern starrt einfach weiter auf ihren Bauch. "Ich hatte keine guten Eltern, Leute. Ich weiß nicht, was es bedeutet, eine Mutter zu sein. Ich weiß nicht einmal, ob ich jemals wirklich eine Mutter sein wollte." Ich sehe, wie Liliths Hand Marilyns Hand fest drückt, um sie zu beruhigen. "Aber dieses Kind hat mich beschützt, als ich in Gefahr war, und es hat mich beschützt, als ich es brauchte. Ich hatte noch nie jemanden, der sich so um mich gekümmert hat. Und ich möchte dasselbe für es tun. Ich weiß nicht, ob ich gut darin sein werde, eine Mutter zu sein, aber ich möchte es versuchen."

Es ist ein zärtlicher Moment. Alle strecken die Hand aus, um sie zu berühren, sogar ich. Ich kann nur ihren Knöchel erreichen, aber das reicht aus. Für einen flüchtigen Moment sind wir alle miteinander verbunden.

Dann hören wir ein kleines Ächzen hinter uns. Eden steht ein paar Meter entfernt und sieht schlimmer aus, als ich sie je gesehen habe. Ihre Verbrennungen sind mit Verbänden abgedeckt und ihre Haarspitzen sind vom Warrior Center ange-sengt. "Das ist wirklich rührend", sagt sie in einem trockenen Tonfall, "aber hör auf damit." Ares wirft ihr einen harten Blick zu, bevor er sie auffordert, wegzugehen. "Warum sollte ich?" Sie strafft ihre Schultern, um für sich selbst einzustehen. "Wir hatten den Sieg im Warrior Center in der Tasche. Deine kostbare kleine Hexe hätte auf dem Spielfeld verbluten sollen. Sich um dich zu kümmern", sie sieht Lilith an, "hätte kein Problem sein sollen. Glaubst du, ein paar Verbrennungen werden mich aufhalten?" Die Härchen auf ihren Armen stellen sich auf als Antwort. "Christiana hätte mich lange genug auf Trab gehalten, um meine Initialen in deinen Hals zu ritzen. Dann wärst du in dieser Schule mit einer hübschen kleinen EH-Narbe am Hals herumgelaufen."

"Genug", versuche ich, sie zu stoppen, aber Eden ist eine Naturgewalt.

Sie wendet ihre Aufmerksamkeit mir zu, und ihre dunkelbraunen Augen erfassen meinen ganzen Körper. "Weißt du, was sie über dich sagen werden, wenn du nicht mehr da bist? Sie werden sich nicht an all den verrückten Scheiß erinnern, den du anderen Schülern angetan hast, oder an den Ruf, den du einmal hattest. Sie werden sich an dich als den schwachen kleinen Dämon erinnern, der alles für eine noch schwächere Hexe aufgegeben hat."

Einst hätten mich solche Worte zum Handeln veranlasst. Ich hätte mich mit aller Wildheit, die ich aufbringen konnte, aufgerichtet und sie durch ein Fenster geworfen. Aber es gibt Dinge, die wichtiger sind, als einen Standpunkt zu beweisen. "Genug, Eden. Es kümmert niemanden." Es klingt wie Resignation und in gewisser Weise ist es das auch. Ich bin nicht mehr derselbe Mann, der ich einmal war. Und in absehbarer Zukunft werde ich mich ständig verändern. Ich brauche die Verteidigungsmechanismen und Wutausbrüche, die ich einmal hatte, nicht mehr.

Als Eden merkt, dass sie bei mir keinen Erfolg haben wird, wendet sie sich Ares zu. "Deshalb hast du mit mir Schluss gemacht, nicht wahr", wirft sie mir vor. "Du hast mich für eine dreckige kleine Hexe verlassen, die sich durch deinen Freundeskreis gevögelt hat. Sie hat wahrscheinlich mit Hunderten von Männern geschlafen. Hast du überhaupt etwas gespürt, als du in ihr warst?"

Wenn der Rat hören kann, was passiert, sagen sie nichts. Während sich die Ärzte zerstreuen, sitzen die Anzugträger zusammen und unterhalten sich untereinander. Alle verlassen uns in einem unsichtbaren Kampf, der auf Eifersucht und unangebrachter Wut beruht.

"Wir waren nie ein Paar, Eden. Du hast mich für Sex benutzt, so wie ich dich benutzt habe." Er nimmt seine Hand nicht von Marilyns Oberschenkel, während er spricht. Ich beobachte, wie sich seine Finger noch ein wenig tiefer in ihre Haut graben, die Knöchel werden strahlend weiß, während sie vor Frustration anschwellen.

"Gib es einfach zu", spottet Eden, du bist nur hier, weil deine Kumpels hier sind. Du konntest nie auf eigenen Beinen stehen. Du bist nur ein Mitläufer, Ares Bloodstone, das warst du schon immer."

Während ich zum ersten Mal in meinem Leben meine Wut für mich behalte, lässt Ares seine explodieren. Er lässt Marilyn los und tritt vom Bett weg, seine Füße führen ihn an Edens Seite. "Und was bist du? Ein Tyrann? Ein Miststück? Würdest du dich als eines dieser Dinge identifizieren?"

Eden ist groß für eine Frau, aber selbst sie wirkt zwergenhaft, wenn sie vor Ares steht. Zu ihrer Ehrenrettung muss man sagen, dass sie nicht zurückweicht. "Mit Stolz", antwortet sie zwischen zusammengebissenen Zähnen.

"Du hast Glück, dass ich etwas habe, wofür es sich zu leben lohnt." Ares' Haltung erschlafft nach ein paar Augenblicken, als er zu lachen beginnt.

"Dieser kleine Zweig?" Eden sieht an ihm vorbei zu Marilyn und rollt mit den Augen. "Ich habe sie fast in zwei Hälften geteilt. Gib uns beiden fünf Minuten Zeit, und ich garantiere dir, dass sie da nicht lebend rauskommt."

Ares hört auf zu lachen, aber es liegt immer noch ein gefährliches Lächeln auf seinem Gesicht, während er zu Eden hinunterschaut. "Tu dir selbst einen Gefallen und rühre Marilyn nie wieder an, denk nicht einmal daran." Er wirft einen Blick zu uns zurück. "Sie hat jetzt Freunde. Und wenn das Baby dich nicht dafür ausschaltet, dass du seine Mutter bedroht hast, nun ja", Ares verschränkt die Arme vor der Brust, "dann wird es einer von uns tun."

Die Aussicht darauf, Vater zu werden, verändert uns alle, und ich war noch nie so stolz.

Ich bin ganz aufgeregt, als sich eineinhalb Tage später die Tür zur Krankenstation öffnet und der Schulleiter mit dem Rat im Schlepptau hereinkommt. Er sieht sehr zufrieden mit sich selbst aus und trägt ein Grinsen, das man nur als schändlich bezeichnen kann.

In den letzten sechsunddreißig Stunden haben die Blackwood Five kaum den Krankenflügel verlassen, geschweige denn versucht, herauszufinden, was als Nächstes geschehen würde. Ares wacht aus dem Krankenhausbett auf, in dem er geschlafen hat, und rappelt sich auf, als er bemerkt, wer in unsere Richtung läuft.

Zephyrus, der am meisten zu verlieren hat, scheint am aufrechtesten zu stehen. Er richtet seinen Rücken auf, trägt Entschlossenheit und zwei Tage alte Kleidung, die schon zu riechen beginnt. "Schulleiter", grüßt er in einem feierlichen Ton.

Merryweather mustert ihn von oben bis unten, bevor er seinen Blick auf mich richtet. Während Lilith nirgends zu finden ist - sie verbringt ihre Nächte in einem richtigen Bett, im Gegensatz zu den Männern - bemerkt der Schulleiter die Anwesenheit meines dämonischen Gefolges. "Gut", seine Lippen kräuseln sich noch mehr, "ihr seid alle hier. Ich würde es hassen, diese Nachricht wiederholen zu müssen."

Die Spannung im Raum hat nicht nachgelassen, seit diese ganze Tortur begonnen hat. Ich habe Momente erlebt, in denen alle ruhig waren, aber keiner von uns hat vergessen, dass unser Schicksal auf dem Spiel steht.

"Von diesem Moment an werdet ihr fünf von der Blackwood Academy verwiesen. Marilyn Bayard, Vale Nightshade, Nicodemus Nyx, Ares Bloodstone und Slade Bloodstone", ruft er jeden von uns der Reihe nach auf. "Eure Sachen werden in diesem Moment von vertrauenswürdigen Mitarbeitern zusammengetragen und in aller Eile zum Eingangstor gebracht." Merryweather wendet seine Aufmerksamkeit Zephyrus zu, und sein Lächeln schwankt ein wenig. "Schweren Herzens muss ich Ihnen mitteilen, dass Sie entlassen sind. Eine Affäre mit irgendeinem Schüler wäre schlimm genug, aber eine Affäre, die dazu führte, dass Sie ein illegales Kind gezeugt haben, ist unverzeihlich. Auch Ihre Sachen werden abgeholt."

Obwohl wir damit gerechnet und bis in die frühen Morgenstunden darüber gesprochen hatten, was uns erwarten würde, tut es immer noch weh, es laut zu hören. Ich bin seit zwei Wochen in Blackwood, und jetzt ist meine Zeit hier vorbei. Ich frage mich, ob ich eine andere Akademie besuchen kann. Können wir woanders hingehen, wenn der Makel unserer illegalen Aktivitäten von unseren Namen getilgt ist?

"Miss Bayard, ich habe Ihnen Zeit gegeben, sich zu erholen, und seit heute Morgen berichten die Ärzte, dass Sie und Ihr Kind", sagt er höhnisch, "nicht mehr in Gefahr sind. Daher werden Sie von diesen netten Leuten kurzerhand vom Campus eskortiert." Er macht eine Geste in Richtung des Rates. "Ab sofort sind Sie nicht mehr mein Schüler und nicht mehr in meiner Verantwortung. Meine Herren", Merryweather verneigt sich vor den Männern, "sie gehört ganz Ihnen."

Wenn der Schulleiter könnte, würde er uns beim

Weggehen sicher den Kopf abreißen. Aber im Namen der Professionalität macht er einfach auf dem Absatz kehrt und geht, ohne sich noch einmal umzusehen.

Während die sieben Mitglieder des Rates als gleichberechtigt angesehen werden, stellt sich einer vor die anderen und übernimmt die Verantwortung für die Situation. "Guten Morgen, ich bin Nevan Gustall und ich bin der Vertreter des Rates für Rassenintegrität. Diese Position umfasst viele Bereiche und Verantwortlichkeiten, aber in erster Linie bin ich für die Fortpflanzung zwischen Rassen zuständig. Man hat mir gesagt, dass Sie mit dem Kind eines Dämons schwanger sind, ist das richtig?"

Seine Stimme ist butterweich und er lächelt mich an, als würden wir über das schöne Wetter draußen sprechen und nicht über die Gesetze, die ich gebrochen habe. Ich nicke langsam mit dem Kopf, ja. "Aber es war ein Unfall", beginne ich ihm zu sagen. "Wir haben nicht absichtlich ein gemisch-trassiges Baby gezeugt. Es ist eigentlich eine lustige Geschichte. Weißt du, ich war auf der anderen Seite des Portals und -"

Nevan hält seine Hand hoch, um mich zu stoppen. Die Worte liegen mir förmlich auf der Zunge. "Miss Bayard, zu diesem Zeitpunkt werden wir Ihre

Geschichte nicht hören. Es gibt ein Protokoll, das wir befolgen müssen." Er lässt seine Hand sinken und ich spüre, wie sich meine Zunge in meinem Mund löst. "Derzeit untersucht unser Team die Vaterschaft Ihres Kindes. Sie haben angedeutet, dass es jeder dieser fünf Männer sein könnte, ist das richtig?" Ich nicke erneut und traue mich nicht zu sprechen. "Vor zwei Tagen wurden ihnen, Ihnen und dem Fötus Blut abgenommen. Während unser rassenübergreifendes Neonatologie-Team versucht, die Ergebnisse zu beschaffen, werden Sie hinter Gitter gebracht."

Zum Glück hält er inne, nachdem er diese Bombe platzen ließ. Mein Herz rast in meiner Brust und mein Kopf fühlt sich dick und schwer an. "Gefängnis?" frage ich mit einer gewissen Distanziertheit. "Aber ich dachte..." Erneut unterbricht mich Nevan. "Sie werden in eine Einrichtung mit minimaler Sicherheitsstufe eingewiesen, bis die Vaterschaft geklärt ist. Dann werden Sie vor Gericht gehen, um Ihren Fall zu vertreten. Der Rat wird eine Jury auswählen, die für diese Art von Fall geeignet ist, und Sie werden reichlich Zeit haben, Ihre Geschichte zu erzählen. Ein Urteil wird gefällt, sobald Sie und der Vater eine Entscheidung über die Zukunft des Fötus getroffen haben. Dieser

Prozess sollte nicht länger als ein paar Wochen dauern."

Ein paar Wochen? Bedeutet das drei Wochen? Einen Monat? Zwei Monate? Wie lange werden wir hinter Gittern bleiben müssen? "Bitte, Sie müssen verstehen, dass dies nicht das beabsichtigte Ergebnis war. Wir wollten nie..." Ich habe es satt, dass dieser Mann mich mit seiner Magie zum Schweigen bringt. Jedes Mal, wenn Nevan seine Hand hebt, um über mich zu sprechen, fühlt es sich an, als würde jemand meine Zunge verdrehen.

"Der Schulleiter hat mir versichert, dass alle eure Sachen am Eingang der Schule bereitstehen werden. Bitte holen Sie alles, was Sie haben, aus dem Krankenzimmer und folgen Sie mir. Wir müssen so schnell wie möglich damit beginnen."

Mein Herz sinkt, als ich gezwungen bin, aus dem Bett aufzustehen. Die Mitglieder des Rates lassen uns zwar viel Platz, um unsere Sachen zu holen, aber sie stehen nur ein paar Meter entfernt und beobachten uns genau. Wenn sie glauben, ich würde weglaufen, haben sie sich gewaltig geirrt. Mein Körper fühlt sich immer noch wie Blei an, und mein Gewicht von einem Fuß auf den anderen zu verlagern ist fast so schwierig wie der Versuch, dem Rat zu erzählen, was passiert ist.

"Jetzt habt ihr die Chance, euch zurückzuziehen", sage ich zu der Dämonenhorde, während wir uns in einer Reihe aufstellen. Mitglieder des Rates stehen hinter und vor uns und eskortieren uns zum Ausgang der Krankenstation. Als wir draußen sind, sehen wir in der Ferne einen Berg von Koffern bei den schmiedeeisernen Toren. Nur ein paar Meter weiter stehen zwei schwarze Fahrzeuge mit laufenden Motoren. "Wenn du zurücknehmen willst, was du über das Aufsteigen gesagt hast, würde ich es dir nicht verübeln.

Vale ergreift meine Hand, als wir über den Rasen gehen. Ein paar Schüler bleiben stehen und starren uns an. Die Finger zeigen in unsere Richtung und das Getuschel beginnt. Am Ende des Tages wird jeder wissen, dass wir von der Schule verwiesen worden sind. Wird der Schulleiter ihnen sagen, warum, oder wird er zulassen, dass sie unsere Namen und unseren Ruf beschmutzen, indem sie das Schlimmste denken? "Ich weiche nicht von deiner Seite, Marilyn. Wir haben das gemeinsam begonnen und wir werden es auch gemeinsam beenden."

Nikodemus ergreift meine andere Hand und mein Herz schwillt vor Stolz. "Was er gesagt hat. Ich habe keine Angst davor, ein paar Tage im Gefängnis zu verbringen. Was auch immer das für ein Prozess ist, wir werden ihnen zeigen, dass wir unschuldig waren."

Zephyrus, Ares und Slade stellen sich auf beiden Seiten der Männer auf. Wir nehmen den gesamten Gang ein und noch ein bisschen mehr, als der Rat uns zum Ausgang dirigiert. "Wir wussten, worauf wir uns eingelassen haben, als wir sagten, wir würden das zusammen machen", beruhigt mich Ares.

"Wir haben immer alles zusammen gemacht", fügt Slade hinzu. "Du bist jetzt ein Teil von uns, also wirst du erfahren, wie das ist. Es ist sehr beruhigend, von Menschen umgeben zu sein, die bereit sind, alles mit dir zu erleben."

Ein Schauer läuft mir über den Rücken, als wir uns dem Tor immer mehr nähern. Ich betrachte die elfenbeinfarbenen Gebäude, die ich noch vor zwei Wochen so schön fand. Ich versuche, einen mentalen Schnappschuss zu machen, für den Fall, dass ich nie wieder zurückkomme.

"Nachdem wir durch diese Tore gegangen sind, wird nichts mehr so sein wie vorher", verkündet Zephyrus unheilvoll.

Männer klettern aus den Fahrzeugen und beginnen, die Türen zu öffnen. Sie sammeln die Koffer ein

und laden sie einen nach dem anderen in die Koffer-
räume. Sie sind feierlich und desinteressiert an den
Personen, die sie transportieren.

Ich frage mich, ob jemand unseren Eltern erzählt
hat, was passiert ist. Ist mein Vater aus seinem
betrunkenen Dunst aufgetaucht, um zu erfahren,
dass seine Tochter gegen Meiras Gesetz verstoßen
hat? Hat meine Mutter das Portal lange genug
durchquert, um herauszufinden, dass ich sie dieses
Weihnachten nicht mit meiner Anwesenheit
belasten werde? Wurde einem von ihnen gesagt,
dass sie bald Großeltern werden? Würden sie sich
mehr über ein Enkelkind freuen als über ein eigenes
Kind?

Ich weiß nicht, ob oder wann ich die Antworten
auf diese Fragen herausfinden werde. Aber jetzt
atme ich erst einmal tief durch und drücke die
Hände, die meine halten. Ich bin ein Erwachsener.
Ich habe die Entscheidungen getroffen, die mich
hierher gebracht haben. Und ob ich nun für den Rest
meines Lebens hinter Gittern lande oder mein Kind
verliere, ich bin diejenige, die die Konsequenzen zu
tragen hat.

Wenn wir durch das Eingangstor der Blackwood
Academy treten, ändert sich alles. Ich bin eine der

gefährlichsten Kreaturen in Meira'mor, und ich stehe kurz davor, eingesperrt zu werden.

Ich wünschte, ich hätte mich von Lilith verabschieden können. Schließlich hat sie sich als ziemlich gute Freundin erwiesen. Ich werfe einen letzten Blick auf die Schule, bevor ich in den Wagen geführt werde, der mich ins Gefängnis bringen wird. Erinnerungen, die hätten sein können, zerrten an den Saiten meines Herzens. Ich habe mir so lange gewünscht, die Akademie meiner Eltern zu erleben, aber es war nicht möglich.

Mit einem seltsamen Gefühl der Ruhe steige ich in das Fahrzeug und beobachte, wie das Sonnenlicht und die Farben hinter der Sichtschutzfolie verschwinden. Vor mir steht eine neue Erfahrung, wie ich sie noch nie zuvor gemacht habe. Mit einem tiefen Atemzug nehme ich mein Schicksal an. Eingeklemmt zwischen Dämonen blicke ich nur nach vorne.

Die Zukunft beginnt jetzt.

www.ingramcontent.com/pod-product-compliance
Lightning Source LLC
Chambersburg PA
CBHW021420150726

47989CB00001B/51